천년지료

천년지로 5
홍정환 新무협 판타지 소설

초판 1쇄 찍은 날 § 2003년 12월 25일
초판 1쇄 펴낸 날 § 2004년 1월 5일

지은이 § 홍정환
펴낸이 § 서경석

편집장 § 문혜영
편집 § 장상수 · 서지현
마케팅 § 정필 · 강양원 · 이선구 · 김규진 · 홍현경
펴낸곳 § 도서출판 청어람
등록번호 § 제1081-1-89호
등록일자 § 1999. 5. 31
어람번호 § 제2-0305호

주소 § 경기도 부천시 원미구 심곡1동 350-1 남성B/D 3F (우) 420-011
전화 § 032-656-4452 팩스 § 032-656-4453
http://www.chungeoram.com
E-mail § eoram99@chollian.net

값 8,000원

ISBN 89-5505-938-8 04810
ISBN 89-5505-619-2 (SET)

홍정환 新무협 판타지 소설 千/年/之/路

천년지로

5 완결

아유가빈(我有嘉賓 : 우리에게 아름다운 손님 있나니)

도서출판 청어람

목
차

아유가빈(我有嘉賓:우리에게 아름다운 손님 있나니)

1장 검의 길[劍路], 주먹의 길[拳路], 그리고 마음의 길[心路] / 7

2장 건곤역행(乾坤逆行) / 32

3장 광소(狂笑) / 50

4장 생불출세(生佛出世) / 74

5장 북해지사(北海之事) / 98

6장 소림의 수모 / 120

7장 각기 다른 반응 / 143

8장 칠독마봉(七毒魔蜂) / 165

9장 긴 밤 / 184

10장 구절오행혼원공(九折五行混元功) / 204

11장 은인과 원수 / 224

12장 아무도 우리를 모르는 곳으로 / 245

종(終) 하늘에 맹세합니다 / 262

1. 검의 길[劍路], 주먹의 길[拳路], 그리고 마음의 길[心路]

연진우의 안색이 무거워진다. 다행히 사방이 어두워 다른 사람에게 보이지는 않을 것이다.

과연 언극린은 대단한 고수였다.

사량발천근(四倆撥千斤)!

천 근 무게의 쇠뭉치가 위에서 떨어질 때 위험에서 벗어나는 방법은 무엇이 있을까?

그 자리를 피하는 것이 가장 쉬움은 말할 필요도 없다.

하나 도저히 자리를 피할 수 없는 상황, 예컨대 움직일 수 없는 사람이 그 아래 깔릴 위기에 처했을 때는 어떻게 할 것인가?

능히 천 근을 들 수 있는 금강역사(金剛力士)라면 가벼이 쇠뭉치를 받아낼 것이지만, 땅을 딛고 곡식을 먹어야만 살 수 있는 평범한 인간으로서는 불가능한 이야기이다.

그리하여 나온 것이 곧 사량발천근.

도저히 맞상대할 수 없을 만큼 거대한 기운이 닥쳐올 때 무리하게 맞서지 아니하고 기운의 방향만을 살짝 바꿔주는 것이라면 넉 냥의 힘으로도 가능하다는 뜻이다.

아이들이 가지고 노는 팽이를 보게 되면 이 이치는 자명해진다.

팽이의 맹렬한 회전을 멈추는 데 드는 힘의 십 분지 일도 되지 않는 힘. 이를테면 작은 돌멩이가 날아가 부딪친 정도의 힘이라면 팽이의 방향을 능히 바꿀 수 있다.

무예의 요체는 작은 힘으로 큰 효력을 나타내는 것! 유능제강(柔能制剛)의 정점에 서 있는 것이 사량발천근의 이치이다.

하지만 이치만 안다고 하여 모두가 그것을 사용할 수 있는 법은 아니다.

이론만을 놓고 보자면 사량발천근의 뜻은 지극히 명쾌하다.

그러나 비무도 아닌 실제의 생사투에서 사량발천근의 이치를 몸으로 풀어낼 수 있는 사람은 극히 드물다. 아니, 거의 없다시피 하다.

변화를 일으키기 위한 최소한의 힘. 그 힘의 양은 얼마나 정확한 지점을 정확한 시점에 공략하느냐에 따라 천차만별로 달라진다. 때로는 넉 냥은커녕 한 푼도 되지 않는 힘으로 효력을 발휘할 수도 있고, 반대로 원래 힘의 배는 들여야 간신히 효력을 볼 수 있는 때도 있다.

정확한 지점, 정확한 시점…….

결코 손쉽게 판단하고 뛰어들 수 있는 부분이 아니다.

탁월한 감각과 안목, 경험이 있어야만 가능하다.

그리고 무엇보다 중요한 것 한 가지!

용기가 있어야만 한다.

용기…….

연진우의 머리 속에 한상욱의 목소리가 스쳐 지나간다.

*　　　*　　　*

"유능제강(柔能制剛)이란 말을 많이 하고, 그것을 목표로 수행하는 사람들이 제법 많지. 무당을 비롯한 도가 문파에서 대부분 추구하는 바이고. 하지만……."

한상욱은 매섭게 연진우를 노려본다.

"태극을 아느냐?"

돌연 한상욱의 말이 다른 곳으로 옮아가는 듯하자 연진우는 파옥권의 자세를 잡으며 딴청을 피웠다.

"이거였나? 아니, 이거……."

"자식이!"

한상욱의 눈에서 뿜어지는 정광(正光)! 그리고 손마디의 우두둑거리는 소리!

연진우의 목이 움츠러든다.

무슨 일이 있었냐는 듯 한상욱의 말이 이어진다.

"무극(無極)에서 태극(太極)이 나오고 태극에서 하늘과 땅이 분리되었으니 하늘은 양(陽), 땅은 음(陰)이라고 한다. 하늘과 땅 사이에서 만물이 태어났고 인간도 그중 하나인데, 어버이인 하늘과 땅의 품성을 닮아 각기 음양의 성질을 지녔다."

한상욱은 말을 멈추고 눈을 희번덕거린다.

그는 나지막한 제자의 중얼거림에 귀를 기울였다.

"뭐 대단한 거라구. 그 정도 모르는 사람도 있나?"

한상욱은 얼굴 가득 미소를 머금었다.

스승의 반응이 뜻밖인 연진우는 당황하지 않을 수 없다. 저렇게 웃을 때면 꼭 끝이 좋지 않았기에.

매도 일찍 맞는 것이 낫다고 했는데 차라리 지금 때려주면 좋으련만…….

"본디 무공이란 약한 자의 것이었다. 타고나길 강한 사람은 달리 무공을 배우지 않아도 강하여서 다른 이를 핍박하기 일쑤였고 그리 태어나지 못한 자들은 강자에게 맞서기 위해 고급의 기법을 만들고 익혀 그들에게 대항하였다. 하나 그런 기법을 강자가 얻게 된다면? 같은 힘에 같은 기량을 지녔다면 누가 이길지는 자명하지 않겠느냐. 그리하여서 약자도 싸움의 기량뿐만 아니라 힘을 기르기 시작했다. 속성으로 힘을 쌓는 것의 대표적인 것이 외가권(外家拳)이고, 시간을 두고 천천히 힘을 쌓되 우주의 이치에 근접하는 수련 방법이 내가권(內家拳)이다."

"……."

"부드러움으로 강함에 맞서기로 시작한 것이 무예다. 그러나 강함은 곧 부드러움을 겸비하여 더욱 강하여졌고, 부드러움만을 가졌던 이들은 강함을 추구하였다. 이것이 무도의 역사다. 유능제강이라는 말 자체는 결코 틀리지 않으나 부드러움만으로 강함을 이길 수 있다고 믿는 것만큼 멍청한 이야기는 또 없다. 왜, 뭐가 잘못됐냐?"

한상욱은 흘끔흘끔 눈치를 살피는 제자를 본다.

"저, 그게 말이죠, 무도의 역사라는 말씀이 근거가 있는 이야긴가요?"

“…….”

일순 한상욱의 말문이 막혔다.

잠시 후 닫혔던 말문이 트였다.

“내 생각이 그렇다는 거다.”

“…….”

연진우는 고소를 머금었다. 그러나 속은 바싹바싹 타 들어갔다. 돌이킬 수 없는 길을 가버렸다. 유별난 성격에 자존심마저 강한 스승의 비위를 거슬리다니…….

하지만 한상욱은 태연하게 말을 이었다.

“무당파의 무공이 유능제강의 정점에 서 있는 무공이기는 하나 그것만이 전부라는 생각은 매우 위험하다. 가장 뛰어난 무공 따위는 없다. 뛰어난 인간이 있을 뿐이다. 너는 인간을 가장 강하게 만들어주는 것이 무언지 아느냐?”

“…….”

순간 연진우의 머리 속에서는 여러 가지 대답이 스치듯 지나갔다. 그러나 어느 것도 입 밖으로 내지 못했다.

어떤 답을 말해도 한상욱이 트집을 잡을 것이기에.

한상욱은 먼 하늘을 바라보며 말했다.

“그것은 용기다!”

잠시 동안 두 사람 사이에는 침묵이 감돌았다.

침묵을 깨뜨린 쪽은 스승!

한상욱이 이를 드러내며 웃었다.

갑자기 연진우는 소름이 오싹 돋았다.

“너의 용기를 보여다오.”

＊　　　＊　　　＊

스승은 용기를 말하였다.

강한 무공에 앞서 강한 인간이 되는 것이 먼저라 하며 첫째로 갖추어야 할 조건을 용기라 하였다.

천하제일의 고수일지도 모르는 사람을 상대하며 연진우는 스승과의 대화 장면을 회상하였다. 그리고 큰 깨달음을 얻었다.

스스로의 무공을 자신하였던 것에 대한 때늦은 후회가 함께한 깨달음이었다.

'나는 강한 인간이 되었는가?'

우습게도, 쇄도해 오는 언극린의 검을 멀뚱히 바라보며 연진우는 스스로에게 질문을 던졌다.

그리고 아무리 생각해도 대답은 '아니다' 였다.

'그렇다면 어떻게 해야 하는가?'

연이은 질문 속에서 갈피를 잡지 못하고 있던 때에…

따앙!

거친 금속음이 울렸다.

연진우는 그제야 상념에서 깨어났다.

"아……!"

연진우의 입이 열렸다. 그러나 그가 뭐라 말하기도 전에 언극린의 장검이 먼저 움직였다.

어둠 속에서도 그 궤적이 뚜렷하게 보이는 검술.

노도처럼 밀려오는 언극린의 검세에 혈룡검이 바삐 움직였다.

그러자 언극린의 오른발이 호선(弧線)을 그렸다.

그리 높이 올라가지 않은 앞차기.

정면에 마주한 사람에게 날릴 때는 치명적인 살초가 될 수도 있는 공격이다. 가랑이 사이를 올려 차는 그 발차기.

혈룡검으로 반격의 기회를 노리던 연진우는 한 발 물러설 수밖에 없었다. 무림명숙이 할 만한 공격은 아니었으나, 언극린의 공격은 실로 위력적인 한 수였다.

언극린의 단검은 뱀처럼 연진우를 따라다녔다. 비릿한 냄새를 풍기는 뱀의 차가운 비늘처럼 검영(劍影)은 연진우를 한 겹 한 겹 덮쳐 갔다.

연진우는 적이 놀랐다.

언극린의 무위는 상상한 것 이상이었다.

솔직히 천산을 떠나며 연진우는 어느 정도 자만했었다. 천하제일의 무공은 아닐지라도, 무림에서 몇 손가락 안에 꼽힐 정도의 힘은 얻었다고 생각했다.

한데 아니었다.

만년옥정 덕에 얻은 심후한 내공이 있었지만 검술의 묘리를 터득한 언극린을 상대하는 데는 크게 부족하였다. 아니, 오히려 감당치 못하는 거대한 힘이 외려 방해가 되었다.

연진우는 자신이 거친 숨을 쉬고 있다는 것을 깨달았다. 호흡이 흐트러졌다는 것은 공력이 면면히 이어지지 않고 있다는 것과 같은 말이었다.

연진우는 혈룡검을 보았다.

"네가 힘을 잃지 않았다 해도 마찬가지였을까?"

괴이한 광경이었다. 일생일대의 강적을 마주한 상황에서 검에다 물음을 토해내다니.

검은 대답하지 않았다.

그저 원래의 모습대로 연진우를 바라보았다.

연진우는 고개를 끄덕였다.

"그래, 강한 인간이 되어야지!"

연진우의 신형이 쭉 뻗어 갔다. 검의 끝을 등 뒤로 향한 채였다. 회색과 붉은색이 뒤섞인 그림자가 그의 뒤를 따랐다.

미세한 파공음이 언극린의 귀로 흘러 들어갔다. 언극린은 태연한 안색으로 좌우의 장검과 단검을 고쳐 잡았다.

그러나 뛰쳐나온 기세에 어울리지 않게 연진우는 혈룡검을 부드럽게 움직였다.

혈룡검은 원을 그렸다. 큰 동그라미, 작은 동그라미… 단순한 동작이 끊임없이 이어졌다. 연진우는 완전 무방비 상태처럼 보였다.

하나 언극린의 안색은 더 이상 태연하지 않았다. 그는 연진우를 어찌할 수 없었다. 무의미해 보이는 동그라미는 어떤 형태의 초식으로든 변화될 수 있는 가능성을 내포하고 있었다.

그때 어디선가 미세하게 삐걱거리는 소리가 났다. 연진우의 손목 관절이 움직이는 소리였다. 연진우는 그것을 깨닫지 못했는지 계속 원을 그려갔다.

이윽고 몇 개의 원이 중복되기 시작했다. 원 안에 원이 담기고, 원과 원이 겹치며 묘한 형상이 만들어져 갔다. 우습게 들릴지도 모르는 이야기지만, 원이 겹치며 만들어진 형상은 향긋한 냄새를 풍기고 있었다.

언극린의 눈이 반짝였다. 연진우는 검끝으로 꽃을 그려내고 있었다.

그리고 거기에 언극린 자신이 그토록 좋아하는 꽃의 향기를 담아내었다.

　언극린은 느꼈다.

　'더 이상 내버려 둘 수 없다!'

　한 사람의 검수로서 그의 본능이 소리 지르고 있었다.

　언극린은 단검을 쥔 팔을 늘어뜨렸다. 장검을 쥔 쪽도 마찬가지였다. 싸움을 포기한 사람의 자세였다.

　연진우는 바보가 아닌지라 그가 하려는 것이 무언지 알았다. 언극린은 연진우를 유인하고 있었다. 무방비인 듯 보이게 하여 공격을 유도하려는 자세. 조금만 머리가 돌아간다면 누구라도 언극린의 의도를 짐작할 수 있을 것이다.

　하지만 연진우는 검끝에 핀 꽃을 날려 보냈다. 탁한 회색 빛이 가득한 가운데 붉은빛이 은근히 섞여든 검화(劍花)는 한 모금의 향기를 품은 채 언극린을 향해 날아갔다.

　연진우는 바보인지도 모른다.

　언극린은 놀랐다.

　미끼를 던지긴 했지만 이렇게 바로 물어올 줄은 몰랐다. 적어도 한두 번의 탐색전은 있으리라 예상하였고, 아무리 놈이 머리를 쓴다 하여도 산전수전 다 겪은 자신의 유인에 걸려들 수밖에 없다고 생각하였다.

　그런데 이 애송이 놈은 다짜고짜 공격을 날렸다.

　그것도 검화를 날렸다.

　검화! 말이 좋아 검으로 꽃을 그리는 것이지, 평범한 재질을 가진 이에게는 평생을 연마해도 멀기만 한 경지다.

검에 미친놈들만 가득하다는 검각에도 검화를 그릴 수 있는 사람은 극소수인데 연진우는 검화를 날려 공격하는 데까지 이르고 있었다.

언극린은 이를 악물었다.

눈치를 보아하니 놈은 천년지로 중 하나를 얻은 것이 틀림없었다. 자칫하다간 오늘 이 자리에 뼈를 묻게 될지도 모른다는 불안감이 엄습해 왔다.

죽었을 거라 생각했던 자가 다시 살아난 것만으로도 놀라운데 무공마저 강해졌으니 정말 모를 노릇이었다.

하나 언극린이 미처 상상도 하지 못한 것이 있었으니, 만약 연진우가 올바른 순서를 밟아 만년옥정을 먼저 먹고 귀검구절해를 익혔다면 지금과는 다른 상황이 펼쳐졌을 것이라는 사실이다. 천검봉이 무너져 내려서 완전한 부분을 얻지 못했다는 것을 어찌 상상할 수 있겠는가.

언극린은 공력을 돋우었다.

검술의 대결이라면 절대적인 자신이 있는 그였다.

그러나 연진우라는 존재는 예측 불허의 사내였다. 검술의 심오한 이치는 모른 채 힘으로만 밀어붙이던 그가 어느새 검화를 날리고 있었다.

여전히 서툴기는 했지만, 복잡미묘한 검기를 풀어 새롭게 구성할 만큼의 변화가 연진우의 검에 깃들기 시작했다.

뿐만 아니라 본래부터 담겨 있던 강대한 힘은 여전히 남아 있었다.

더 내버려 두었다가는 어떻게 변할지 알 수 없기에 언극린은 자기가 알고 있는 최고의 기술을 사용하기로 했다.

'더 이상 자라기 전에 잘라주마!'

한편 검화를 날려 보낸 연진우는 내심 비명을 지르고 있었다.

미약하게 삐걱거리던 손목의 관절이 그에게 상당한 아픔을 주었다.

검화는 대단히 복잡미묘한 변화를 요구하는 경지였다.

비록 귀검구절해의 비법을 얻었다고는 하나 머리가 아는 것과 몸이 아는 것은 달랐다. 연진우의 몸은 검법에 맞게 단련되지 않았다. 그런 상태에서 검화의 변화를 일으켰으니…

손목 관절은 금방이라도 재위치를 벗어날 것만 같았다. 연진우는 어금니를 깨물고 고통을 억눌렀다. 손목의 통증이 팔꿈치와 어깨로 올라왔지만 그래도 참았다. 이미 용정 때문에 지옥을 체험했던 그에게 이만한 고통은 충분히 참을 만한 것이었다.

그렇지만 고수와 고수의 대결에서는 약간의 흔들림이 치명적인 약점으로 작용한다.

별안간 연진우의 눈빛이 흔들렸다.

"저, 저건……."

흘러나오는 신음 소리.

"놈, 언제 강환(罡環)을……."

연진우는 팔이 아픈 것조차 잊어버렸다.

검을 통해 흘러나오는 것이긴 하나 검기(劍氣)는 검보다 훨씬 더 강하고 날카로워 자르지 못하는 것이 몇 없다.

언극린의 단검이 부르르 떨렸다.

충만한 검기는 쌓이고 쌓여 실체가 눈에 보이는 데 이르렀다.

아지랑이처럼 검끝에서 일렁이던 검기는 녹색의 검강(劍罡)이 되었고, 시간이 지날수록 검강은 칼날의 끝 부분을 향해 모여들었다.

이윽고 단검 끄트머리에는 엄지손가락만한 구슬이 생겼다.

칠색의 광채가 영롱한 그 구슬에는 가히 경천동지할 힘이 담겨 있었는데 무림인들은 그 구슬을 일컬어 강환(罡丸), 혹은 검환(劍丸)이라 부른다.

그러나 변화는 그것으로 그치지 않았다.

강환은 점점 커졌다.

특이하게도 중앙은 텅 빈 채 고리의 형태를 하고 점점 커지더니 얼마지 않아 사람 머리만한 고리가 검끝에 대롱대롱 매달렸다.

연진우가 놀란 것은 지극히 당연하다 할 것이다.

검기를 발출할 정도만 되어도 절정의 고수라 일컬음에 부족함이 없을 터인데 언극린은 그것을 뛰어넘은 강환(罡丸), 그 단계조차 넘어선 강환(罡環)을 만들어낸 것이다.

무형의 기가 유형화되고, 다시 무형으로 돌아가기 직전의 단계 강환(罡環). 검화가 단순히 검기로 허공에 궤적을 그리는 것이라면 강환은 그것을 넘어선 또 다른 세계였다.

"타앗!"

마침내 강환은 언극린의 검끝에서 떨어져 연진우를 향해 날아가기 시작했다. 이미 검화를 발출한 연진우에게는 그것을 피할 방법이 없어 보였다.

강환의 기세는 너무도 패도적이어서 연진우에겐 물러설 기회조차 없어 보였다.

바로 그때, 연진우가 한 걸음 앞으로 나섰다. 강환의 막강한 위력 앞에 몸을 맡겨 버린 연진우. 살기를 포기한 사람의 행동이었다.

그러나 연진우는 결코 삶을 포기한 것이 아니었다. 혈룡검이 움직였다. 검은 생(生)의 모든 의지를 담고 번뜩였다.

언극린은 놀랐다. 검화는커녕 원을 그리고 있지도 않는 검이었다.

그저 앞으로 찌르는 단순한 초식. 심오한 변화나 공력이 깃들어 있지도 않았다. 하지만 검이 빛나고 있었다. 언극린은 그것을 연진우의 강렬한 의지라고 해석했다.

'하지만 나 역시 쉽게 살아오지는 않았다!'

언극린의 중얼거림 속에 강환은 연진우의 가슴께로 밀려갔다. 언극린은 거대한 폭음을 예상했다.

하지만 미약한 금속성이 잠시 났을 뿐 폭음은 없었다.

어느새 강환은 방향을 바꾸어 연진우의 뒤편으로 날아갔다.

우지끈!

목표물을 잃은 강환은 그대로 날아가 전각 한 채를 주저앉혔다.

언극린은 대경실색했다.

한 번의 스침으로 인해 강환의 궤도가 달라져 버린 것이다. 이미 검화를 발출하는 데 상당한 힘을 써버렸기에 결코 강환의 위력을 감당할 만한 검을 날릴 수 없는 것이 연진우의 처지였건만.

놀란 입을 다물지 못하고 있던 언극린은 돌연 다가오는 수상한 느낌에 검을 곧추세워 횡(橫)으로 휘둘렀다.

다가오는 것은 달콤한 한 가닥의 향기(香氣).

이미 열려 있었던 입은 더욱 크게 벌어진다.

살벌한 싸움의 현장에서 풍기는 강렬한 향기의 정체는 오직 하나. 한 번 방어하는 데 성공했다고 생각한 검화가 다시 그를 공격하고 있었다.

이제는 저 애송이가 어떤 짓을 하더라도 더 놀라지 않을 줄 알았건만 다시 한 번 자신을 놀라게 하는 연진우의 저력 앞에 언극린은 필생의 공력을 다해야만 했다.

하지만 상황은 언극린에게 별로 유리하지 않았다. 이미 검환을 발출하느라 막대한 공력을 소모한 상태였다. 전력을 다해 검을 부딪쳐 온다면 몇 초나 버텨낼 수 있을지도 자신이 없었다.

그뿐이 아니었다.

적이 된 대상이 뚜렷한 형체를 지니고 있다면 사량발천근의 묘미를 발휘해 적은 힘으로도 어떻게 해볼 수 있다. 하나 지금 그를 감싸는 것은 뚜렷한 형상을 지니고 있지 않았다. 그것은 단지 향기, 향기일 뿐이었다.

실체가 없는 기류는 무질서하게 회전하며 언극린을 휘감았다.

언극린의 몸이 휘청거렸다.

검을 쥔 팔이 아래로 내려갔다.

돌연 목구멍에서 달콤한 향기가 났다.

언극린은 인상을 찡그렸다. 자신을 공격하던 것관 다른 냄새였다. 이건 목구멍 가득 피가 차 올랐을 때 나는 냄새였다. 의식도 하지 못한 사이 심각한 내상을 입은 것이다.

휘청거리는 다리를 가누지 못한 채 언극린은 힘겹게 검을 들어 연진우를 노렸다. 한 점의 기운도 담겨 있지 않은 검세였다.

한편, 연진우 역시 힘겹게 서서 언극린을 바라보았다.

검화를 날린 것이 언극린에게 저지되었을 때 연진우는 더 이상 방법이 없다고 생각했다. 간신히 발출한 검화는 이미 산산이 흩어져 대기를 떠도는 기운이 되고 말았다.

쇄도해 오는 강환 앞에서 연진우는 그대로 죽을 수밖에 없었다.

하지만 마음속 깊은 곳의 의지는 죽음을 원하지 않았다.

강환이 코앞에 이르렀을 때 한 가닥 의지는 제 모습을 드러내어 주인의 몸을 움직였다.

힘없이 펼쳐진 듯한 일검은 가장 정확한 방법으로 강환의 방향을 바꾸어놓았다. 그리고 대기 중에 산산이 흩어져 있던 기운을 끌어 모아 언극린을 공격했다. 처음의 검화, 무형(無形)의 기운으로 형(形)을 이뤄 공격했었을 때는 막아내던 언극린이 무형의 검향은 막아내지 못했다.

"크……."

연진우는 흠칫했다.

소리는 언극린의 입에서 흘러나온 것이었다. 신음인지 무엇인지 알 수 없는 소리.

정신을 차린 연진우의 눈에는 언극린의 얼굴이 그 어느 때보다 생생하게 드러났다.

다른 얼굴이었다.

마치 처음 보는 얼굴인 것만 같았다.

이미 전신의 공력이 다 소진되었을 것인데, 검향에 깊은 내상을 입어 살아 있는 것이 이상할 그런 상태일 터인데 언극린의 얼굴은 기이한 기쁨으로 번들거리고 있었다.

꿀꺽―

연진우는 침을 삼켰다. 형용하지 못할 엄청난 중압감이 느껴졌다. 영문을 알 수 없었다.

"우엑!"

언극린이 갑작스레 구역질을 했다. 검붉은 핏덩이가 바닥에 떨어졌다.

구역질을 하며 언극린은 크게 휘청거렸다. 그는 쓰러지지 않기 위해 장검을 땅에 세워 지팡이로 삼았다.

무방비한 듯한 상태. 하지만 연진우는 가만히 지켜보기만 했다. 상대는 산전수전 다 겪은 백전노장이었다. 어떠한 암수가 숨어 있을지 모를 노릇.

토혈(吐血)을 마친 언극린은 밝은 표정으로 연진우를 본다.

두 눈동자가 유난히 반짝였다.

까닭 모를 불안감에 연진우는 다시 침을 삼켰다.

"고마워, 가만히 놔둬준 덕분에 마음 놓고 토할 수 있었어."

소매로 입가를 닦으며 언극린은 가볍게 말했다.

연진우는 아차, 싶었지만 이미 어쩔 수 없는 일이었다.

"천년지로가 과연 대단하구나. 너 같은 녀석이 나에게 육박할 만큼 강해졌다니 말이야."

언극린의 입매가 초승달마냥 휘어 올라갔다.

연진우의 눈초리도 올라갔다.

하지만 연진우는 말없이 언극린을 보기만 했다, 혈룡검을 굳게 잡은 채.

지지 않을 자신은 있었다. 순수하게 검술만 놓고 본다면 분명 언극린이 한 수 위지만, 연진우에게는 만년옥정을 통해 얻은 깊고 두터운 내공이 있었다. 척 보아도 전신의 공력을 다 소모해 버린 언극린이 자신의 검을 막아낼 리 만무했다.

그러나 언극린에게서 풍겨지는 중압감은 점점 그 정도를 더해갔다. 아무리 털어내려 해도 끈적끈적하게 달라붙어 떨어지질 않았다. 몸을 약간 움직여 보면 떨어지는 것 같았지만, 그때마다 언극린의 몸도 미묘하게 방향을 바꾸었다. 야릇한 웃음이 담긴 언극린의 시선과 함께 중압감은 연진우에게서 떨어지지 않았다.

검을 고쳐 쥐던 연진우는 검을 놓칠 뻔했다. 손바닥에 땀이 흐른 것이었다. 격검(擊劍) 도중 검을 놓치지 말라고 단단히 감아놓은 가죽끈이 있었지만 그것이 소용없을 만큼 많은 땀을 흘리고 있었다.

털어내려고, 피해보려고 해서 사라지지 않을 중압감이란 사실을 깨달은 연진우는 검을 쥔 팔을 곧게 뻗었다. 손잡이는 가슴 높이, 검끝은 눈 높이, 비웃음 섞인 시선을 향해 정면으로 검을 겨누었다.

연진우의 한쪽 눈썹이 꿈틀거렸다.

정면으로 맞서고자 해서야 비로소 눈에 들어오는 무언가가 있었다.

연진우의 입매도 초승달 모양이 되었다.

그러나 언극린의 표정에는 변함이 없다.

"또 뭔가 알아낸 모양이군. 역시 젊음은 무서워, 아무리 꺾어도 다시 일어나니까. 적당히 꺾으면 더 강해져서 돌아오는 게 다반사니, 완전히 짓밟아놓지 않으면 안 되겠어."

손끝이 가볍게 움직이자 단검이 부드럽게 휘청인다. 귀를 기울이지 않으면 도저히 들을 수 없는 울림이 단검의 끝단에서 토해졌다.

세미한 울림은 거대한 메아리가 되어 연진우의 귓속으로 빨려 들어왔다.

마치 그 과정을 눈으로 보고 있기나 한 듯, 언극린은 계속해서 단검이 검명(劍鳴)을 토하도록 움직였다.

"내가 검각(劍閣) 출신이란 건 알고 있겠지?"

물음으로 끝난 말이었지만 연진우에게 대답을 기대하지는 않은 듯 언극린은 스스로 말을 이었다.

"백일도 천일창 만일검(百日刀 千日槍 萬日劍)이라고 하였지. 손바닥이 몇십 번 벗겨지고 터져 나갈 만큼 수행을 해도 사람을 상대로 쓰기는 턱없이 부족한 무기가 바로 검이야. 어정쩡하게 익힌 솜씨로 검객입네 하고 떠드는 도련님들이나 귀신 쫓는 시늉을 하는 말코도사들을 제외하고 검을 들고 있다는 이유만으로도 보통 무인들은 한 수 접어주고 말지.”

언극린은 혈룡검을 흘깃 보더니 단검을 휙 하고 털었다.

웅—

거대한 검명! 연진우의 상체가 작게 흔들렸다.

세미하게 출발하여 거대하게 귓전으로 파고들던 검명이었다. 그런데 이번의 울림은 출발부터가 거대했다.

초승달 모양의 입매가 흐릿하게 떨렸다.

그럼에도 불구하고 검을 받쳐 든 손은 제 위치를 지키고 있었다.

언극린은 씨익 웃었다.

“그래, 꽉 잡아! 검도의 수행은 검을 놓치지 않는 것에서부터 시작하는 거야. 검각에서 내가 제일 먼저 배운 것도 그거였어. 물론 제대로 배우자면 잡는 걸 배우는 게 아니라 쥐는 걸 배워야 하지만.”

연진우의 눈이 반짝였다. 잡는 것과 쥐는 것. 가벼이 한 이야기지만 예사롭지 않게 들리는 말이었다.

‘나는 잡고 있고 저자는 쥐고 있다는 말인가?’

생각이 이루어지는 시간, 연진우의 눈동자는 언극린의 손끝을 좇았다. 하지만 언극린은 손목을 살짝 비틀어 연진우의 시선을 피했다.

“또 훔쳐 배우려고 하는군. 이것 봐, 뭔가를 배우려면 거기에 걸맞는 대가를 치러야 한다는 걸 모르나? 내가 네 스승도 아닌데 언제까지 공짜로 가르쳐 줄 거라고 생각해?”

저벅─

언극린은 연진우를 향해 걸음을 옮겼다.

휘청거리고 있었지만 향하는 방향만은 정확했다.

언극린이 가까이 올수록 검을 움직이고 싶은 충동이 강해졌다. 본능적인 위기감일 것이다. 이대로 가만히 있을 수는 없다고 머리카락 한 올이, 피 한 방울이 외치고 있었다. 희미하게 입가에 걸려 있던 미소는 어느새 자취를 감추고 없었다.

'무엇인가? 무엇이 나를 이토록 무력하게 만드는 것인가?'

연진우는 자문했다. 하지만 이미 몸은 자신의 통제를 벗어나고 있었다. 닿지도 않을 거리에서 단검을 휘두르는 언극린의 손짓을 따라 연진우의 외팔은 혈룡검을 움직였다. 만년옥정을 복용한 덕택에 내공은 아직도 솟아오르고 있었다. 끝이 보이지 않을 만큼 깊은 공력은 혈룡검이 머물렀던 허공에 뿌연 그림자를 만들어내었다.

그림자는 언극린의 몸을 건드리지 못했다. 물론 언극린의 단검 역시 연진우의 머리털 하나 건드리지 못했다. 힘없이 휘두른 언극린의 손짓에 연진우는 강한 힘으로 응수하였다. 하지만 겉으로 보아서는 둘 사이에서 차이를 발견할 수 없었다. 차이를 인식하는 것은 당사자들의 문제였다.

연진우의 얼굴이 새파랗게 질렸다. 끈적끈적하게 달라붙어 자신을 괴롭히던 중압감을 떨쳐 내기 위해 검을 휘둘렀건만, 언극린의 손짓 몇 번에 더욱 집요한 압박감을 느껴야만 했다.

아무리 생각해 보아도 이해할 수 없었다. 한 걸음 앞으로 나가서 검을 휘두르면, 직접 칼날이 부딪치면 언극린은 감당할 수 없을 것이다. 연진우의 몸에는 이미 힘이 다한 언극린의 칼을 떨어뜨릴 기운이 있었다. 하나 연진우는 움직일 수 없었다. 뒤로 물러나지 않기 위해 안간힘을 쓰는 것이 고작이었다.

"검이야말로 모든 병기의 조종(祖宗)이라 할 수 있다. 단지 살육을 위해 수련하는 것이 전부인 다른 병기와는 전혀 다른 것이 검이지. 왜인지 아느냐?"

연진우는 이를 악물었다. 잠시 입을 열었다가 어떤 틈이 생길지 몰랐다.

반면 언극린은 여유작작했다.

곧게 서 있는 젊은 사내와 금방이라도 쓰러질 듯 휘청이는 중년의 사내. 하지만 속 사정은 겉과 정반대였다.

"검의 길은 곧 심검(心劍)으로 가는 길이다. 초식을 배우고 내공을 쌓는 것은 심검지로(心劍之路)를 위해 선인(先人)들이 마련해 둔 길잡이에 지나지 않는다. 나는……."

언극린의 눈꼬리가 올라갔다.

"나는, 검각의 각주다!"

연진우의 팔이 부들부들 떨리며 혈룡검도 함께 흔들렸다.

이미 알고 있는 사실이었지만, 지금 이 상황에서 언극린이 검각 출신이라는 말은 엄청난 무게로 다가왔다. 진정 검 한 자루에 모든 것을 걸고 검술을 수련하는 사람들이 모인 곳. 철저하게 검만을 단련해 온 사람들 중에서도 으뜸이라고 할 수 있는 사람 언극린.

자기 몸도 가누지 못하는 언극린이 연진우를 압박할 수 있었던 이유는 바로 거기에 있었다. 연진우로서는 아직 꿈도 꾸지 못할 심검의 길에 언극린은 이미 한 발짝을 내딛고 있었던 것이다.

"검로는 결코 기연으로 갈 수 없다. 눈 뜨고 있을 때나 감고 있을 때나 변함없이 검과 함께하여야만 갈 수 있는 길이다. 내공이 조금 늘었다고 건방지게 네놈이 검을 쓸 수 있을 것 같으냐?"

'제기랄……'

통증을 느끼지 못하는 것인지, 연진우는 아랫입술을 이빨로 짓이겼다. 정작 통증은 다른 곳에서 느껴졌다. 지금 자신의 한계에 뼈저린 아픔을 느낀 것이다.

검의 길을 이야기하는 언극린의 목소리에서 연진우는 그가 살아가는 태도를 엿보았다. 많은 것을 가졌기에, 높은 지위에 있기에 자신만큼 치열하게 살지 않을 것이라 은근히 낮춰 생각했었다. 하나 아니었다. 언극린은 진지한 무인으로서의 삶을 살고 있었다. 선악의 판단을 배제하고 그런 태도만을 생각한다면 충분히 존경받아 마땅한 사람이었다.

'내가 걸어온 길은 무엇인가?'

쨍그렁─!

흔들리던 혈룡검은 맑은 소리를 내며 바닥으로 떨어졌다.

언극린의 얼굴에 득의의 미소가 떠올랐다.

"이제 포기하는 거냐? 하지만 나는 너를 살려보낼 마음이 없다. 네가……."

말을 하다 멈춘 언극린의 표정이 야릇하게 변한다. 좌우로 빠르게 움직이는 그의 눈동자는 연진우의 얼굴을 보고 있었다.

연진우의 얼굴이 달라졌다. 언극린이 주는 압박감에 흔들리고 있던 얼굴이 아니었다. 몇 차례 만들어내었던 자신만만한 얼굴도 아니었다.

언극린의 눈에는 더 이상 연진우가 보이지 않았다. 대기를 가로지르는 기류가 그대로 연진우를 통과하는 것이 보였다.

연진우에게서 보여진 것은 자연스러움이었다.

더불어 흘러나오는 안정감도…….

“허…….”

언극린은 그만 실소를 했다.

“고맙소, 내게 길을 알려주어서.”

왼발을 비스듬히 내디디며 연진우는 짧막하게 말했다. 검을 버린 연진우는 어깨 넓이보다 조금 좁게 양발의 간격을 조절하며 하나뿐인 주먹을 허리춤에 가져갔다.

“그렇군. 내가 검으로 마음을 닦은 것처럼 넌 주먹으로 마음을 닦았었지. 이거 내가 너무 많이 떠들었는걸.”

쓸쓸한 미소를 흘리며 언극린은 단검을 흔들었다. 찢어지는 듯한 검명이 울렸지만 연진우는 미동도 하지 않았다.

“결국 밑천을 다 쓰게 만드는군.”

언극린의 목소리는 검명에 뒤섞였다. 그리고 검이 만들어내는 그림자 속에 그의 모습이 섞여 들어갔다. 검화가 피어나고 검환이 날아가는 검술은 아니었지만 검이 가진 본연의 성질에 거슬리지 않는 가장 자연스런 움직임이었다.

하지만 연진우는 당황하지 않았다. 강맹한 공격이 올 때는 몸을 구부려[构] 흘려보낸 뒤 힘을 끌어 모아[攦] 언극린의 공세를 헝클어뜨렸다[기]. 언극린이 잠시 주춤할 때를 놓치지 않고 쫓아가 움직임의 연결고리를 파내어[採] 쪼갰다[劈]. 지겹도록 반복한 파옥권의 기본이 손끝에서 하나하나 풀려 나갈 때마다 언극린은 검초의 방향을 바꾸어야 했다.

하나 남은 손이라 파옥권을 제대로 펼치지 못할 것이라는 생각은 기우였다. 초식의 형에 얽매이지 않고 의미를 좇아 움직일 수 있게 되었기에 파옥권의 원초식과 비슷하면서도 조금 다른 동작을 끊임없이 펼칠 수 있었다. 거기에 귀검구절해의 심득이 더하여지고 간간이 오행절맥수의 공력이 움직이자 언극린의 동작은 크게 둔해졌다.

슈욱—

날카로운 파공음이 인 곳은 연진우의 집게손가락. 언극린은 거기에 심상치 않은 공력이 담겨 있음을 직감했다. 단검이 묘한 광채를 뿌리며 집게손가락을 막아갔다.

직접 부딪쳐선 좋지 않다고 판단하였는지 연진우는 손가락을 돌이켰다. 대신 손가락은 단검의 칼등을 내려쳤다.

끼익—

손가락이 칼등에 떨어지는 순간 기분 나쁜 마찰음이 들렸다. 언극린의 얼굴이 얼어붙었다.

오행절맥수의 공력이었다.

언극린은 손목을 흔들어 단검을 던져 냈다.

단검은 간발의 차이로 연진우의 옆구리를 스치고 지나갔다.

그러나 이번에는 연진우의 표정이 변했다.

단검을 피하느라 움직인 곳으로 언극린의 장검이 날아들었던 것이다. 지팡이 대신 사용하고 있었던 그 검이.

화급히 뒤로 물러났지만 이미 검은 연진우의 가슴을 길게 갈라놓고 있었다. 다행히 뼈나 내장까지 이르는 상처는 아니었지만 꽤 깊은 상처였다.

연진우는 혀를 찼다. 과연 경험이 풍부한 상대였다. 장검을 두고 단검만으로 자신을 상대한 데는 이유가 있었다. 분명 한 가지 무기가 더 있음에도 불구하고 그것을 무기가 아닌 지팡이로 인식하도록 만들어 결정적인 순간에 일검을 날린 것이었다.

"하아, 하아……."

"역시 대단해. 반 토막 내려고 그 고생을 했는데 말이야."

거친 숨을 몰아쉬며 상처를 움켜잡는 연진우 앞에서 언극린은 검을 고쳐 쥐었다.

"검은 잡는 것이 아니라 쥐는 것이라 하였지? 그건 말이야……."

장검이 번뜩이며 채찍 같은 광채가 날아드는 것을 마지막으로 연진 우는 눈을 감아버렸다. 출혈 때문에 눈앞이 흐려지고 있었다. 흐린 눈 으로는 도저히 피하거나 막을 수 없는 공격이었다. 남은 길은 단련된 신체와 감각을 믿는 것뿐이었다.

타다다다닥!

보지 못하는 상태에서도 연진우는 절묘한 동작으로 언극린의 공격 을 피했다. 한상욱의 철저한 지도, 그리고 그간의 치열한 삶이 만든 결 과물이었다.

그러나 그 모든 것도 언극린의 공격을 완벽하게 방어하지 못했다. 목덜미를 노린 검날을 막지 못한 연진우는 주먹을 풀고 몸의 힘을 뺐 다.

'이제야 겨우 끝나는 거군. 그럼 이젠 쉴 수 있는 걸까?'

한가하게 그런 생각이나 하고 있을 때, 쇠붙이끼리 부딪치는 소리가 났다.

쨍그렁—

'뭐지?'

도무지 막을 수도, 피할 수도 없는 일격이었다. 연진우는 무슨 일이 일어난 것인지 알 수 없었다.

'목이 잘릴 때의 느낌이 원래 이런 것일까?'

터무니없는 생각이었지만 연진우는 어쩌면 정말 그럴지도 모른다고 중얼거렸다. 그는 여전히 눈을 꼭 감고 있는 채였다.

"무슨 짓이냐?"

그런 비현실적인 생각을 멈추게 한 것은 언극린의 목소리였다.

연진우는 슬며시 눈을 떴다.

머리 속이 멍해졌다.

피를 너무 흘려서일까? 몸도 휘청였다.

연진우는 흐려진 눈을 원망했다. 아니, 어쩌면 감사했는지도 모른다.

복잡한 감정이 서린, 흐릿한 눈빛으로…… 연진우는 눈앞에 나타난 사람을 바라보았다.

연진우의 목을 베려고 날아가던 칼날이 한 사람에 의해 멈추어 있었다.

언극린도 놀란 표정으로 그 사람을 바라보았다.

그리고 두 사람의 사이에 선 언설화는 창백한 얼굴로 연진우를 보고 있었다.

언극린의 검, 연진우의 맨 주먹…… 그리고 언설화의 마음이 복잡하게 교차했다.

2. 건곤역행(乾坤逆行)

"무슨 짓이냐?"

언극린은 차갑게 외쳤다.

하지만 누구도 대답하지 않았다.

연진우는 눈을 깜빡였다. 눈꺼풀 사이로 흐릿하게 보이는 것은 손등으로 칼날을 막고 있는 여자였다.

'손등으로 칼날을 막아?'

눈에 들어온 광경은 너무나 비현실적이었다. 다른 사람도 아니었다. 언극린이 힘을 기울여 날린 검이었다. 한데 그것이 여자의 손에 가로막혔다니, 부러져 있다니…….

장검은 중동이 부러져 있었다. 떨어져 나간 절반은 바닥에서 회색 광채를 내고 있었다.

연진우는 눈을 크게 떴다. 여전히 흐릿한 영상이었지만 이번에는 조

금 더 볼 수 있었다. 언설화는 권갑(拳甲)을 착용하고 있었다. 그리고
손등 부분에는 강철로 된 돌기가 빽빽하게 돋아나 있었다. 아마도 장
검을 막아내고 또 부러뜨린 것은 그 강철 돌기의 소행이었을 것이다.

연진우는 나직이 읊조렸다.

"어떻게……."

길지 않은 말이었다. 그리고 완결된 문장도 아니었다. 하지만 몇 글
자 안 되는 연진우의 목소리가 있자, 언설화의 눈가에 물기가 번졌다.

"세상에서는……."

목이 메이는지 언설화는 말을 잠시 멈추었다. 연진우의 눈에도 처연
한 기색이 어려 있다.

"…만나면 헤어지고 헤어지면 다시 만난다지요."

연진우는 눈을 감았다. 마음속으로 외쳤다.

'그런 말 마라! 나는 복수의 길을 선택한 사람이다. 그런 마음을 받
을 수 없는 사람이다!'

외침은 마음속을 떠돌 뿐…….

그때 들려오는 냉랭한 언극린의 목소리.

"그렇게 만나면 또 헤어진단 것을 알고 있을 테지?"

언설화는 고개를 가로저었다.

"알아요. 하지만…… 정말 그런 것이라면, 그때 또 헤어져도 좋으니
지금은 함께 머물게 해주세요."

"흥!"

언극린은 검을 거두었다. 그러자 언설화의 권갑 표면에 솟아 있던
강철 돌기가 일제히 눕혀졌다.

하지만 검을 거두었음에도 언극린의 눈은 연진우를 놓지 않고 있었다.

검을 막고 있던 손으로 언설화는 연진우의 가슴을 쓰다듬었다. 범벅이 된 피를 대강 걷어내자 깊숙이 난 상처가 드러났다. 언설화의 눈에 글썽이던 물기는 가닥을 이루어 뺨을 타고 흘러내렸다.

언설화는 허리에 감고 있던 띠를 풀었다. 검은색의 띠는 제법 길어서 연진우의 상체를 몇 바퀴 감기에 충분했다. 더 이상 상처가 벌어지지 않도록 헝겊 띠를 감은 후 언설화는 울며 연진우에게 말했다.

"이러지 않으려 했는데…… 울지 않으려고 나를 달래왔는데 또 눈물이 넘치네요. 당신을 보니깐요. 미안해요."

"……."

연진우는 이를 악물었다. 전신이 부들부들 떨렸다. 언극린을 상대로 목숨을 걸고 싸우던 순간에도 이렇게 떨리지는 않았다. 이미 형편없이 짓이겨진 입술을 다시 씹으며 그는 정색했다. 그렇지만 감은 눈 안에 습막이 번지는 것만은 막을 수 없었다.

"이제 물러서라!"

언극린이 말했다.

연진우도 눈을 뜨며 말했다.

"돌아가."

언설화는 세차게 고개를 흔들었다. 붉게 상기된 얼굴엔 눈물이 계속 흐르고 있었다.

"그만둬요. 더 이상 싸울 힘도 없잖아요."

"힘은 있어. 의지가 소멸되지 않은 이상 힘은 있는 거야."

연진우는 자조적으로 말했다.

언극린 역시 고개를 흔들며 언설화에게 말했다.

"그래서 살려보낼 수가 없지. 저런 사내를 어중간한 상태로 놓아두면 상상도 못할 정도로 많이 발전해 버리거든. 내일을 빼앗아야 해. 의지 자체를 없애 버려야 하는 거야."

"비켜!"

연진우도 단호하게 말했다.

잠깐의 침묵 후 언설화는 또박또박 이야기했다.

"비켜줄 수 없어요. 오라버니와 싸우겠어요."

"……."

"……."

언극린과 언설화의 시선이 뒤엉켰다. 정말 그러겠느냐고 묻는 언극린의 시선에 언설화는 강렬한 눈빛을 보냈다.

"지금이라면, 나 혼자서도 둘 모두를 상대할 수 있어요."

철컥!

권갑의 돌기가 다시 솟아올랐다.

언극린의 눈썹이 꿈틀거렸다. 그리고 파검(破劒)이 조금씩 움직였다.

언설화도 천천히 움직였다. 보폭을 좁히고 주먹을 얼굴 앞으로 가져갔다. 이동이 자유롭고 공수의 전환이 빠른 동작을 예고하는 자세였다.

언극린은 고개를 가로젓더니 검을 내렸다.

"틀린 말은 아니지. 지금이라면……. 그렇다면 이렇게 하자꾸나."

"……?"

눈을 둥글게 뜨며, 하지만 싸우기 위한 자세는 풀지 않으며 언설화는 언극린의 이어지는 말을 기다렸다.

"나는 손대지 않으마. 그러니 너도 여기서 저자에게 손을 떼거라."

"진심인가요?"

"만약 스스로의 힘으로만 빠져나간다면 나도 더 이상 아무 말 하지 않겠다."

언극린은 고개를 끄덕거리며 말했다.

"좋아요."

해가 뜨려면 아직도 시간이 꽤 남은 터라 언설화는 그러마 하고 언극린의 제의를 받아들였다.

"그럼 서로 한 걸음씩 물러서자."

언극린이 먼저 물러섰고 언설화도 느릿하게 움직였다.

그러길 몇 차례 반복하자 언극린, 언설화는 연진우를 사이에 두고 전후로 벌어지게 되었다.

그렇지만 연진우는 움직이지 않았다. 그는 언설화를 향해 말했다.

"내 행동은 내가 결정한다. 나는 죽을 자리를 찾아 여길 온 것이다. 다른 사람의 도움을 받아 생명을 부지하고 싶지는 않다."

언설화는 난처한 표정을 지었다. 그녀가 입술을 달싹거리자 언극린이 먼저 말했다.

"좋을 대로해. 오늘 난 더 이상 너를 상대하지 않을 테지만."

초조해하는 언설화. 참다 못한 그녀가 목청을 높인다.

"진짜 찾아가야 할 곳은 여기가 아녜요. 당신은 당신의 사부와 권왕 형량보에 대해서 얼마나 알고 있나요?"

연진우는 다시 멍해졌다. 쇠도리깨로 머리 통을 얻어맞은 것 같았다.

"그게 무슨 말……."

"모든 이야기는 권왕으로부터 시작되었어요. 권왕을 찾으세요. 그리고……."

"그만!"

언극린은 고함을 질렀다. 그리고는 긴 휘파람을 불었다.

그러자 그 소리에 호응하려는 듯 몇 사람의 휘파람 소리가 주위에서 들려왔다.

언설화는 얼굴을 찡그렸다.

"뭘 하는 거예요?"

언극린은 지그시 미소를 지으며 휘파람 소리에 귀를 기울였다. 소리는 모두 다섯 가닥이었는데 각각이 궁(宮), 상(商), 각(角), 치(徵), 우(羽)의 음을 내고 있어 여러 사람의 입에서 나오는 것이지만 마치 원래는 한 덩어리인 것처럼 조화를 이루고 있었다. 휘파람 소리는 점점 고조되더니 이어졌다 끊어졌다를 반복하였다.

연진우는 휘파람이 멎을 때마다 숨 쉬기가 거북해지자 크게 놀랐다. 휘파람은 점점 속도가 빨라져 급기야 정상적인 호흡이 힘들 정도가 되었다.

"소리에 마음을 쏟지 말고 내공을 움직여 호흡을 안정시켜요!"

언설화의 외침이 들려왔다. 그제야 연진우는 정신 차리고 내공을 움직였지만 한번 흔들리기 시작한 호흡은 쉬이 바로잡을 수 없었다.

'소리를 이용하여 사람을 제압하는 기술이 있다더니, 과연 사실이었구나. 그저 재미있으라고 만들어낸 이야기라고만 생각했는데…….'

연진우는 말로만 듣던 음공(音功)의 실체를 몸으로 겪게 되자 마음이 더 어지러웠다. 음공은 음률(音律)에 상승의 내가공부가 결합된 것이라 사람의 마음을 움직이고 호흡을 조절하는 능력이 있었다. 하나 그것은 음률에 대한 깨달음이 필요할 뿐만 아니라 지극히 심후한 공력을 필요로 하여 익히기가 보통 어려운 것이 아니었다. 해서 한상욱도

각파, 각가의 무술에 대해 알려줄 때 음공은 가르쳐 주지 못했었다.

돌연 다섯 개의 가락 중 한 가락이 부드럽게 변했다. 가까스로 호흡을 안정시켜 가고 있던 연진우는 저도 모르게 얼굴이 상기되며 어깨가 들썩거렸다. 다섯 가락이 무겁게 짓누르다가 갑자기 압력이 약간 사라지는 바람에 어깨를 들썩거린 것이었다.

옆에서 언설화는 어찌할 바를 찾지 못하고 발만 동동 굴렀다. 바로 옆에 언극린이 두 눈을 시퍼렇게 뜨고 있었다. 직접 끼어들어 연진우를 구해내려 했다간 언극린이 뛰어들 것이 자명했다.

다행히 연진우는 더 이상 움직이지 않고 소리의 방향을 가늠하였다.

당황한 것은 휘파람을 부는 사람들이었는지, 이번에는 다섯 사람이 모두 제각각의 소리를 내었다. 한 소리가 갑자기 높아지면 어떤 소리는 낮아졌고, 얽혔다가 풀어지기를 불규칙하게 반복했다. 다섯 가지 소리는 화음을 이루기도 했지만 때론 전혀 관련없이 들리기도 했다.

연진우는 눈알이 빙빙 돌아갔다. 맨 처음 휘파람 소리가 들릴 때의 조화로움은 간 곳이 없고, 이제는 서로 다투는 것 같아서 듣는 이를 매우 혼란스럽게 만들고 있었다. 용과 호랑이의 싸움에 갑자기 종달새가 끼어들지를 않나, 난데없이 사자의 울음소리가 한쪽에 힘을 실어주기도 했다. 출혈로 정신이 오락가락하고 있는 연진우가 혼자서 감당하기는 버거운 공격이었다.

하지만 호흡이 통제되지 않고, 마음이 심하게 요동 치는 상황에서도 연진우는 포기하지 않았다. 설마 음공이 언극린의 검보다 위협적일 리 없다고 끊임없이 되뇌이며 정신을 집중했다. 그러자 그의 뇌리를 스치고 지나가는 기억이 있었다. 구화산에서 사륜지주와 대치하였을 때였다. 기세 대 기세로 겨루어서 네 사람의 기운을 읽어내고 올올이 풀어냈던 일이 생생하게 떠올랐다.

그때의 경험을 살려 연진우는 휘파람의 기운과 방향을 읽기 시작했다. 이윽고 휘파람의 성질을 파악하게 되자 연진우는 느릿하게 움직여 혈룡검을 집어 들었다. 소리의 성질을 파악한 것만으론 불충분했다. 소리를 이용할 수 있는 공력이 절실히 필요했다. 그래서 선택한 것이 혈룡검. 연진우는 손가락을 퉁겨 혈룡검의 검신을 때렸다. 검 손잡이는 반대 편 겨드랑이에 낀 채였다.

웅— 우웅—

검을 때린 소리는 엄청나게 크게 들렸다. 휘파람 사이에 있었던 미묘한 균열을 타고 흘러 들어가며 강하게 진동해서였다. 순간 휘파람 소리가 주춤거렸다.

그러나 상황은 별반 달라지지 않았다. 그저 휘파람이 잠시 멈칫거렸을 뿐이다. 언설화는 발을 동동 구르며 나직이 중얼거렸다.

"왜 아직 안 오는 거야? 빨리 와야 하는데 왜 안 오는 거야?"

아무리 손톱을 물어뜯으며 밖을 힐끔힐끔 보아도 연진우가 이 위기를 벗어날 수 있는 방법은 없어 보였다.

우웅—

다시 혈룡검이 울렸다. 휘파람이 멈칫거리는 시간이 조금 더 길어졌다. 언극린의 얼굴에 이채가 떠올랐다.

그가 언설화를 보고 말했다.

"음률에는 무지한 녀석인 줄 알았는데, 아니었나?"

"……."

"음률은 몰라도 소리로 싸움하는 법은 알아냈다는 건가?"

그러는 동안에도 혈룡검의 울림은 휘파람의 사이사이에 끼어들었다. 처음에는 조금씩 흐름을 방해하던 정도였는데 어느새 검의 울림이 휘파람과 비등한 세력을 이루어가고 있었다.

언극린의 말처럼 연진우는 음률에 대해서는 아는 바가 거의 없었다. 배워서 안 지식은 없었다. 하지만 가지고 태어난 지식은 있었다. 그래서 휘파람 소리에 혈룡검의 울림으로 대항할 수 있었다. 오장육부가 요동 치는 소리, 기혈이 흐르는 소리, 뼈마디가 부딪치며 내는 소리… 내면을 관(觀)하기 시작한 이후 발견한 그 소리에는 인간이 만들어낸 음률의 규칙이 모두 들어 있었다.

"휴!"

짝! 짝!

언극린은 손뼉을 두 번 쳤다. 그러자 휘파람 소리가 멈추었다. 언설화는 수상쩍은 눈으로 언극린을 바라본다. 연진우도 익숙하지 않은 소리의 대결이 중단된 것에 일단은 안도하지만, 또 어떤 공격을 해올지에 정신이 분산되었다.

"네 덕분이다. 내가 나이 든 것 때문에 한숨을 쉬어보기는 정말 오랜만이다. 나도 젊을 때는 잠깐 스치고 지나가는 것에서도 새로운 걸 배우고 익혔는데, 나이를 먹을수록 아는 것 수습하기만 급급해지니……."

언극린의 말을 들으면서도 연진우는 휘파람을 불던 다섯 사람의 움직임을 포착하려고 애쓰고 있었다.

"음(音)으로 한 건 그냥 시험이었어, 어느 정도 그릇이 되는지. 너에게 쉴 시간도 좀 줄 겸 하고 말이야. 이젠 정말 끝내자구. 정말……."

언극린이 손짓했다. 다섯 사람의 검수가 연진우 앞에 나타났다. 연진우는 그중 한 사람의 얼굴을 알아보았다. 일곱 색깔 광휘가 길게 뻗어 나오는 칼을 든 사람.

"구양숭……."

"과연 나는 알아보는군."

중앙에 서 있는 백발의 노검객이 너털웃음을 터뜨렸다. 웃음소리가 신호라도 된 듯 네 사람이 움직여 연진우를 포위했다.

딱딱하게 굳은 연진우의 얼굴.

잠시 후 피식 코웃음을 친다.

"손대지 않겠다는 게 이런 뜻이었나?"

언극린은 대답하지 않았다.

연진우의 고개가 천천히 돌아갔다. 언설화는 자신을 향한 연진우의 시선을 피했다.

"스스로의 힘으로 이것을 극복해 보라…… 말할 때는 멋있게 보였는데 막상 이런 식으로 나오니 기운이 빠지는군. 좋아, 정의맹주에, 이런 검수들까지 데려갈 수 있다니 이 정도에 그냥 만족하도록 해야겠어."

연진우는 혈룡검을 거머쥐었다. 손가락 관절이 미미하게 떨리고 있었다.

구양숭은 그것을 놓치지 않았다.

"허세 부리지 말게! 네놈에겐 우리를 어찌할 힘은커녕 제대로 서 있을 힘조차 남아 있지 않아. 안 그런가? 인정하면 순순히 목을 내밀게."

"흐……."

연진우의 입가로 흐르는 것은 비릿한 웃음. 문득 구양숭은 가슴 언저리로 섬뜩한 기운이 덮쳐 오는 것을 느꼈다. 광휘가 찬란한 보검을 치켜들어 보아도 그 느낌은 지워지지 않았다.

무형의 기도? 그런 것은 아니다. 하면 무엇이 산전수전 다 겪은 능구렁이를 이렇게 불편하게 만드는가?

연진우의 눈에서 구양승은 해답을 찾았다.

분명 더 이상 희망은 없었다. 이미 만신창이가 된 몸뚱어리였다. 공력이 소진되고 근골을 다쳐서 제대로 움직이지도 못할 것이다.

그럼에도 연진우의 눈은 구양승을 똑바로 바라보고 있었다. 허세인 것을 뻔히 알고 있는데도 발칙하게.

기묘한 불쾌감은 그런 연진우의 눈빛과 태도에서부터 풍겨 나오고 있었다. 그리고 그 불쾌감이 구양승에게 도착해서는 불안감으로 변하고 있었다.

"휘익―!"

짤막한 구양승의 휘파람 소리가 울리자 나머지 네 명의 검객이 민첩하게 움직이기 시작했다.

'아무리 수작을 꾸미고 있어도 힘으로 누르는 것에는 달리 도리가 없겠지.'

언극린을 보필, 무림맹의 실질적인 두뇌 역할을 감당해 오던 구양승의 머리에서 나온 것은 지극히 원론적인 방법이었다. 계교에 계교로 맞서는 것은 하수들의 행동, 진정 강한 힘 앞에서는 계교가 통하지 않는 법이다. 연진우가 어떤 계략을 사용할지라도 구양승은 사 인의 검수가 가진 힘으로 깨뜨릴 것을 결심했다.

치익―

비단 찢어지는 소리가 났다. 사 인 중 유난히 붉은 얼굴을 가진 사람의 검과 연진우의 옆구리가 마주치며 난 소리였다. 한데 제법 깊은 상처를 입었는데도 연진우의 옆구리에서는 피 한 방울 흐르지 않았다.

한 번의 부딪침 후에 두 사람의 반응은 서로 달랐다. 붉은 얼굴의 사내에게는 득의의 미소가, 연진우에게는 가벼운 낭패가 떠올랐다.

붉은 얼굴 사내는 갈 지(之) 자 모양으로 발을 끌며 신속히 연진우의 공격 방향에서 벗어났다.

연진우는 얼굴을 찡그렸다. 방금의 일검이 그에게 엄청난 충격을 남겨준 까닭이었다. 간신히 피했음에도 불구하고 검기는 그의 살을 찢으며 비단 갈라지는 소리를 내었다. 그뿐이 아니었다. 검에는 엄청난 위력의 양강지력이 담겨 있었다.

'저 붉은 얼굴과 관련이 있는 걸까?

연진우는 그런 생각을 하며 몸을 움직여 보았다. 하지만 그가 입은 부상은 사뭇 심각했다. 지금까지 가해졌던 충격 위에 양강한 힘이 또 한 번 더해진 결과는 상상 이상의 것이었다.

공격은 연이어 날아왔다. 독랄하면서도 호흡이 정확하게 일치하는 연환 공격에 연진우는 피를 쏟았다. 안간힘을 다해도 그들의 공격을 피하거나 막을 수 없었다. 고작해야 급소를 간신히 피하는 정도.

만년옥정에서 비롯된 공력도 이 상황에서는 도움이 되지 못했다. 이미 너덜너덜해진 육신으로는 내공을 바깥으로 뿜어내는 것이 불가능할 지경이었다.

'제길, 결국 그 수밖에 없는 것인가?

흐릿한 눈을 한 채 본능적으로 검을 움직이던 연진우의 입가에 조소가 떠올랐다.

그의 뇌리에 떠오른 것은 귀검동의 벽에 새겨져 있던 글귀의 한 부분이었다.

건곤역행(乾坤逆行) 귀검출세(鬼劍出世).

—하늘과 땅이 역행하면 귀검이 세상에 나온다.

귀검구절해(鬼劍九折解)!

상승의 무공으로 가는 길을 기록한 문장의 집합체.

무도의 경지를 논하는 귀검구절해의 끝은 '건곤역행 귀검출세'의 여덟 글자와 그 방법으로 마무리되고 있었다.

하지만 지금껏 수세에 몰리면서도 연진우는 그 방법을 실행할 엄두를 내지 못했다.

'귀검'이라는 단어가 주는 으스스함도 한몫했지만, 그 실행 방법이라는 것을 그대로 따르기도 두려웠던 까닭이다.

건곤역행!

하늘과 땅을 뒤집는 것을 말한다.

하나 역전(逆轉)이라 하지 않고 역행(逆行)이라 한 것은 건곤에 또 다른 의미가 포함되어 있음을 뜻했다.

건은 양(陽), 곤은 음(陰).

기운의 흐름이 방향을 바꾼다. 높은 곳에서 낮은 곳으로 흐르고, 충만한 곳에서 빈 곳으로 흐르던 기운이 반대의 방향으로 움직여 상식적으로는 납득할 수 없는 거대한 힘을 만들어낸다. 그것이 건곤역행의 의미였다.

그뿐이 아니었다. 만약 그랬다면 연진우가 주저할 이유는 없었을지도 모른다.

사람의 몸과 마음은 하나이다.

건곤역행 역시 몸에만 이루어지는 것이 아니다. 마음 또한 건과 곤이 뒤바뀌게 된다.

옳다고 믿어왔던 것이 그르게 여겨지고, 증오해 마지않던 것이 기꺼이 여겨지게 될지 누가 안단 말인가.

연진우는 이를 악물었다.

이미 몸뚱이는 너덜너덜했다.

언설화가 뛰어들어도 이 상황이 해결될 가능성은 없었다.

푸슉!

통증조차 느껴지지 않았다. 하지만 뿌연 동공으로 비친 영상은 참혹했다.

자신의 가슴을 관통하는 검. 그것을 보는 사람의 심정이 어떤 것인지 누가 알 것인가?

더 이상 주저하다간 시도해 볼 기회조차 없을 것이라고 생각하며 연진우는 짧게나마 언설화를 보았다. 그리고 소리없이 외쳤다. 미안해…… 라고.

연진우는 귀검동에서 보았던 마지막 문장을 외웠다.

스으으—

최소한의 저항조차 중단되자 구양승은 마지막 일격을 날릴 때라고 판단했다. 그리고 나머지 넷도 같은 생각을 했다.

하지만 갑작스런 변화에 그들은 잠시 멈칫거렸다.

냄비 뚜껑 사이로 김이 빠지는 소리가 나며 전신이 금빛으로 물들기 시작한 연진우.

모공이 열리며 검은빛의 노폐물이 빠져나오자 악취가 풍겼다. 온몸을 덮고 있던 상처에서도 검게 죽은 피가 흘러나왔다.

구양승은 손짓하여 다른 이들을 멈추게 했다. 상식 밖의 인물이었기에, 섣불리 손을 대었다가 어떤 일을 당할지 알 수 없었기 때문이다.

그러나 그것은 구양승이 순수한 무인이 아님을 입증해 주는 말이기도 했다. 이것저것 재어보지 않고 공격했다면 성공할 수도 있었을 것을, 이제 그는 기회를 놓치고 말았다.

"……."

좌중의 눈동자가 일제히 커졌다.

악취를 흘려보내던 모공에서 어느새 담담한 향기를 풍기고 있었다. 그리고 상처가 빠른 속도로 아물었다.

"이, 이런……!"

홍안사내가 당황하여 검을 휘두르려 했다.

번쩍!

그러나 연진우 쪽이 더 빨랐다. 그는 금빛 섬광이 되어 사내의 가슴을 꿰뚫었다.

"쿨럭!"

기침과 동시에 사내의 입에서 피가 한 사발은 쏟아졌다. 그는 다급한 눈으로 연진우의 눈동자를 보았다. 누런 눈동자가 요사(妖邪)한 빛을 뿜어내고 있었다.

"각주를 피신…… 어서!"

단호한 목소리였다. 구양승을 포함한 사 인의 검객은 추호의 망설임도 없이 언극린에게로 달려갔다.

슈웃―

금빛 섬광이 움직였다. 연진우가 움직이며 남긴 흔적이었다. 그러자 한 검객이 연진우 앞을 막아섰다. 다른 셋이 언극린에게로 가는 시간을 벌어준 것이다.

방금 쓰러진 홍안사내와는 대조적으로 푸른 얼굴을 가진 사내였다. 그의 얼굴빛은 점점 더 진해졌다. 잘 모르는 사람이 보기에도 그가 상당한 무리를 하고 있다는 것이 뚜렷하게 드러났다.

연진우의 금안(金眼)에 이채가 일었다.

상대의 눈에서 사생결단의 각오를 읽었기 때문이다.

연진우는 고개를 끄덕였다. 저 뒤편에서는 세 사람의 검객이 언극린과 언설화─그녀가 상당히 반항한 탓에 언극린에 비해 그녀를 업는 것은 그다지 쉬워 보이지 않았다─를 업고 경공술을 펼치고 있었지만 별로 신경 쓰지 않았다. 연진우의 관심은 눈앞의 푸른 얼굴에만 가 있었다.

"……."

의미를 알 수 없는 중얼거림이 연진우의 입에서 쏟아져 나오는 순간!

"합!"

격렬한 기합 소리가 청안사내에게서 터져 나왔다. 그 소리에 연진우의 눈이 번뜩였다.

그 순간!

우우~ 우웅웅!

차갑고 급한 기운이 연진우를 휘감았다. 연진우의 얼굴이 창백하게 식었다. 그러나 그 다음 순간에 그의 몸은 다시 황금 빛 섬광으로 변하고 있었다.

쐐아─

금빛 광채가 햇살처럼 일어나면서 냉기류를 뚫었다.

'위험하다!'

내심으로 그렇게 부르짖으며 청안사내의 신형이 날아올랐다. 보통 사람이라면 피할 것을 생각하였겠지만 그의 신형은 연진우에게로 날아 들었다.

사아악!

검기가 회오리치며 일어났다. 그리고 핏줄기가 하늘로 솟구쳤다.

청안사내는 쩍 갈라진 가슴을 움켜잡았다. 그의 눈에 거대한 바위산 처럼 굳게 서 있는 연진우의 모습이 드러났다.

"죽인다!"

연진우를 보며 그는 씹어뱉듯이 말했다. 기합 소리를 제외하고는 처 음으로 목소리를 들은 것이지만 연진우는 그저 금안을 이리저리 굴릴 뿐이었다.

그리고 혈룡검이 부르르 떨렸다.

검에서 토해진 것은 무서운 한음기력(寒陰氣力)!

냉기가 폭풍과 같이 쏟아져 나가 상대를 휘감았다.

사아아아—

푸른 얼굴이 창백하게 질리고 전신에 하얗게 서리가 내리는 데 걸린 시간은 극히 짧았다.

쩽그랑!

갈라진 가슴에서 흘러나오던 핏물이 얼음이 되어 땅으로 떨어져 날 카로운 소리를 냈다.

"흐… 윽!"

들릴 듯 말 듯한 신음 소리가 일어났다. 하얗게 서리가 내린 얼굴에 서 흘러나오는 소리였다.

연진우는 그를 무표정하게 보았다.

금안이 깜빡였다.

　상대의 호흡이 멈춘 것을 확인하자 그는 쓰러진 홍안사내에게로 향했다. 그러나 그 역시 숨을 거둔 지 오래였다.

　나지막한 한숨을 토하며 연진우는 숙였던 몸을 일으켰다.

　"진우야!"

　갑작스런 목소리에 연진우는 움찔했다. 그리고 몸을 돌렸다.

　황금 빛 눈동자가 유난히 더 밝게 빛났다.

　"진우, 너……."

　그는 말을 잇지 못했다. 연진우의 무감동한 금빛 눈동자를 마주 보았기 때문이다.

　훤칠한 키에 창을 들고 나타난 그 사내, 그의 이름은 홍염이었다.

3. 광소(狂笑)

“진우야, 너…….”

홍염은 아직도 믿기지 않는다는 표정으로 말했다.

널브러진 시체에서는 하얀 연기가 가늘게 피어오르고 있었다.

그리고 연진우의 몸에는 은은한 금빛이 감돌고 있다. 그 빛은 두 눈에 이르러서는 더욱 강렬해져 정면으로 눈을 마주치기조차도 힘들었다.

“정말…… 살아 있었던 것이구나.”

더듬더듬 홍염의 입에서 말이 흘러나왔다.

그는 성큼성큼 앞으로 걸어가 연진우의 하나뿐인 팔을 붙잡았다.

“나를 따라가자. 무슨 일이 있었는지는 모르겠지만 내가 도와주마. 사부님이라면 너의 문제를 해결해 주실 게다.”

홍염의 눈시울이 붉게 물들었다.

하지만…

팟!

가벼운 떨림이 있었다. 단지 그렇게만 느껴졌을 뿐이다. 그러나 홍염은 전율했다. 처음에는 떨림이 느껴졌던 두 손을 바라보았다. 그리고 연진우를 바라보았다.

"이것이 네 대답이냐?"

"……."

연진우는 입을 다문 채 금빛이 형형한 눈을 깜빡거렸다. 연진우의 눈이 닿는 곳에는 중동이 깔끔하게 잘린 창이 있었다.

스슷―

이번에는 홍염도 분명하게 느낄 수 있었다, 눈부신 금광이 자신에게 엄습해 오는 것을.

촤악!

홍염은 둘로 나누어진 창을 양손에 쥐고 현란하게 흔들었다.

따당― 땅―

창이 만들어낸 그림자는 요란한 소리를 내며 금광을 막아내었다. 하지만 온전히는 막지 못하였다.

"욱!"

홍염은 핏덩이를 토해냈다.

"……."

연진우가 소리없이 냉소했다. 그리고 날아올랐다.

"진우…… 윽!"

그런 연진우의 뒷모습만 바라보며 소리치던 홍염은 치밀어 오르는 핏줄기를 삼키느라 다시 입을 다물어야 했다.

어둠 속에서 연진우의 뒷모습은 한 가닥 금빛 선으로 보였다.

*   *   *

긴급(緊急)!

정의맹 총단에 연진우 출현.

정의맹주와 호적수로 겨루고 검각의 무사 다섯을 상대할 정도로 성장. 아직도 정확한 무공의 수준은 측량하기 어려움. 지난 삼 년간의 행적에 대한 재조사 필요.

현재 정의맹주는 검각 출신으로 정의맹주의 참모 역할을 해오던 구양승과 함께 모처로 피신하는 중임.

푸드드득—

매서운 눈과 날카로운 부리를 가진 맹금(猛禽)이 날아올랐다. 조그맣게 돌돌 만 비단 조각을 발목에 매단 채.

한편, 조류의 날개를 비웃기라도 하는 듯 그것의 움직임을 따르는 그림자가 있었다.

처음에는 기다랗게 금빛 광채를 흘리며 움직이는 그림자였다. 하지만 시간이 갈수록 그림자의 금빛은 점점 옅어지더니 이내 눈에 보이지 않게 되었다.

까아악—

찢어질 듯한 울음. 강인한 날개를 활짝 편 채 고공을 날고 있던 매가 절규했다.

매의 움직임은 계속해서 빨라졌다.

어둠이 물러가고 빛이 찾아올 때까지 몇 시진을 날고서야 매는 속도를 늦추었다.

그리고 지상을 흘깃 보았다.

깊은 산속, 그 한가운데 있는 오두막이었다. 너무나 자연스러워 마치 산의 일부처럼 보이는 그런.

까악— 까악—

오두막을 내려다보는 위치에서 매는 몇 바퀴를 회전하며 울었다.

잠시 후 오두막의 지붕 일부가 열렸고, 매는 날개를 접으며 활강(滑降)을 시작했다.

한 치의 어긋남도 없는 비행이었다. 수직에 가깝게 낙하한 매는 지붕의 작은 문을 통해 오두막 안으로 들어갔다.

덜컹!

지붕의 문이 닫혔다. 너른 하늘을 날다가 갑자기 좁은 실내에 들어선 매가 신경질적으로 날개를 퍼덕거렸다.

…….

무슨 소리를 들었는지 갑자기 매는 불안한 날갯짓을 멈추고 한 사내에게로 다가갔다.

몹시도 못생긴 사내였다.

조금 더 정확히 말하자면 못생긴 승려였다.

그의 입에는 뿔로 만든 피리가 물려 있었다. 애초부터 동물에게만 들릴 수 있는 소리를 내도록 만들어진 피리였다.

그는 왼팔을 내밀어 매를 앉혔다. 그리고 남은 한 손으로 매의 다리에 묶여 있던 비단 조각을 풀어냈다. 오른손 하나만으로는 제법 불편

했을 텐데 그는 몹시 익숙하게 그 일을 해내었다.

사내는 비단을 풀어보지 않은 채 오두막 바닥을 두드렸다.

그러자 바닥의 일부가 열렸다.

까아—

매가 자그마한 울음을 토했다.

그는 오두막 안의 횃대에 매를 올려두고 오두막 지하로 내려가기 시작했다.

어슴푸레한 지하 공간. 십여 명의 사람이 있다는 것은 알 수 있지만 얼굴을 알아보기는 어려웠다. 희미한 그림자처럼 보이는 사람들, 비단 조각을 가지고 들어온 이를 포함하여 그 숫자는 모두 열둘이었다.

십일 인은 사내의 손에 들린 비단을 응시했다. 사내는 사뭇 긴장된 안색으로 그것을 눈앞의 사람에게 주었다.

"긴급! 정의맹 총단에……."

비단 조각 위에 쓰여진 글귀를 읽는 것은 여인의 낭랑한 목소리였다. 스물쯤 되었는지, 서른이 넘었는지 목소리만으로는 나이를 분간할 수 없는 묘한 여인이었다. 하지만 한 가지 알 수 있는 것은 그녀가 상당한 무공의 소유자라는 것이다, 이런 어둠 속에서도 글을 읽을 수 있을 만큼의.

글귀는 그리 길지 않았다. 짧은 시간 만에 그녀가 읽기를 마쳤지만 뒤이어 찾아온 것은 깊은 적막이었다.

"그가 돌아왔습니다."

비단 조각을 쥐고 들어온 사내가 천천히 입을 열었다.

그러자 글귀를 읽은 여인이 차갑게 대꾸했다.

"그건 우리 모두가 아는 이야기 아닌가요?"

"여보주, 그건……."

"상보주께서는 언제나 공허한 이야기만 하시는군요. 하긴 그 재주가
아니라면 어떻게 칠보주 중 한 자리를……."

"뭐요?"

어둠 속이지만 분명히 알 수 있었다, 상보주라 불리운 못생긴 사내
의 인상이 더욱 험악해지는 것을.

하지만 상보주는 고함만 지를 뿐이었다.

오히려 큰소리를 치는 쪽은 여인.

"구화산에서 그런 짓을 했으니 포섭하려야 포섭할 수가 없게 되었
죠. 당신의 멍청한 행동 덕에 연진우를 적으로 돌리게 되었어요. 이젠
더 강해져서 돌아왔다는데, 이번에도 당신이 나서서 제거해 볼 건가
요?"

"으음……."

상보주는 주먹을 부르르 떨며 침음성을 흘렸다.

"그만들 하시오!"

그제야 끼어드는 음성. 가장 상석에 있던 사람이다.

"지금 자리는 대책을 의논하는 자리이지 자중지란(自中之亂)을 일으
키는 자리가 아니오. 사사로운 다툼은 따로 하시오."

나지막한 목소리였으나 확고한 힘이 담겨 있었다. 어둠 속에 언뜻
드러나는 얼굴에는 긴 흉터가 나 있어 더욱 강한 인상을 준다.

여보주와 상보주는 입을 다물었다.

낮은 목소리의 주인이 다시 입을 열려 했다. 그런데 어디선가 흘러
나오는 목소리.

"저, 전륜왕이 계셨다면… 이, 이런 일은, 어, 없었을 텐데……."

"쉬, 쉬잇! 모, 모, 모, 목소리가 너, 너, 너… 무 커."

"틀린… 마, 말은 아니지. 저, 전륜왕이… 계실 때는 이러, 런 혼란이 어, 없었으니까."

"조, 조용히 하, 하래두."

각기 다르면서도 비슷한 네 사람의 목소리였다.

나름대로는 소곤거리려고 애쓴 듯했지만 원체 타고난 목소리가 큰 사람들이었는지 그들의 소곤거림은 지하 공간을 가득 채우고도 남았다.

타앙!

상석의 사람이 손바닥으로 탁자를 내려쳤다. 자연적으로 그곳에 있던 석괴(石塊)를 깎아 탁자의 형태로 만들어서 단단하기가 그지없던 탁자지만 그의 손놀림 한 번에 깊숙한 흉터가 남고 말았다.

"내 방침에 불만이 있다는 거요, 사륜지주?"

"아, 아니, 그, 그렇다는 건, 아, 아니구……."

"그냥…… 사, 상황이 그, 급박하… 다 보니 벼, 별 새, 생각이……."

"알았소. 이젠 그 이야기는 그만 하시오!"

사내의 목소리에는 노기가 어려 있었다.

횡설수설하던 사륜지주들도 입을 다물었다.

그러자 다시 끼어드는 목소리가 있었다. 상보주와 말다툼을 벌이던 여보주였다.

"완전히 틀린 말은 아니라고 생각해요. 분명 전륜왕이 계셨다면 이런 문제는 있을 수가 없겠죠."

"여보주, 네가……."

사내의 목소리가 딱딱하게 굳어갔다. 하지만 여보주는 가볍게 웃으며 말을 이었다.

"하지만 이미 떠나고 없는 전륜왕을 아무리 그리워해 봐야 상황이 나아질 것은 없어요. 지금은 궁주를 중심으로 단결해야만 해요. 안 그러면 본 궁의 존립 자체가 위태로워져요. 검각 따위의 패배자들에게 밀릴 수는 없어요. 그래서 말인데요, 궁주께서 가지고 계신 복안을 듣고 싶어요. 사태를 수습하고 본 궁을 올바르게 이끌 수 있는 방향을 우리 모두에게 일러주세요."

"으음……."

사내는 침을 꿀꺽 삼켰다. 열한 쌍의 눈동자가 어둠 가운데서 일제히 자신을 응시했다. 그의 눈썹이 미미하게 떨렸다.

'독랄한 계집! 모든 책임을 내게 떠넘기겠다는 수작이구나. 좋다! 어디 한번 해볼 테면 해보거라!'

그는 주위를 돌아보았다. 어둠은 그에게 약간의 방해도 되지 못했다. 천천히 그는 열한 사람의 얼굴을 바라보았다.

그의 시선이 풀 죽은 얼굴로 앉아 있는 못생긴 사내에게 머물렀다.

'상보주, 언변이 좋은 것 빼고는 그다지 재주가 없는 녀석이다. 하지만 민심을 얻기 위해선 꼭 필요한 자이고…….'

다음으로 그는 사람 좋아 보이는 얼굴을 한 거구의 사내를 보았다.

'무골호인(無骨好人)인 척하고 있지만 마보주 역시 만만한 자는 아니지. 궁 내의 모든 기밀 문서를 관장하는 자이니 손을 쓸 수 있는 범위도 넓을 것이고. 다행히 아직 내게 적의를 드러내지는 않았으니……. 여의주보주와 장보주는 본래부터 내 사람이었고…….'

궁주는 여보주를 보았다.

'독한 년, 살기 위해서는 얼마든지 나를 팔아넘길 수 있을 년! 하지만 여인들로 조직된 사업체들을 저년이 관장하고 있으니 아직 버릴 수도 없다. 더구나 놈이 저년 뒤에 버티고 있으니 쉽사리 손을 쓸 수도 없는 노릇이고.'

그는 여보주를 지키듯 굳건한 자세로 버티고 서 있는 사내를 보며 내심 혀를 찼다. 주장신보주였다.

'저 녀석은 원래부터 그의 제자라서 내가 쉽게 통제할 수 있는 놈이 아니야. 무공도 만만치 않고. 어떻게든 구슬러서 잘 이용하는 것밖에 방법이 없는데… 저 여우 같은 년이 저리도 바싹 붙어 다니니 쉽지가 않아.'

마지막으로 그는 지금도 입이 근질근질거리는 네 사람의 말더듬이를 보았다. 그의 미간에 처음으로 굵은 주름이 생겼다.

'윤보주. 하나가 아닌 넷. 아무리 궁의 변질을 걱정했다고 해도 저런 자들에게 그런 무지막지한 무공을 남기다니 그도 너무했어. 포섭이고 뭐고가 통하지 않는 꽉 막힌 자들이니 방법이 없어.'

궁주는 이를 악물었다. 자신의 입만을 뚫어지게 바라보는 열 사람을 보며 그는 마음을 굳혔다. 강하게, 더 강하게 확실한 힘을 보여주지 않으면 이들의 마음은 자신에게서 떠난다. 전륜왕이 떠나고 없는 지금 이 시점에서는 오로지 힘만이 전체를 하나로 묶을 수단이었다.

"연진우에 대한 본 궁의 기본 방침은 변함이 없소. 우리 편으로 끌어들일 수 없으면 제거할 것이오."

자신만만한 그의 말에 여보주는 피식 소리를 내며 웃었다. 하지만 전륜궁주는 무시한 채 말을 계속했다.

"우선 마보주는 그의 과거 행적을 조사하시오. 조사에 필요한 것이 있다면 무엇이든, 누구에게든 요구하시오. 내 마보주에게 이 일에 한하여 전권을 위임하겠소. 그리고 사륜지주!"

마보주가 가볍게 목례를 하는 것과 동시에 사륜지주의 몸이 움찔했다.

"마보주의 지시를 무시하는 이가 혹 있다면 직접 제압하시오."

짧고 명료한 지시였다. 사륜지주는 아무런 이의를 제기하지 않았다.

전륜궁주는 마보주를 보았다.

"특별히 이 자리에서 요구할 것이 있소?"

두 사람은 의미있는 눈빛을 교환했다. 그리고 마보주가 입을 열었다.

"조사에 필요한 사항은 그때그때 다른 분들께 부탁드리면 되겠지만 이 자리에서 한 가지 부탁드릴 것이 있기는 합니다."

"무엇이오?"

"주장신보주께서 저와 함께해 주셨으면 하는 것입니다."

"뭐, 뭐라구요?"

여보주로부터 즉각 앙칼진 반응이 터져 나왔다. 전륜궁주는 여보주를 향해 불쾌한 안색을 감추지 않으며 말문을 막았다.

"조용히 하시오. 마보주는 합당한 이유를 이야기하시오."

"가장 큰 이유는 본인의 무공이 약하기 때문입니다. 사안의 특성상 연진우는 물론 정의맹과도 충돌할 우려가 큰 일인데 본인처럼 글만 읽던 사람에게는 무리가 아닐 수 없습니다. 자칫하다간 깊은 정보는 얻지 못한 채 몸만 상하여 돌아올 수도 있으니까요."

마보주는 여전히 웃는 얼굴이다. 하지만 전륜궁주는 그 얼굴 아래 감춰진 날카로운 칼날을 놓치지 않았다.

'과연…… 능구렁이 같으니라고. 하지만 덕택에 주장신보주를 여보주에게서 떼어놓을 수 있으니 잘된 건지도 모른다.'

"그렇게 하시오. 여보주는 할 말이 있소?"

"이, 이…… 본인의 의사는 묻지도 않나요?"

"그렇구려. 주장신보주 본인의 생각은 어떻소?"

시뻘겋게 달아오른 여보주의 얼굴과 지극히 평온한 전륜궁주. 그사이에서 주장신보주는 덤덤하게 말한다.

"마보주와 함께하겠습니다."

"……."

여보주는 입술을 깨물었고 전륜궁주는 내심으로 미소를 지었다.

일은 그렇게 결정난 것이다.

하지만 이대로 순순히 당할 수만은 없다는 듯 여보주는 날카롭게 물었다.

"과거의 내력을 조사하는 것만으로 무엇이 해결되죠? 당장 연진우를 상대할 방법은요? 그는 과거의 애송이가 아녜요. 언극린과 대등하게 겨룰 정도의 초고수가 되어서 돌아왔단 말이에요!"

"그 점에 대해서는……."

마보주가 끼어들었다.

"그의 과거 행적을 조사하는 것은 아주 중요하다고 말씀드리겠소. 이 년이라는 단기간에 이렇게 급성장하는 것은 어떤 기연을 얻지 않고는 불가능하오. 그가 얻은 기연의 종류와 익힌 무공의 내력을 알게 되면 그를 상대하는 것이 훨씬 수월하다고 말하고 싶소."

"흥! 전륜왕이었다면……."

"여보주!"

전륜궁주의 목소리가 다시 지하 석실에 울려 퍼졌다. 이번의 목소리
는 전과 달랐다. 불문정종 사자후(獅子吼)의 공력이었다. 상보주 등 내
공이 약한 이들은 가슴을 움켜잡은 채 괴로워했다.

"전륜왕은 이미 과거의 인물이오. 다시 한 번 그런 이야기를 한다면
본 궁을 배반하겠다는 뜻으로 받아들이겠소."

전륜궁주의 말뜻은 분명했다. 어쩔 수 없이 여보주는 고개를 끄덕여
야 했다.

"이 안건은 이 정도에서 넘어가고, 다음은……."

*　　　　*　　　　*

"으으……."

홍염은 이를 악물었다.

입가에는 선혈이 낭자했다. 하지만 잣나무 숲 속을 달리고 있는 그
의 신형은 한줄기 질풍과도 같았다.

휘파람 소리와 호각 소리가 뒤에서 들려오고 있었다.

'빨리 진우를 찾아야 한다. 정의맹의 수중에 떨어지면 진우는 더 이
상 산 목숨이 아니다.'

돌연 홍염은 신형을 멈추었다.

그의 사방에는 잣나무들이 빽빽하게 들어서 있었다. 한데 정면에 있
는 굵은 나무에 한 사람이 기대서 있는 것이다.

나무에 기대어 있던 사람은 핏물로 얼룩진 누더기를 걸친 사내였다.
두 사람 사이의 거리는 이 장 남짓했다.

"진우야……."

홍염은 떨리는 목소리로 연진우를 불렀다. 하지만 옅은 황색을 띠게 된 눈동자를 번들거리는 연진우는 대답하지 않은 채 앞으로 성큼성큼 걸어나왔다.

"내 말을 들어보아라."

연진우에게서 뿜어지는 무형의 기세가 만만치 않음을 느낀 홍염은 긴장한 말투로 낮게 외쳤다.

그러나 연진우는 대답 대신 누더기 조각이 애처롭게 붙어 있는 팔을 흔들어 번개처럼 그를 쳐왔다.

미리 준비라도 한 듯, 그 일장의 위력은 하늘이라도 무너뜨릴 만큼 갑작스럽고 놀라운 위력을 가지고 있었다.

"진우야!"

강풍 속에 은근한 부드러움이 숨어 있는 것을 발견한 홍염은 대경실색하며 외쳤다.

하지만 불과 일 장 남짓한 거리에서 그처럼 무서운 속도로 날아오는 가공할 장세를 피할 재주는 홍염에게도 없었다.

홍염은 급하게 진기를 들이마시며 창대를 움켜잡고 창두를 앞으로 내밀었다.

"용서해라!"

까강!

창날과 손바닥이 마주치며 금속성의 소리가 터져 나왔다.

경력이 회오리쳤다.

홍염은 답답한 신음을 흘리며 비틀비틀 뒤로 물러섰다.

"하하하!"

차갑고도 오만한 웃음소리와 함께 연진우가 날아올랐다. 홍염은 눈을 감았다.

"네 이놈!"

갑자기 들려온 대갈(大喝)!

하나 멈추지 않는 연진우!

쏴아―

가공할 경력이 홍염을 향해 날아갔다. 눈을 감고 있지만 생생하게 느껴졌다. 살갗이 아플 정도였다.

꽈앙―

굉음이 울렸다.

하지만 홍염은 아무런 충격도 받지 않았다. 의아해진 그가 눈을 떴다.

눈꺼풀 사이로 한 사내의 모습이 보였다. 홍염과 마찬가지로 창을 쓰고 있는 중년의 사내였다.

굉음은 그의 창대가 연진우의 허리를 강하게 때리는 소리였다.

"사부님!"

홍염이 부르짖었다. 중년 남자 유무용은 손짓하며 물러나 있으라고 말했다.

"아무래도 이 녀석은 어떤 종류의 마공을 익힌 것 같다. 우선 이 자리를 피할 궁리부터 하자!"

사제 간의 대화가 오가는 찰나, 연진우는 얻어맞은 허리를 비틀며 땅에 내려섰다. 그리고 다시 땅을 박차고 유무용을 향해 돌진했다.

"아차!"

홍염이 발을 동동 굴렀다.

"흥!"

유무용은 콧방귀를 뀌며 연진우를 향해 마주 달렸다.

두 사람이 정면으로 충돌하기 직전, 유무용은 가벼이 공중제비를 돌아 연진우를 뛰어넘었다.

"가자!"

유무용은 대답도 듣지 않은 채 홍염의 뒷덜미를 잡아채곤 냅다 달리기 시작했다. 연진우와의 거리가 단숨에 십여 장 이상 멀어졌다.

그러자 연진우는 갑자기 고함을 지르더니 허공을 격한 채 장력을 획획 날렸다.

뜨거운 기운과 차가운 기운, 강함과 부드러움이 뒤섞인 기묘한 장력이 연신 날아갔지만 이미 거리가 너무 멀었다. 참다 못한 연진우가 경공을 전개하려 했다.

그때!

"와― 와!"

목소리가 울리는 동시에 호각 소리가 요란했다. 수십 인의 무사들이 그의 앞을 막아섰다.

정의맹 무사들이었다.

드문드문 검을 들고 있는 자도 있었으나 그들 중 태반은 도를 들고 나타났다. 얼추 오륙십은 되어 보이는 무사들이 순식간에 연진우를 포위했다. 그 간격은 대략 사 장.

"멈춰라!"

선두에 선 자색 경장의 사내가 외쳤다. 척 보아도 묵직하게 생긴 중검(重劒)을 품고 있었다.

하지만 연진우는 쳐다보지도 않았다. 그의 시선은 유무용과 홍염이 떠난 자리를 보며 한 걸음씩 움직이고 있었다.

“이⋯⋯.”

무시당한 것에 자존심이 상했는지 자의사내는 이를 악물었다. 그리고 검을 치켜들었다.

“저자가 확실하다. 쳐라!”

“와―! 와―! 와―!”

무사들은 연진우를 향해 함성을 질렀다. 스스로 용기를 북돋우고 전체의 움직임을 통일하기 위해 하는 행동이었다.

결국 연진우도 그들을 보지 않을 수 없었다. 하지만 연진우는 그들을 보며 피식 웃음을 흘렸다. 황금 빛 눈동자가 요사스러운 기운을 풍기고 있었다.

순간 도를 지닌 이십여 명의 무사가 바람과 같이 뛰어나왔다. 행동에 절도가 있고 기세가 등등한 것이 집단 공격에 필요한 훈련을 충분히 받은 모양이었다.

지극히 일사불란한 동작이라서 연진우도 한번에 손을 쓰기는 어려웠다. 어쩔 수 없이 연진우는 뒤로 몇 걸음 분분히 물러나게 되었다.

그러자 나머지 사람들 중 이십 인이 또 연진우를 향해 날아왔다. 동작의 일사불란함은 물론이고 흉흉한 기세는 앞서의 사람들을 능가했다. 포위망이 더 좁혀졌다.

금빛 눈동자에서 웃음이 사라졌다. 그리고 그 대신 짜증이 자리를 차지했다.

연진우는 몸을 비틀었다.

슈슈슉―!

하지만 정의맹 쪽이 좀 더 빨랐다. 선두의 이십 인이 암기를 던진 것이다. 유엽비도였다. 다루기는 힘들지만 무게가 가볍고 날아갈 때 소리가 적어 매우 효과적인 암기였다. 그것을 한 사람이 각각 서너 개씩 던졌다.

연진우에게로 날아든 암기의 개수는 육칠십 개에 달했다. 공격을 준비하던 연진우는 어쩔 수 없이 유엽비도를 피하는 데 힘을 기울여야만 했다.

그러나 그것은 쉬운 일이 아니었다. 각각 다른 사람이 던진 암기라 속도도, 궤도도 제각각이었다. 물론 통일하여 던질 수도 있었겠지만 일부러 그렇게 한 것 같았다. 암기고수 일 인이 던진 백 개의 암기가 차라리 피하기 쉬웠다.

그리고 약간의 시간차를 두고 나머지 이십 인도 암기를 던졌다.

처음의 암기를 피하느라고 공중에 몸을 살짝 띄운 연진우에게 절체절명의 위기가 닥쳤다.

푸슈슛!

경미한 파공음이 들렸다.

잔뜩 긴장하고 있던 자의사내의 입에서 안도의 한숨이 터져 나왔다. 대부분의 암기가 연진우의 몸에 꽂힌 것이다. 비록 급소는 거의 피해 갔지만.

땅에 내려선 연진우는 노한 눈으로 자신을 포위하고 있는 이들을 둘러보았다. 살가죽에 박힌 유엽비도는 이미 그 모습을 감추고 보이지 않았다. 모두 몸속으로 파고든 것이다.

약간의 핏자국이 남긴 했지만 상처는 금방 아물었다. 상처 부위가 금빛으로 잠시 번뜩이는 동안에 갈라진 살이 붙어버린 것이다.

하지만 유엽비도의 무서움은 사라지지 않았다. 본래 유엽비도라는 암기 자체가 얇고 가벼운 것이라 그것 자체로는 일격필살을 노리기 힘

들다. 그래서 경험이 적고 성정이 급한 무인들은 독이 없는 한 유엽비
도를 그리 두려워하지 않는다.

하나 유엽비도의 위력은 몸에 박힌 이후에 본격적으로 나타난다. 얇
고 날카로운 암기의 칼날이 근육 속에 틀어박힌 채 몸을 움직일 때마
다 근육을 갈라놓는 고통을 준다면 제정신으로 싸움에 임할 수 있는
사람이 몇이나 되겠는가?

“홍!”

연진우가 콧방귀를 뀐다. 자의사내는 그것이 허풍임을 짐작하고 수
하들에게 명을 내렸다.

“공격!”

예의 일사불란한 공격이 다시 펼쳐졌다. 이십 인씩 무리를 지어 치
고 빠지면 다시 나머지 이십 인이 공격해 들어가며 체력을 소진시키는
전법이었다. 자의사내를 포함한 나머지 사람들은 팔짱을 낀 채 뒤에서
쳐다보고 있을 뿐이었다(우연의 일치인지 그들은 모두 검을 가지고 있었다).

“크윽!”

연진우의 입에서 처음으로 신음이 흘러나왔다. 몸 밖의 적은 충분히
대처할 수 있지만 몸 안의 적은 상상 이상으로 무서운 것이다. 움찔거
리기라도 할라치면 날카로운 칼날이 근육을 찢어놓으니 아무리 연진우
라고 해도 견디기가 어려웠다. 이를 악물고 손을 놀려보지만 그 미묘
한 감의 차이가 적을 상대하는 것을 어렵게 만들고 있었다.

“퉤!”

침을 뱉으며 연진우는 도객들을 피해 도약했다. 지금까지 무식하게
치고 받기만 하려던 행동과 크게 달랐기에 도객들은 잠시 당황하여 연
진우의 도약을 지켜만 보았다.

수직으로 도약한 연진우는 허공에서 몸을 둥글게 말아 수평으로 움직였다. 겉모습만으로 보면 흡사 무당파의 제운종 경공술과도 비슷하였다.

"아뿔싸……!"

자의사내가 탄식했다.

"놈이 포위를 벗어나 도주하려고 한다. 가자!"

말이 끝남과 동시에 자의사내와 함께 있던 검객들이 일순간 날아올랐다. 그들의 경공술도 대단하여 연진우가 사라져 버린 쪽을 향해 엄청난 속도로 움직였다.

연진우는 얼굴을 찡그린 채 경공술을 전개했다. 잣나무들이 연진우 옆을 휙휙 스치고 지나갔다.

뚜렷하게 보이지는 않지만 그의 피부 아래에서 이상한 일이 일어나고 있었다. 자세히 보지 않으면 밖에서는 알기 힘든 변화였다.

살가죽 아래의 근육들이 옅은 금빛이 되었다가 원래대로 돌아오더니 다시 금빛이 되기를 반복했다. 그러면서 근육이 눈에 띄게 요동 쳤다. 유엽비도가 움직이며 상처를 낼 때마다 그것을 치료하기 위해 몸이 필사적으로 움직이고 있다는 증거였다.

연진우는 뒤를 흘끗 보았다. 육안으로는 추격자들이 보이지 않는 거리였다. 하지만 그들은 흔적을 쫓아 자신을 따라올 것이 틀림없었다.

연진우의 신형이 갑자기 멈춰 섰다.

어느새 길은 아래로 비스듬해지고 있었다. 자의사내는 긴장했다. 멀리서 달리고 있지만 생생하게 느낄 수 있었던 기운, 연진우의 거친 숨

소리가 느껴지지 않는 것이다.

그는 부챗살 모양으로 산개한 채 함께 달리고 있던 동료들에게 소리쳤다.

"놈의 기척이 사라졌다! 매복을 주의해라!"

그들은 속도는 그대로 유지하면서 혹여나 연진우가 어딘가에 숨어 있지나 않을까에 잔뜩 주의를 기울였다.

가장 왼쪽의 녹의검객도 그중 한 사람이었다.

숲 속을 달리다 보면 온전히 직선으로 달린다는 것은 불가능하다. 나무를 모두 부러뜨리며 가지 않는 이상은.

마침 앞에 나타난 굵은 나무를 돌아섰을 때 그를 마중한 것은 거대한 바위였다.

촌각의 시간도 아껴야만 하기에 녹의검객은 왼발을 내밀어 발끝으로 가벼이 바위를 찍어 날아올랐다. 그 순간!

"컥!"

비명 소리조차 끝맺지 못한 채 그는 바위 사이로 굴러 떨어져야만 했다. 바위틈새 매복하고 있던 연진우를 미리 발견하지 못한 것이 그의 실수였다.

그렇게 한 사람을 처리하고 연진우는 다시 모습을 감추었다.

일이 잘못되어 간다는 것을 느낀 자의사내는 일행의 움직임을 멈추게 했다. 그는 말없이 손짓으로 동료들에게 신호를 했다. 정의맹 특유의 수신호였다. 전음을 쓸 수 있다면 굳이 그럴 필요가 없겠지만 평생을 무공에 바친 사람 중에도 전음을 쓸 수 없는 사람이 허다하기에 각 방회에서는 나름의 수신호를 개발하여 사용하고 있었다.

─모두 정지! 놈이 기척을 드러낼 때까지 기다렸다가 공격한다.

적(寂)…… 막(莫)!

십삼 명의 검객 중 움직이는 사람은 아무도 없었다. 울창한 잣나무 사이로 드문드문 들어오는 햇빛은 고요한 느낌을 더욱더 강조해 주었다. 흡사 죽음의 느낌!

자의사내의 안색은 침중했다. 이름만 대도 알아주는 무림세가에서 태어났지만 장자가 아니어서 그가 물려받을 몫은 아무것도 없었다. 본신 무공으로 스스로 입신하지 않는 이상 평생을 한량으로만 살아가야 했다. 그래서 그는 열심히 무공을 익혔다. 이것저것 기웃거리는 형과 달리 일편단심으로 가문의 검에 매진했다. 불행인지 다행인지 형이 집을 떠나 소식이 끊어진 동안 차기 가주로까지 거론되기도 했다. 하지만 형이 돌아왔다. 모든 것이 원래의 자리로 돌아왔다. 결국 그가 선택한 곳은 정의맹.

정의맹에서 이름을 얻고 본 가를 능가할 만한 세력을 일구는 것이 그의 야망이었다. 결코 여기서 끝나서는 안 되는 것이다.

한데…… 이 죽음의 냄새는 도대체 무엇이란 말인가?

쾅!

자의사내는 본능적으로 검을 들어 갑작스런 공격을 막아내었다.

연진우였다.

공격을 실패한 연진우는 지체하지 않고 옆 사람을 공격했다. 순식간에 두 사람의 머리가 허공으로 떠올랐다.

그러나 동료가 당하는 것을 뻔히 보고도 자의사내는 움직일 수가 없었다. 연진우의 주먹과 자신의 중검이 부딪치며 나온 결과에 그는 꼼짝도 할 수 없었다. 전신의 기혈이 일시에 들끓었다. 바윗덩어리도 힘으로 쪼갤 수 있는 자신의 검이 피와 살로 된 주먹에 밀리다니…….

자의사내는 이를 악물었다. 이미 연진우는 동료들을 대부분 도륙한 상태였다. 모두가 명문의 후예였지만 연진우를 상대하기에는 역부족! 죽지 않고 간신히 일초를 막아낸 것으로 그와 나머지 사람들의 무공 차이를 능히 짐작할 수 있었다.

스팟!

갑자기 연진우의 등 뒤에서 날카로운 도광(刀光)이 피어났다. 경공술이 떨어지는 사십 인의 도객들이 따라온 것이다. 가히 섬전과 같은 일격이었다. 연진우의 등이 너덜해졌다. 하지만 잠시 금빛이 번뜩이더니 상처는 순식간에 회복되었다.

자의사내는 내심 고개를 흔들었다.

'저들로는 안 돼. 더 강한 타격을 주어야만 해!'

그는 중검을 쥐었다. 그나마 연진우에게 치명상을 입힐 가능성이 가장 높은 사람은 자신뿐이었다.

"물러섯!"

짤막한 지시에 도객들은 질서정연하게 움직였다. 하지만 연진우는 그들을 놓치지 않았다. 잠시 그의 몸이 부르르 떨리는가 싶더니 어느새 도객들에게 바싹 붙어 몇 사람의 머리를 깨뜨렸다.

"이형환위(移形換位)!"

자의사내는 경악하며 연진우에게로 날아들었다. 수하들에게는 미안한 일이었지만 이때가 유일한 기회였다. 적어도 그가 보기에는.

자신의 치유력을 과신하였는지 연진우는 등 뒤에서 날아오는 매서운 검기에 개의치 않았다.

쇄액—!

하지만 이번의 것은 앞서의 공격과 격이 달랐다. 자의사내의 모든 공력이 담긴 중검을 직접 맞는다면 아무리 연진우라고 할지라도 몸이 두 조각날지도 모를 일이었다.

그럼에도 연진우는 배후를 내버려 둔 채 도객들을 죽이기에 급급하고 있었다. 이지가 멀쩡하지 않다는 증거일까?

푸숙!

다시 한 사람이 가슴에서 피를 뿜으며 쓰러졌다. 그리고 자의사내의 검이 연진우의 등에 바싹 다가왔다.

파팟!

기묘한 파공음이 울렸다.

중검은 연진우의 등에 힘없이 떨어져 반 치가량의 상처를 남겼다.

자의사내는 믿을 수 없다는 눈을 한 채 허물어져 갔다.

지휘관이 쓰러지자 도객들은 크게 동요했다.

"크하하하!"

앙천광소를 터뜨리며 연진우는 움직임을 멈추었다. 도객들은 그가 또 어떤 행동을 할지 몰라 호흡을 가다듬으며 연진우를 주시했다.

"가라! 살려보내 줄 터이니 가서 오늘의 소식을 전해라. 그리고 다음은 언극린 그놈을 반드시 죽일 것이라고도 전해라!"

도객들은 눈짓을 교환했다. 어차피 이미 패한 싸움이었다. 만약 끝까지 항거하다가 오늘의 정황을 알릴 사람조차 없이 몰살당한다면 그것이 더 참혹한 일이었다.

뜻이 결정되자 도객들은 분분히 물러섰다. 순식간에 숲 속에는 연진우와 시체들, 그리고 헐떡이며 몸을 경련하는 자의사내만이 남았다.

연진우는 자의사내를 내려보았다. 심장 부위에 작은 구멍이 뚫려 이미 많은 피를 흘린 상태였다. 제아무리 명의라 자부하는 사람이라도 고개를 설레설레 흔들 그런 상황이었다.

"놀랐던가 보군."

마치 놀리는 듯한 연진우의 말에 자의사내는 힘겹게 답했다.

"서, 설마 몸속에 박힌 유엽비도를 발출할 줄이야……."

"흥! 그 정도쯤이야. 한데 너……."

연진우는 자의사내의 얼굴을 물끄러미 쳐다보며 말을 이었다.

"공손찬과는 어떻게 되는 사이냐?"

"형을… 아, 아는가?"

"형?"

그것이 끝이었다. 자의사내는 그대로 숨을 거두었다. 연진우의 노란 눈에 묘한 기색이 감돌았다.

"으핫핫!"

폭풍 같은 웃음소리를 내며 연진우는 경공을 펼쳐 자의사내의 시신 곁을 떠났다.

자의사내는 눈을 뜬 채 죽어 있었다.

잣나무 숲 속에는 죽음의 향기가 가득했다.

4. 생불출세(生佛出世)

개봉의 깊은 밤. 주씨 나으리는 오늘도 기분이 좋았다. 직계상으로
는 중급 관리에 지나지 않지만 맡은 일이 감찰에 관련된 일이라 그는
이래저래 접대받을 기회가 많았다.

오늘도 켕기는 것이 많은 작자 몇이 그를 산홍원으로 데려갔다. 자
신의 녹봉으로는 감히 문지방도 밟지 못할 그런 일류기루였다.

그렇게 한참을 흥청거리고, 주 나으리는 산홍원에서 손님을 위해 마
련해 둔 가마에 몸을 실었다.

가마의 가벼운 흔들거림과 술에 취한 몽롱한 상태를 즐기며 그는 오
늘 선물 받은 네모난 상자를 쓰다듬었다.

"흐흐, 오늘은 뭘꼬?"

혹시라도 누가 볼세라 조심조심 상자를 열어보니 화려한 빛이 눈을
찌른다. 투명하면서도 은근한 푸른빛이 감도는 보석. 특히나 가운데

한줄기 박힌 검고 둥근 모양이 인상적이었다. 상자 안에는 그런 보석이 하나도 아니고 넷이나 있었다.

꿀꺽!

주 나으리는 침을 삼켰다. 묘안석(猫眼石)이었다.

"흐흐흐……."

그의 입이 귀에 걸렸다. 횡재도 이만저만한 횡재가 아닐 수 없었다.

쿵!

돌연 가마가 멈추며 그의 살찐 몸이 가마 한쪽 구석에 처박혔다.

"무슨 일이냐?"

짜증스런 나으리의 목소리. 그리고 돌아오는 짤막한 대답.

"내려라!"

가마꾼의 목소리는 아니었다.

나으리는 마른침을 삼키며 천천히 가마에서 내렸다.

뜻밖의 광경이 그의 눈앞에 펼쳐져 있었다.

가마꾼들이 선 채로 뻣뻣하게 굳어 있는 것이다. 눈은 끔뻑거리고 있지만 그들은 가만히 서 있었다.

"혈도를 눌렀다. 너도 몸 상하기 싫으면 시키는 대로 하는 게 좋을 거야."

냉혹한 목소리였다.

나으리는 술이 확 깨는 것을 느끼며 목소리가 날아온 쪽을 바라보았다.

온통 피가 엉겨붙고 찢어져 차마 옷이라고 부르기도 힘든 헝겊 조각을 걸치고 선 사내가 한 명 있었다. 나으리는 몸을 부르르 떨었다. 그가 몸을 떤 것은 사내의 옷에 묻은 피 때문이 아니었다. 피 묻은 옷도

공포스럽긴 했지만 그보다 그의 눈이 더 무서웠다.

금빛이 번들거리는 요기로운 눈빛! 그 눈 아래 입술이 달싹거리며 차가운 음성이 쏟아졌다.

"벗어라!"

생각할 여지도 없이 주 나으리는 허겁지겁 속곳까지 다 벗어놓았다. 그리고 정신을 잃어버렸다.

*　　　*　　　*

'권왕을 찾으라고?'

잔뜩 찡그린 미간을 한 채 연진우는 대낮의 대로를 터덜터덜 걷고 있었다.

피로 얼룩진 누더기는 어디에 벗어두었는지 연진우는 화려한 금의를 입고 있었다.

움직일 때마다 피부 아래에서 일던 금빛은 더 이상 나타나지 않았다. 다만 눈만은 여전히 옅은 금빛을 띠고 있어 비단옷과 더불어 묘한 분위기를 연출하고 있었다. 하지만 길을 오가는 사람들은 신기하게 보기는 하나 특별히 경계하지는 않았다. 연진우가 전체적으로 모습을 바꾼 까닭이었다.

대로에 들어서기 전, 먼저 연진우는 약초의 즙을 내어 머리칼의 색을 바꾸었다. 제법(製法)에 따라 독초로도 쓰이기도 하는 풀의 뿌리를 잘 짓이겨 물에 우려낸 후 머리칼에 바르자 검던 머리칼이 순식간에 담황색이 되어버렸다. 담황색 머리칼에 금안. 벽안(碧眼)이 아닌 것이 조금 이상하기는 하겠지만, 사람들은 연진우를 색목인(色目人)과의 혼혈로 생각하는 눈치였다.

　두 번째로 했던 것은 팔이 하나뿐이라는 사실을 감추는 것이었다. 이것은 의외로 간단했다. 헐렁한 비단 장포를 하나 걸치면 해결되는 일이었다. 그리고 한 가지, 팔의 모양을 한 의수를 붙여 겉으로 드러나는 윤곽을 그럴듯하게 만드는 일이 필요했다.

　머리 색을 바꾸고 화려한 옷을 걸치자 꽤 달라 보였다.

　하지만 연진우는 거기서 한 가지를 더했다. 눈썹을 밀어버린 것이다. 눈썹이란 참 묘해서 있고 없고에 따라 사람을 전혀 엉뚱한 모습으로 보이게 할 수가 있다.

　그러자 연진우는 완전히 다른 사람이 되었다. 물론 입고 있는 옷이나 장신구 따위의 원래 주인은 어떤 탐관오리였다.

　“후우…….”

　연진우는 긴 한숨을 쉰다.

　“노사를 찾으라…… 무엇부터 해야 할까? 난감하군.”

　그렇게 고민하던 연진우의 금안에 문득 이채가 인다.

　한 떼의 무사들이 객잔으로 들어서고 있었다. 정의맹 사람들이었다.

　연진우는 조용히 그들이 들어간 객잔으로 따라 들어갔다.

　“무엇을 드시겠습니까?”

　호들갑을 떠는 점소이를 보며 연진우는 잠시 멈칫했다. 암시장에서 묘안석 하나를 처분해서 돈은 두둑했다. 하지만 지금 하고 있는 차림에 걸맞는 음식이 무엇인지를 모르는 것이다.

　“여기서 가장 자신있는 음식이 무언가?”

　“헤헤, 본 객잔에서 가장 자신있는 말씀입죠? 가난뱅이들이야 무엇을 먹어도 혼절할 만큼 우리 숙수의 솜씨가 뛰어나지만 공자님 같은

분에게야 그런 것을 권해 드릴 수 없고…… 매화녹근(梅花鹿筋)이 어떻겠습니까? 사슴의 힘줄을 부드럽게 만들어서 조리한 것으로 본래는 궁정에서만 드실 수 있는 것인데……."

"알았네. 그걸로 하지."

점소이의 수다가 길어질 듯하자 연진우는 손을 저어 말을 끊었다.

"헤, 하면 술은 어떻게 하시겠습니까?"

술이라면 연진우도 조금은 안다. 한상욱 덕택이다.

"노주(老酒)로 주게."

노주는 소흥주(紹興酒)를 묵혀 향을 진하게 만든 술이다.

"아, 과연…… 알겠습니다."

점소이는 쏜살같이 물러섰다.

연진우는 정의맹 무사들의 대화에 귀를 기울였다.

"몇이나 죽었대?"

"모르지, 위에서 함구령을 내렸으니. 하지만 내가 아는 사람 중에서만도 열두 명은 죽었으니 최소한 그 이상이겠지."

"내가 듣기론 최소한 삼사십은 된다고 하던데."

"그럴지도 모르지. 그나저나 연진우라는 놈 때문에 당분간 집에 들어가기는 글렀군."

"그러게. 단신으로 맹을 쑥대밭으로 만든 괴물을 우리 힘으로 상대할 수도 없고. 눈에 불을 켜고 있다가 발견하는 즉시 상부에 고변하는 수밖에."

"제기…… 몇 푼 안 되는 은자에 이젠 목숨까지 걸어야 하다니."

"노주 대령입니다."

갑작스런 점소이의 끼어듦에 연진우는 퍼뜩 정신을 차렸다.

그는 억지로 미소를 지으며 은 조각 하나를 내밀었다.

"고맙네."

"아이구, 이런……."

점소이의 안색이 말도 못하게 밝아졌다. 그가 뭐라고 더 말을 하려는 찰나, 연진우는 손을 살랑살랑 흔들었다. 귀찮게 하지 말라는 뜻이었다.

다행히 눈치로 먹고 살아온 점소이답게 씀씀이 큰 이 손님의 뜻을 단박에 알아들었다. 점소이는 연신 허리를 숙이며 물러섰다.

하지만 연진우의 행동은 오히려 다른 사람들의 시선을 끌어들이는 결과를 낳았다. 정의맹 무사들의 시선까지도.

그러거나 말거나 연진우는 눈을 반개한 채 노주를 따라 조용히 자작했다.

"씨발, 어떤 놈은 목숨 걸고 일해야 받을 수 있는 걸 어떤 놈은 잘도 집어주는구만."

"됐네, 이 사람아. 엉뚱한 생각 하지 말게. 종자가 다른 걸 어떡해?"

"흥!"

"이봐. 그리고 보니 저 치의 눈도 금빛이 아닌가?"

"그렇군."

술잔을 쥔 연진우의 손에 힘이 들어갔다.

"저 치는 아니야."

"그걸 어떻게 확신해?"

"옷을 보라구. 팔 윤곽이 뚜렷하게 보이잖나?"

"그, 그렇구만."

"머리야 색을 바꿀 수 있다고 치더라도 떨어진 팔을 다시 붙일 수는

없는 노릇 아닌가. 그만 하고 밥이나 먹으세. 빨리 먹고 또 나가봐야
지."

"하지만 저놈, 색목인치고는 너무 중원인처럼 생겼어. 게다가 난 금
안의 색목인이 있다는 말은 듣지도 못했고."

"어허, 이 사람. 척 보면 모르는가? 튀기야, 튀기. 잡종이 되다 보면
가끔 이상한 것도 나올 수 있지 뭘 그래?"

"큼! 그렇게 이야기하니 그것도 맞구만."

"그래, 이 사람아. 헛생각 말고 밥이나 먹으세. 대충 모양새를 보아
하니 돈깨나 만지는 집안 아들 같은데, 괜히 잘못 건드렸다가 줄줄이
봉변당할 수도 있어."

연진우는 입 안에 머금고 있던 술을 천천히 목구멍으로 흘려보냈다.
여차하면 한판 벌이려고 했는데, 다행히 그러지는 않아도 될 것 같았
다.

때마침 점소이가 음식을 가져왔다. 앞서의 주의를 잊지 않았는지 점
소이는 음식 접시만을 조용히 내려놓은 채 돌아섰다.

알록달록한 접시 위에는 갈색의 사슴 힘줄이 식욕을 돋우고 있었다.
이미 몇 잔의 술이 들어간 터라 연진우는 더욱 구미가 당겼다. 젓가락
으로 고기 한 점을 집어 입에 넣고 눈을 감은 후 우물거렸다. 얼마 만
에 먹어보는 음식다운 음식인가…….

"그나저나 그게 사실일까?"

"뭐?"

"맹주가 지금 맹 내에 없다는 거 말야."

"그걸 아는 사람이 누가 있겠나? 소문이야 믿을 게 못 되고."

"그건 내가 좀 들은 게 있는데……."

"무슨?"

"연진우 그놈 때문에 그날 큰 부상을 입으신 모양이야. 그래서 구양 군사와 함께 검각으로 가셨다더구만."

"검각?"

"그래."

"검각이 어디에 있는데?"

"모르지. 그것까지 알면 내가 이 자리에 있겠나?"

"하긴…… 혹시 검각산(劍閣山)에 있나?"

"이 사람, 실없는 농담은. 하나도 재미없네."

"쳇!"

그 뒤로도 귀를 기울였지만 더 이상 필요한 이야기는 들을 수 없었다. 무사들이 일어나고도 한참 동안을 연진우는 말없이 젓가락을 움직이고 술잔을 기울였다.

마침내 식사를 마친 후 그는 손짓하여 점소이를 불렀다.

"예, 식사는 어떠셨습니까?"

"아주 맛있었네. 술도 좋았고. 한 병 싸주게."

"예, 알겠습니다."

연진우는 다시 은 부스러기 하나를 탁자 위에 올려놓으며 말했다.

"아, 그리고 삶은 쇠고기로 서너 근쯤 얇게 썰어서 주겠는가? 가는 길에 안주로 삼게."

"여부가 있겠습니까? 잠시만 기다리십시오."

점소이는 즉시 주방으로 달려갔다.

잠시 후 객잔을 나선 연진우의 얼굴은 무거웠다.

단서라고 할 만한 것이 거의 없었다.

검각이 어디에 있는지, 형량보는 어디서부터 찾아야 할는지.

그때 문득 천하제일의 정보력을 가지고 있는 한 조직이 떠올랐다.

"개방을 잊고 있었군."

금안이 번뜩인다.

깊은 밤, 산신묘 한쪽 구석에서 바람 새는 소리가 미미하게 들린다.

자세히 들어보니 그것은 사람의 숨 쉬는 소리였다.

한 사람이 결가부좌를 틀고 앉아 운공을 하고 있었다. 기묘하게도 그의 전신에서는 금빛 광채가 흘러나왔다.

"후우……."

긴 숨을 내쉬며 연진우가 눈을 떴다. 몸에서 흘러나오던 빛은 사라졌지만 눈에서는 여전히 금광이 쏟아졌다.

"귀검구절해의 무공이 신묘하기도 하구나. 순리를 거슬러 더욱더 깊은 힘을 얻는다니. 말이야 쉽지만 실제로 그것을 구결로 정리할 수 있는 능력을 가진 사람이 과연 누가 있을까?"

몇 번 눈을 깜빡이자 형형하게 쏟아지던 금광이 흐릿해졌다. 문득 배가 고파진 연진우는 옆에 두었던 보퉁이를 풀어헤쳤다.

"쩝쩝!"

소리까지 내어가며 순식간에 쇠고기 네 근을 먹어치운 연진우. 그것도 모자란지 손가락을 죽죽 빨며 그는 주위를 둘러보았다.

"오랜만에 음식다운 음식을 먹었더니 갈수록 더 먹고 싶어지는군. 무인이 배부른 것을 탐해서는 안 되는데."

하지만 연진우의 표정에는 배고픔이 여실하게 드러나 있다. 쇠고기 네 근에 노주 한 병을 비우고도 해소되지 않는 굶주림이라니.

“그놈 참, 맛있게도 먹는구나.”

갑자기 대들보 위에서 들려온 창노한 음성. 연진우는 고개도 들어보지 않고 그 자세 그대로 대답했다.

“죄송하게 됐습니다. 피곤하여 주인이 있는 것을 알면서도 들어와 운기조식을 했고, 배가 고파 감히 나눠 먹을 생각도 하지 못했습니다.”

휘릭—

그림자 하나가 공중제비를 돌며 대들보에서 내려섰다. 추레한 용모의 늙은 거지였다. 그는 연진우가 고기를 싸두었던 보퉁이를 뒤져 보았다. 하지만 고기 부스러기도 남아 있지 않았다.

“흥! 버르장머리없는 놈! 정의맹에서 왜 네놈을 죽자 사자 찾아다니는가 궁금했는데 알고 보니 네놈의 식탐과 무례함 때문에 그랬던 게구나.”

노화자는 콧김을 흥흥 내뿜으며 말을 내뱉었다.

연진우가 빙그레 웃으며 조그맣게 싼 무언가를 내밀었다.

“이게 뭐냐?”

떨떠름한 척하면서도 내심 기대가 가득한 눈빛, 그것이 노화자의 눈빛이었다.

“객이 오면서 어떻게 주인 드릴 것도 준비하지 않았겠습니까? 약소하지만 이것 드시고 분을 푸시지요.”

노화자가 보퉁이를 받고 허겁지겁 풀어보니 낮에 연진우가 먹다 남긴 매화녹근을 싸 온 것이었다.

“흥, 나더러 네놈이 먹다 남은 음식을 먹으란 말이냐?”

“싫으시면 제가 먹겠습니다.”

연진우가 도로 빼앗아갈 듯한 자세를 취하자 노화자는 화들짝 놀라며 고기를 입에 밀어 넣었다.

"누가 안 먹는다고 했느냐, 그냥 해본 말이지. 헤, 사슴이라……."

우걱우걱 사슴 고기를 입에 밀어 넣으며 씹느라 노화자는 숨도 제대로 쉬지 못했다.

연진우는 담담한 표정으로 눈앞의 늙은 거지를 바라보았다. 하지만 내심으로 득의의 미소를 짓고 있었다.

추레한 용모를 하고 있기는 하나 거지의 신분은 예사롭지 않았다.

당금 무림에서 가장 많은 인원을 자랑하는 방파가 어디인가?

이구동성으로 개방을 이야기할 것이다. 사람이 사는 곳치고 거지가 없는 곳이 드물기 때문이다.

해서 개방의 가장 큰 힘으로 정보력을 꼽는다. 널리고 널린 거지의 입과 발이 모이면 못 알아낼 것이 없고, 못 전할 소식이 없다는 것이 강호인들의 중론이다.

그렇다면 이 노화자는 누군가?

당금 개방의 방주는 운룡신개 고전이다.

말할 것 없이 개방의 가장 높은 이가 바로 그이다.

하지만 배분상으로는 그보다 높은 이도 여럿 존재하고 있다.

연진우 앞에서 허겁지겁 사슴 고기를 입에 쑤셔 넣고 있는 노화자도 그중 한 사람인 것이다.

그의 이름은 탕현(蕩見). 어울리지 않게 철혈개(鐵血丐)라는 외호를 가지고 있었다. 젊을 때는 악을 원수처럼 미워해서 손속에 자비가 없어 그런 외호가 붙었다는…….

여튼 그는 당금 개방에서 몇 안 되는 방주의 윗사람이었다. 그리고 방주의 골칫거리 중 하나였다.

연진우는 그를 통해 무엇을 알려는 심산일까?

"꺼억……. 더 없냐?"

"없습니다."

"이런, 입만 버렸구나."

철혈개 탕현의 얼굴이 순식간에 일그러진다.

"청이 있는데……."

"뭐라!"

돌연 탕현이 고함을 버럭 질렀다. 그저 고함이 아닌 내공이 잔뜩 실린 것이라 산신묘의 천장에서 먼지가 우수수 떨어져 내렸다.

탕현이 굳은 얼굴로 말했다.

"그깟 고기 몇 점 먹여놓고 노부에게서 본 방의 비밀을 알아내려 한단 말이냐? 내 본래 언극린이라는 작자를 그리 마음에 들어하지 않았기에 네게 어떤 내력이 있는지 조용히 알아보는 중이었건만, 역시 네놈도 악한이었단 말이냐?"

길길이 날뛰는 탕현을 지그시 바라보며 연진우가 한 일은 조용히 한마디를 던진 것!

"더 사드리겠습니다."

"응?"

갑자기 탕현의 목소리가 잦아든다.

"드시고 싶은 만큼 더 사드리겠습니다."

"네놈이…… 노부를 매수하려는 것이냐?"

탕현의 눈동자가 튀어나올 듯하다.

"싫으시면 그만두고……."

말꼬리를 흐리는 연진우. 아니나 다를까, 탕현은 다급히 말을 바꾸었다.

"내가 언제 싫다는 말을 한 적이 있더냐? 그래, 무엇이 궁금한고?"

어느새 탕현은 생글생글 웃기까지 하고 있다. 물론 그 얼굴에 웃어 봐야 좋게 보이지도 않지만.

고전이 탕현을 골칫거리로 여기고 있는 것이 바로 이 때문이다.

몇 안 되는 어른이며, 젊은 시절 무수한 협행으로 개방의 이름을 드높인 인물이기는 하나 현재의 그는 치매 걸린 노인에 지나지 않았다.

젊은 날의 상처가 잘못되어 그렇다는 의원의 말에 결국 고전도 어찌 손쓸 바를 찾지 못하고 그냥 거지들에게 주기적으로 봉양케 하도록 지시를 내렸다.

하지만 거지의 봉양이라는 것이 한계가 있는지라 이따금 탕현이 찾는 음식 중에는 조달하기 힘든 것이 많았다. 그럴 때마다 탕현은 개방의 분타에 가서 야료를 부렸고, 다른 거지들은 감히 그를 막지 못하고 지켜만 보았다.

한 번은 방주의 신물인 타구봉을 몰래 훔쳐 팔아먹으려고까지 했으니, 그의 상태가 얼마나 심각한지는 불문가지이다.

지금 연진우는 그런 탕현을 이용하여 자신의 욕심을 채우려는 심산인 것이다.

"두 가지가 궁금합니다."

"뭐? 두 가지나?"

탕현의 눈꼬리가 확 치켜 올라갔다. 하지만 이어지는 연진우의 말에 다시 내려왔다.

"술도 마음껏 드시도록 해드리겠습니다."

"수, 술?"

"그렇습니다."

갑자기 탕현이 손을 들었다. 보기에 민망할 정도로 덜덜 떨리고 있었다.

"술, 소리만 들으면 이놈의 손이 가만히 있지를 못하는구나. 한데 네놈이 무슨 돈이 있어 내게 음식이며 술을 사준다는 것이냐?"

"……."

연진우는 말없이 소매에서 전표 꾸러미를 꺼내 보여주었다.

"네놈 주제에 그런 큰돈이 어디서 난 게냐? 행여 강도질이라도 해서 번 돈이라면 나는 네놈이 사주는 것을 먹지 않을 테다."

"정말이십니까?"

"정말이다!"

갑자기 탕현이 언성을 높였다. 그리고는 조그맣게 한마디 덧붙였다.

"빼앗아 먹으면 몰라도……."

연진우는 미소하며 말했다.

"걱정하지 마십시오. 강도질을 한 것이기는 하나 탐관오리의 것을 뺏은 것이니 어르신을 모시는 일처럼 좋은 일에 써야만 하는 재물입니다."

"어, 그래? 하긴 그런 재물은 나 같은 사람을 위해 써야만 되지. 그래, 알고 싶은 것이 무어냐?"

"첫째는 검각의 본거지가 어디에 있는지이고, 둘째는 권왕 형량보 노사가 지금 어디서 무엇을 하고 있는지입니다."

"……."

탕현의 얼굴에 주름이 잡혔다. 잠시 후 그가 한숨을 쉬며 말했다.

"고약하다."

“……?”

“알아내기도 곤란하고, 알아도 대답하기 곤란한 것을 물으니 고약하다고밖에 말할 수가 없다.”

“그것이 무슨 말씀이신지?”

탕현은 손가락을 구부려 비듬투성이인 머리를 벅벅 긁었다. 비듬과 각질이 허옇게 일어나 떨어졌다.

“권왕의 거처는 알고 있으나 말할 수가 없다. 이는 그가 나와는 오랜 벗이고, 그가 자신의 행적이 드러나는 것을 원하지 않기 때문이다. 아무리 내가 노망난 늙은이라고 하더라도 어떻게 친구가 싫어하는 일을 할 수 있겠느냐?”

“하면 검각의 본거지는……?”

“그것은 노부도 잘 모르고 있다. 그 검귀들은 어느 한곳에 정착하지 않고 천하를 떠돌기 때문이다. 집을 가지고 편안한 생활에 맛을 들이게 되면 검을 쥐는 감각이 무디어진다고 일부러 떠도는 작자들이니 내가 어떻게 알겠느냐. 모여 있으면 검각이고, 떨어져 있으면 검각 출신의 무사이니 내가 알 리 만무하다. 혹 방주 정도 되면 모를까.”

탕현은 주춤주춤 일어서서 엉덩이의 먼지를 털었다.

“하오면 한 가지만 여쭙겠습니다. 전륜궁은 도대체 무엇 하는 곳입니까?”

“……..”

연진우의 다급한 목소리를 들으며 탕현은 물끄러미 그의 금안을 바라보았다. 탕현의 눈빛 어디에도 치매의 기색은 보이지 않았다. 오히려 더할 나위 없이 심오한 현기가 어려 있었다.

“속 시원히 대답할 수 있는 것이 별로 없어 내가 다 안타깝구나. 그렇게 궁금하다면 소림사로 가보거라. 그곳에 원래 몸담고 있던 사람의 소식을 수소문하다 보면 네가 궁금히 여기는 것을 대강은 알게 될 것이다.”

말을 마친 후 탕현은 훌쩍 신형을 날렸다.

“어르신!”

소리만 지를 뿐, 연진우는 탕현의 뒤를 좇지 못했다. 그저 멍하니 서 있었다.

*　　　*　　　*

陟彼岵兮　험한 바위산에 올라가
瞻望父兮　아버지 계신 곳을 멀리 바라본다.
父曰嗟予子　아버님은 말씀하셨지. 아, 내 아들아,
行役夙夜無已　싸움터에 나가면 종일 쉬지도 못한다.
上愼旃哉　제발 신중히 행동하여라.
猶來無止　그리고 돌아오너라. 가고 말지 말아라.

陟彼屺兮　초목 우거진 산에 올라가
瞻望母兮　어머니 계신 곳을 멀리 바라본다.
母曰嗟予季　어머님은 말씀하셨지. 아, 내 막내야,
行役夙夜無寐　싸움터에 나가면 종일 자지도 못한다.
上愼旃哉　제발 신중히 행동하여라.
猶來無棄　그리고 돌아오너라. 버림받지 말고.

陟彼岡兮 산언덕에 올라가

瞻望兄兮 형님 계신 곳을 멀리 바라본다.

兄曰嗟予弟 형님은 말씀하셨지. 아, 내 아우야,

行役夙夜必偕 싸움터에 나가면 종일 함께 있어라.

上愼旃哉 제발 신중히 행동하여라.

猶來無死 그리고 돌아오너라. 죽지 말고 말이다.

시경(詩經)의 척호(陟岵)라는 시다. 전쟁터에 나간 병사가 고향의 부모님과 형을 그리워하는 마음이 담뿍 담긴 노래.

붉은 노을 아래 터덜터덜 길을 걷고 있는 연진우의 마음이 이와 같지 않을까.

냉막한 표정으로 길을 걷던 연진우의 시선이 문득 하늘 저편을 향했다.

노을이 지고 있었다.

푸르던 하늘이 붉게 물들어가고 있었다. 푸르름을 조금씩 몰아내며 분홍에서 진홍으로 천천히 변해갔다.

산하를 붉게 물들인 노을은 실로 아름답기 그지없었다.

갑자기 까닭없이 노곤해지며 눈꺼풀이 무거워졌다.

입술이 천천히 떨어졌다.

"배가 고프군."

관도변을 터덜터덜 걷다가 걸음을 멈춘다. 지평선 너머의 조그만 한 점을 보며 금안을 빛냈다. 그리고 경공을 펼쳤다.

천하를 뒤덮은 붉은 노을 속을 달리는 연진우의 모습은 왠지 한가롭게 보였다.

노을 속을 질주하는 금빛 눈동자의 남자. 말로 설명하기 힘든 묘한 분위기다.

이윽고 연진우가 도착한 곳은 작은 객잔.

영춘객잔(迎春客棧).

구질구질한 현판을 보며 한숨을 쉰다.

"봄을 맞이한다[迎春]라… 과연 내 인생에도 봄이 오기나 할까?"

고개를 흔들었다.

"일단은 배부터……."

점소이가 다가와 주문을 받았다. 개봉의 수다스런 점소이와 달리 영춘객잔의 점소이는 말을 아끼는 편이었다.

연진우는 그를 보았다.

건장한 체격에 또렷한 눈빛. 동작이 조금 굼뜨긴 하지만 뭔가 내면이 가득 찬, 그래서 단단한 느낌을 주는 사내였다.

그가 주문을 받고 돌아선 후 연진우는 객잔 사람들끼리의 이야기 가운데 그 점소이의 이름을 들을 수 있었다.

'우이(宇蝓)…… 달팽이 집? 재미있는 이름이군. 느림보 달팽이처럼 사는 사람이라야 봄을 맞을 수 있는 건가?'

그렇게 뜬금없는 생각을 하며 먹기 시작했다. 그리고 한참을 먹었다. 먹으며 연진우는 생각했다.

요즘 들어 부쩍 배가 고프다. 먹어도 먹어도 채워지지 않는 이 배고픔은 어디서 오는 것인지.

먹을 만큼 먹은 후 트림을 하며 중얼거렸다.

"봄이 오면 배도 고프지 않겠지."

"그렇게 궁금하다면 소림사로 가보거라. 그곳에 원래 몸담고 있던 사람의 소식을 수소문하다 보면 네가 궁금히 여기는 것을 대강은 알게 될 것이다."

'원래 몸담고 있던 사람…….'

숭산에 도착했지만 연진우는 아직 산에 오르지 않고 있었다.

숭산(嵩山) 소실봉(少室峯)!

천 년 역사의 소림사가 있는 곳이다. 수많은 법당(法堂)과 불전(佛殿), 석탑(石塔)들이 줄지어 있는 소림사의 규모는 방대하기 이를 데 없다.

하지만 진정한 소림사의 힘은 외양에 있지 않았다. 강호에 드러난 소림의 힘은 빙산의 일각일 뿐이었다. 지난 천 년 동안 그래 왔듯, 소림은 와호장룡(臥虎藏龍)의 성지였다.

처음 강호에 출도했을 때와는 비교할 수 없을 만큼 심계가 깊어진지라 연진우는 아직 숭산을 오르지 않고 있다.

아침나절에 시작된 고민은 신시(申時:오후 3~5시)가 지나서야 끝이 났다.

짝!

얼굴을 가운데 놓고 합장하자 뺨이 얼얼해 왔다. 그 얼얼함을 털어내듯 연진우는 고개를 세차게 흔들며 중얼거렸다.

"가자!"

또다시 연진우는 질풍처럼 내달렸다. 한데 그가 향하는 방향은 소림사가 있는 소실봉이 아니었다. 오히려 산 아래 인가를 향해 달리고 있었다.

그가 간 곳은 장터의 저잣거리였다. 그곳에서 두리번거리기를 잠시, 붉은 살코기가 주렁주렁 매달린 푸줏간을 발견하고 쾌재를 불렀다.

"옳거니!"

낮이라 많은 사람이 오가긴 하지만 무공을 모르는 보통 사람들의 이목을 속이는 일은 여반장(如反掌)이다. 순식간에 푸줏간으로 스며들어간 연진우는 고기를 발라내는 식칼을 집어 들었다.

"보통 사람들이 쓰는 칼 중에서 푸줏간의 육도(肉刀)만큼 날카로운 칼은 없지."

혼자 중얼거리며 쓱쓱 자기 머리를 민다. 금빛으로 물들였던 머리칼이 바닥에 우수수 떨어지며 순식간에 대머리가 되었다.

물을 떠놓은 대야에 머리 통을 비춰보며 연진우는 고개를 꺼떡꺼떡했다.

"그럴듯한가? 중들의 소굴에 들어가는 데는 이것만큼 자연스러운 게 없지."

하지만 아직도 뭔가가 석연치 않다. 승려라면 의당 승포를 입어야 하는데 연진우는 화려한 비단옷을 입고 있는 것이다. 하나 연진우는 그것은 개의치 않는 듯 대야 위의 물을 보며 씨익 웃은 후 육도를 놓아두고 푸줏간을 나섰다.

거리를 나서자 사람들은 즉시 수군거린다. 그도 그럴 것이 연진우의 행색이 특이해도 보통 특이한 게 아니었기 때문이다. 박박 민 머리로 봐서는 중인 것도 같은데 이마에는 계인 하나 없고 입은 옷은 금의(錦衣)다. 더구나 눈동자는 옅은 황색이다. 눈썹까지 없으니 이상할 수밖에 없는 노릇이다.

연진우는 사람들의 반응에 전혀 신경을 쓰지 않으며 느릿하게 뭐라고 중얼거리기 시작했다. 크지도 작지도 않은 목소리라 사람들은 그가 뭐라 중얼거리는지에 귀를 기울이기 시작했다.

"여시아문(如是我聞) 일시(一時) 불(佛) 재사위국(在舍衛國) 기수급고독원(祇樹給孤獨園) 여대비구중(與大比丘衆) 천이백오십인구(千二百五十人俱) 이시(爾時) 세존(世尊) 식시(食時) 착의지발(着衣持鉢) 입(入) 사위대성(舍衛大城) 걸식(乞食) 어기성중(於其城中) 차제걸이(次第乞已) 환지본처(還至本處) 반사흘(飯食訖) 수의발(收衣鉢) 세족이(洗足已) 부좌이좌(敷座而坐)……."

뭐라고 웅얼거리는 그 소리는 경문의 한 구절이었다. 그나마 소림사가 있는 숭산 자락에 살아서인지 무리 중에 연진우가 외고 있는 불경이 무엇인지 알아채는 사람도 있었다.

"금강경이구만. 스님이 맞나봐."

그가 그렇게 말하자 나머지 사람들도 고개를 끄덕였다. 하지만 아직 연진우를 향한 관심은 사라지지 않았다.

이곳 사람들은 승려를 자주 본다. 소림사 소속의 승려일 수도 있고 다른 곳의 승려일 수도 있다. 또한 참배객들도 많이 본다. 그렇게만 생각하면 연진우의 출현을 웬 색다른 승려가 하나 나타났다 하고 넘어갈 수 있다. 그러나 색달라도 너무 색다른 것이다. 도대체 저 모양새는…….

무리는 수군거리며 슬며시 연진우의 뒤를 따랐다. 하지만 연진우는 거기서 얼마 움직이지 않고 옆의 널찍한 공터에 결가부좌를 틀고 앉았다.

그의 목소리는 더욱더 낭랑해졌다.

사람들은 연진우를 빙 둘러싼 채 그의 염불을 들었다. 간혹 불심이 깊은 이는 연신 합장을 하며 연진우를 따라 금강경 구절을 외웠다.

한참 후 드디어 금강경을 한 번 다 외우자 사람들은 흥미진진한 눈으로 금안의 괴승을 쳐다보았다.

연진우는 침을 꿀꺽 삼켰다. 그리고는 다시 낭랑한 목소리로 외치기 시작했다. 그런데 이번에는 무리가 알아듣지 못할 소리로 뭐라 말하고 있었다.

앞의 유식한 사람이 다시 아는 체를 했다.

"저것은 범어(梵語:산스크리트 어, 천축어)야. 꽤 공부를 많이 하신 스님인가 봐."

남자의 말 덕분인지 사람들의 시선은 어느새 호기심에서 존경으로 슬금슬금 변해가고 있었다.

범어로도 한 번을 다 외운 후 연진우는 길게 심호흡을 하였다. 시간이 가는 줄도 모르고 염불을 듣고 있던 사람들은 땅거미가 어스름하게 깔리는 것을 깨닫고 화들짝 놀랐다.

"에구머니, 언제 시간이 이렇게 지났데?"

"그러게. 저 스님 염불이 얼마나 구성진지 시간 가는 줄을 도통 모르겠더구만."

"어서 가야지. 애새끼들 뱃가죽이 홀쭉해져 있겠어."

말은 그렇게 하면서도 사람들은 연진우를 흘끔흘끔 쳐다본다. 뭔가 또 다른 것을 할까 기대하는 눈치다.

한데 갑자기 누군가의 입에서 탄성이 터져 나왔다. 뭔가 하고 쳐다본 이들도 헛바람을 삼켰다.

"저게 뭐야? 몸에서 금광(金光)이 일잖아?"

"아이구메, 법력(法力)이 엄청나신 스님인가 봐. 우린 그것도 모르고 재미로 따라다녔으니……."

날이 어둑어둑해졌지만 연진우의 몸에서 나온 광채는 주변을 환히 밝혔다. 그것은 사람들이 피곤에 지쳐 모두 돌아간 한밤중에도 계속되었다.

슬슬 아침 동이 터오자 연진우는 운기조식을 멈췄다. 금광은 언제 그랬냐는 듯이 사라져 버렸다.

"한 번 더 놀래켜 볼까?"

주위에 아무도 없는 것을 확인한 후 그는 신형을 날려 어디론가 사라졌다.

잠시 후 연진우는 바랑 하나를 걸머지고 나타났다. 눈에 확 띄는 복장과는 달리 바랑은 평범한 것이었다. 하지만 연진우는 그런 평범한 바랑조차도 보통 승려들과 반대 방향으로 메고 있었다. 자루 부분이 배 쪽을 향하도록 멘 것이다.

해가 뜨고 가게문이 하나둘 열리자 연진우는 바랑을 멘 채 탁발(托鉢)을 나섰다. 어제의 일로 저잣거리에서는 유명인사가 된지라 장터의 사람들은 더 이상 수상쩍은 눈으로 연진우를 보지 않았다.

가게에 들어설 때마다 연진우는 아무 말도 하지 않았다. 그저 바랑을 내밀었을 뿐이고 상대가 잠시라도 멈칫거리는 기색이 있으면 즉시 뒷걸음질을 쳐 그 가게에서 나왔다. 하지만 바랑에 음식이나 동전을 넣어주는 사람에게는 짤막하게 염불을 왼 뒤 공손하게 인사를 하고 물러섰다.

그런데 그의 인사가 다시 한 번 사람들을 놀라게 했다.

합장을 할 수 없는 연진우의 처지는 모른 채 사람들은 그가 반장을 하는 것에 놀랐다. 중원에 무수한 불교의 사찰이 있지만 한 손을 세워 반장으로 인사를 하는 곳은 소림사와 소림사의 지사(支寺)뿐이었다.

"역시 소림사 출신이셨나 봐. 그러니 그렇게 법력이 높으시지."

"그러게. 난 저 스님 염불만 듣고 있으면 세상 걱정이 다 사라진다니까."

사람들의 수군거림을 뒤로하고 연진우는 장터를 떠나 길가 옆 숲 속으로 들어갔다.

한참 뒤, 모두의 눈을 피해 식사를 마친 그는 어제의 어제의 그 공터로 돌아와 다시 결가부좌를 틀었다.

그리고 염불을 시작했다. 금강경을 한어와 범어로 외우기를 반복했다. 해가 지기 시작하자 염불을 멈추고 운기조식에 들어갔고, 다음날도 그 다음날도 똑같은 일을 반복했다.

나흘이 지나기 전에 숭산 일대에는 연진우의 소문이 쫙 퍼졌다.

소림사 출신의 생불(生佛)이 숭산에 나타났다는 것이다.

5. 북해지사(北海之事)

저벅저벅—

어스름이 해가 질 무렵, 가볍되 경망스럽지 않은 걸음걸이로 연진우
는 소림사의 산문을 향해 한 걸음 한 걸음 차분하게 다가섰다.

숭산 아래에서 머물길 나흘. 며칠 되지 않는 시간이었지만 일대에
소문이 나는 데는 충분한 시간이었다. 그 짧은 시간에 연진우는 금의
신승(錦衣神僧)이라는 별명까지 얻었다.

"이쯤이면 되었다."

그렇게 뇌까리며 연진우는 가파른 언덕을 천천히 올랐다.

본래 숭산은 험하기로 이름이 나 있어 보통의 참배객들은 중도에 몇
번씩 쉬어가는 것이 보통이었다. 하지만 무공의 고수인 연진우가 피로
를 느낄 정도는 아니었다.

무림에 어느 정도 발을 들여놓은 사람이라면 경공을 펼쳐 단숨에 올

라갈 길을 천천히 걸어 오르는 이유가 무엇일까?

아무튼 느린 속도이기는 하지만 꾸준히 걸음을 옮긴 끝에 소림사에 도착했다.

연진우는 산문을 지키는 노승에게 가벼이 반장을 하며 인사했다. 승려는 잠시 움찔하더니 별다른 말도 묻지 않은 채 연진우가 내민 붉은 배첩을 받았다.

노승은 배첩을 받아 든 채 허둥지둥 안으로 뛰어들어 갔다. 노승의 자리에는 한 동자승이 서 있었다.

노승이 자신을 알아보지 못하는 것을 깨달은 연진우는 자신의 변장이 아직 아무에게도 간파되지 않고 있음을 내심 기뻐하였다. 한데 문득 이상한 느낌이 들어 아래를 보니 동자승이 자신의 미소 지은 얼굴을 빤히 쳐다보는 것이었다. 가벼이 헛기침을 하며 표정을 감춘 연진우는 자칫 큰 실수를 할 뻔했다며 스스로를 책망하였다.

잠시 후 노승이 나타났다.

"지객당으로 모셔라."

동자승은 노승에게 허리를 숙여 인사한 후 연진우를 보며 가벼운 손짓을 하였다. 연진우 또한 노승에게 허리를 숙이고는 동자승의 뒤를 따랐다.

길을 걷는 중 문득 동자승이 묻는다.

"스님께서 요즘 명성이 자자한 금의신승이십니까?"

"명성이요? 금의신승은 또 누구를 말하는 거랍니까?"

대답하는 연진우의 입가에 지그시 미소가 걸려 있다.

하지만 동자승의 뺨은 붉게 물들며 둥글게 부푼다.

"본 사에 음식이며 식재료를 대주는 사람들에게서 들었습니다. 어떤 사람들은 스님을 생불이라고도 하던걸요?"

"……."

미소만 지을 뿐 대답하지 않는 연진우에게 화가 났는지 동자승도 더는 묻지 않는다.

빙그레 웃으며 연진우가 다시 말문을 열었다.

"터무니없는 오해입니다. 소승은 그저 이름없는 탁발승에 지나지 않는걸요. 경문을 외우고 좌선하는 것은 중이라면 누구나 다 하는 것이 아닙니까."

"하지만… 금빛 광채가 나시더라는 소문이……."

어느새 뾰루퉁하던 얼굴이 기분 좋게 변해 있다.

"그것은 소승이 익힌 한 가지 내공심법 때문입니다. 오랜 동안 좌선하며 익혀온 것이라 이제는 그만둘래야 그만둘 수 없게 된 것이지요. 왜요, 가르쳐 드릴까요?"

"아닙니다. 산문을 지키는 중은 소림의 무공을 익힐 수 없다는 규칙이 있습니다."

내공심법이라는 말에 눈동자가 반짝이는 것을 보고 짐짓 떠보았지만 동자승은 화들짝 놀라며 손사래를 쳤다.

"아니, 왜 그런 규칙이 있는 거지요?"

"문을 지키는 자가 무공을 익히게 되면 자칫 성정 급한 손님들과 다투게 될 수도 있다 하여 법도가 그리 정하여졌습니다."

"정말로 고약한 사람을 만난다면요?"

"그때에는 맞아야지요. 불문의 제자로서 맞는 것이니 한 대 맞는 것이 공(功)이 되고, 또 한 대 맞는 것이 덕(德)이 되니 맞는 것도 감사하고 기뻐해야지요."

"허허…… 그렇게 배웠다는 말씀이십니까, 아니면 스님께서도 그렇게 생각하시는 것입니까?"

"그건…….""

우물쭈물하는 동자승을 보며 연진우는 복잡한 표정을 지었다. 저 정도는 아니었지만, 자신도 비슷한 생각을 하던 때가 있었는지 모른다. 하지만 지금은 살아남기 위해 남을 죽이고 때론 속이기도 하고 있다.

처음에는 농담 삼아 말을 건 것이었지만 갑자기 연진우에게 충동이 일어났다.

'별것 아닌 무공이지만 누군가에게는 가르쳐 주어야겠다.'

"하면 전혀 무공을 배우지 않은 거요?"

"그건 아니고…… 간단한 토납술과 나한권 정도는 배웠습니다."

"흐음…… 빈승이 기공(氣功) 한 가지를 가르쳐 드릴까요?"

"무슨 말씀을. 문을 지키는 자는 나한권 이상의 소림무공을 익힐 수가 없습니다."

연진우가 다시 빙그레 웃는다.

"빈승의 무공은 소림의 것이 아니니 괜찮을 것입니다. 그리 어렵지도 않구요."

"스님도 소림문하 아니셨습니까?"

눈을 동그랗게 뜬 동자승을 향해 연진우는 어깨를 으쓱한다.

동자승은 고개를 갸웃거리며 한 손을 들어 반장 하는 시늉을 한다.

그제야 동자승의 말을 알아차린 듯, 연진우가 웃으며 대답했다.

"반장지례(半掌之禮)가 소림문하만의 예라는 것은 근래 들어서야 안 사실입니다. 실은 제가 소림을 찾은 것도 그 때문이지요."

"무슨?"

"제게 불법을 내리신 스승이 반장을 하셨거든요. 스승님과의 짧은 만남 이후로 오랫동안 홀로 수행하면서 저도 자연히 반장을 하는 것이 몸에 밴 것이구요. 제가 여기 온 것은 스승님을 찾기 위함입니다."

"네……."

동자승은 고개를 끄덕인다.

"불법을 내리신 스승은 소림문하셨지만 무공은 다른 여러 곳에서 배운 것입니다. 어때요, 한번 배워보시지 않겠습니까?"

"그, 그건……."

동자승이 주저하는 기색을 보이자 이때다 싶어 더욱 밀어붙인다.

"소림의 무공은 아니지만 불문 무공과 일맥상통하는 부분이 있는 무공입니다. 남을 상하게 하는 무공이 아니라 자신을 닦는 무공이지요. 배워서 손해는 없을 것입니다."

대답을 듣지도 않은 채, 갑자기 구술(口述)을 시작하는 연진우. 오천 글자쯤 되는 구결이 단숨에 줄줄 흘러나온다.

"조금 아시겠습니까?"

동자승이 미간을 찡그린다.

"한 번 더 읊어드릴까요?"

그렇게 말하자 조금 전의 망설임은 어디 갔는지 급하게 고개를 끄덕인다.

처음과 비슷한 속도로 구술이 있었고 연진우는 동자승의 얼굴을 바라보았다. 중얼거리는 입매가 이미 상당한 분량을 기억한 듯싶었다.

"저기……."

"말씀하세요."

"한 번만 더……."

"하하!"

세 번째 구술. 구술이 끝나자마자 동자승이 먼저 입을 연다.

"대강은 외웠으니 맞게 기억했는지 한번 보아주시지 않겠습니까?"

"그러지요."

더듬더듬 동자승이 구결을 외기 시작하자 연진우의 얼굴이 굳어갔다. 동자승은 연진우의 눈치를 보며 더욱 더듬거렸다.

구술이 마치자 동자승이 슬며시 묻는다.

"많이 틀렸습니까?"

"……."

"저……."

다른 생각에 잠겨 있던 연진우가 화들짝 놀란다.

"아닙니다. 잘 외우셨습니다. 한 글자도 틀리지 않으셨습니다. 빈승은 몇 자 안 되는 구결을 외우는 데도 몇 주야를 허비해야 했는데 어린 스님의 오성(悟性)이 대단하십니다."

동자승이 얼굴을 붉힌다.

연진우는 실제로 감탄하고 있었다. 세 번 듣고 오천 글자를 정확하게 외운다는 것은 대단한 일이다. 물론 강호에 나가면 그 이상의 천재도 심심찮게 눈에 띄긴 하지만, 그리 큰 기대를 하지 않은 상대였기에 놀라움이 클 수밖에 없었다.

"수련을 시작하는 요령을 가르쳐 드리겠습니다. 소림의 토납법을 익히셨다니 그리 어렵지는 않을 것입니다. 그리고 구결의 뜻이 당장에는 이해되지 않으시겠지만 부지런히 암송하시며 수련을 진행하시다 보면 어느 순간엔가 뜻이 이해가 되며 새로운 수련 방법을 알게 되실 것입니다. 이 기공은 앉거나 누운 자세는 물론이고 움직이면서도 얼마든지 수련할 수 있으니 주야로 부지런히 단련하시면 큰 성취를 얻으실 수 있을 겝니다. 그리고 나한권을 단련하실 때도 이 기공의 구결을 생각하며 하신다면 적지 않게 이득을 보실 겁니다.”

한참 동안 초롱초롱한 눈망울로 연진우의 설명을 듣고 있던 동자승이 문득 걱정스런 눈초리를 한다.

“그런데 이 무공을 계속 익히다 보면 저도 몸에서 금빛이 나게 됩니까?”

“하하, 그럴 리가요. 겉으로 드러나지 않게 무공을 익히셔야 하는데… 그 부분은 뺐습니다. 걱정하지 마십시오.”

다시 동자승의 얼굴에 화색이 돈다.

한참을 중얼중얼, 새로 배운 무공의 구결을 외워보던 동자승이 문득 묻는다.

“그런데 이 무공의 이름이 무엇입니까?”

“…….”

갑자기 말문이 막힌 연진우. 혼원기공(混元氣功)의 바탕에 오행절맥수(五行絶脈手)가 더해졌고, 귀검구절해(鬼劍九折解)를 통해 재해석된 자신만의 무공인데…… 이것을 무어라고 불러야 한단 말인가?

동자승은 힐끔힐끔 눈치만 살핀다.

“무공을 익혔다는 사실을 드러내고 싶지는 않으시지요?”

끄덕끄덕—

“이 무공의 이름은 구절오행혼원공(九折五行混元功)입니다.”

“구절오행혼원공…….”

되뇌이는 동자승.

일찍이 형량보는 천하각파의 무공을 섭렵하였다. 그리해서 스스로 일가를 이룬 두 가지 대표적 무공이 혼원기공과 파옥권이었다.

이중 혼원기공은 동(動)으로 정(靜)을 단련하고, 정으로 동을 도와 선천지기(先天之氣)를 단련하는 기공이다. 그 나름으로도 뛰어난 무공이었지만, 무공을 깊이 익힐 바탕을 마련하는 데 탁월한 효력을 발휘했다.

이러한 혼원기공을 이룬 가장 큰 뿌리는 소림사의 기공이다. 형량보가 본디 소림제자이니 당연하다 할 것이다. 아마도 이 점은 동자승에게도 유리하게 작용하리라.

반면에 혼원기공의 뿌리 위에 난 줄기는 오행절맥수. 공동파의 독문무공인지라 도가무공 특유의 현묘함이 진득하게 밴 무공이다. 하지만 현문의 무공답지 않은 독랄한 수법도 엄연히 존재하고 있어 독특하기 짝이 없는 무공이기도 하다. 오행절맥수는 현묘한 동시에 독특하여 혼원기공의 단조로움을 크게 보완해 주었다.

마지막으로 귀검구절해는 원래 무공의 이치를 설명한 것이었다. 워낙 분량이 방대하고 내용이 심오한지라 연진우도 정확히 기억하지 못하고 있었다. 하지만 기억하고 있는 내용만으로도 연진우는 지금까지 알고 있던 무공을 새롭게 인식하고 사용할 수 있게 되었다. 실로 귀검구절해에는 하늘과 땅의 이치를 아우르는 폭넓음이 있었다. 귀검구절해가 아니었다면 혼원기공과 오행절맥수를 통합하는 것은 감히 상상도 못했을 것이며, 설혹 성공했다고 하더라도 그것을 문자로 정리하는 것까지는 불가능했을 것이다.

그렇게 연진우를 제외하고는 세상 누구도 익힌 적이 없었던 새로운 무공, 구절오행혼원공은 소림사의 어린 승려에게로 흘러갔다.

상념에서 깨어난 연진우가 입을 연다.

"스님의 법명이 무엇이지요?"

"자공(玆空)입니다. 지금 홀로 문을 지키시는 혜허 스님의 제자입니다."

"아, 제 스승님도 혜 자 항렬을 사용하는 분이셨는데, 그렇다면 사형 제지간이 되겠습니다. 자공이라…… 법명에서 아취가 그윽하게 풍겨집니다. 허허."

연진우가 웃는 가운데 동자승은 얼굴을 붉힌다. 하지만 연진우는 모르고 있었다, 어쩌면 평생을 소림사에서 조용히 보낼 수도 있었을 승려의 인생을 자신이 바꾸어놓았음을.

그가 전한 오천 글자가 씨앗이 되어 훗날 자공은 강호의 풍파를 겪어야만 했고, 무림 중의 대협으로 우뚝 서게 된다.

물론 그것은 먼 훗날의 이야기. 이 중의 누구도 그런 미래가 기다리고 있을 것이라고는 상상도 하지 못한다.

각설하고…….

"아무튼 부지런히 연습하시면 절대 손해 보는 일이 없을 겁니다. 내가의 공부뿐 아니라 근육을 단련하고 뼈를 굳게 만들어주는 데도 탁월한 효능이 있으니까요."

"푸훗, 역근경(易筋經)이라도 된다는 말씀이신가요?"

"하하, 역근경을 본 적이 없어 비교는 못하겠지만 그보다 못하지는 않을걸요."

"농담도 잘하십니다. 소승이 아직 어리지만 본 사의 역근경을 넘는 내공비결이 있다는 이야기는 들어본 적이 없습니다."

"역근경을 익힌 분이 몹시 드물다는 이야기는 들어보셨겠지요?"

"그, 그건……."

"하하하……."

그렇게 농지거리를 하는 동안에 두 사람은 지객당에 도착했다. 연진우를 지객당 안으로 안내한 후 자공은 허리를 숙여 보이고 조용히 물러갔다.

지객당에는 두 사람의 승려가 있었다. 그들의 면면을 살펴본 후 연진우는 조용히 반장을 했다.

"달심(達沈)입니다."

"노납은 혜지(慧芝)요."

"혜원(慧圓)이오."

매서운 눈빛의 혜원은 나한전주, 소림사 무승의 태반이 소속되어 있다고 해도 과언이 아닌 곳을 관장하는 인물이다. 무림의 전설과도 같은 백팔나한대진(百八羅漢大陣)도 이곳에서 연마를 한다.

반면 가벼운 미소를 입가에 머금은 채 인사한 혜지는 형(刑)을 집행하는 계율원주. 맡은 직책에 비해 지나치게 선해 보이는 인상이다.

인사를 주고받은 후 잠시 그들 사이에 정적이 흐른다.

마침내 혜원이 헛기침을 하며 말문을 열었다.

"달심 시주, 혹시나 착오가 있었을까 봐 묻는 것이니 너무 기분 나빠하지 마시오. 진정 그대가 혜연(慧聯)의 문인이오?"

시주(施主)? 본래는 절이나 중에게 물건을 베푸는 행동, 혹은 그런 일을 하는 사람을 일컫는 말이다. 하지만 보통 출가하지 않은 속인들을 부를 때도 사용한다. 한데 머리를 깎은 연진우에게 시주라니…….

"그렇습니다."

굳은 얼굴로 고개를 끄덕이는 연진우.

혜연이라면 형량보가 소림사에 몸담고 있던 시절의 법명이다. 그가 형량보의 제자를 자처하는 이유는?

다시 혜원이 입을 연다.

"머리를 보니 출가한 듯싶은데 왜 법명을 쓰지 않았소?"

“사부님께서는 제가 출가하기를 바라지 않으셨습니다. 머리는 제가 손수 깎은 것이지요. 사부님과의 만남이 워낙 짧아 설득할 시간도 없고 해서 아직 법명을 받지 못하였습니다.”

“흠!”

혜지가 크게 헛기침을 한다.

“하실 말씀이라도?”

“흠, 그런데 본 사에는 무슨 일로 찾아오신 거요?”

무언가 못마땅한 듯, 혜지의 얼굴은 벌레를 씹은 것 같다.

“스승님을 찾아뵙고 정식으로 출가하기 위해서입니다.”

“……”

“……”

두 노승은 할 말을 잃었다.

잠시 후 혜원이 말했다.

“달 시주, 혹시 시주께서 혜연을 만나셨을 때 그가 어떤 모습을 하고 있었는지 기억하십니까?”

“예.”

“어떤?”

“평범한 시골 노인네의 모습이셨지요. 하지만 은연중에 풍기는 선기(禪氣)는 저 같은 어린아이에게도 확연하게 느껴질 정도로 깊이가 있었습니다. 조르고 졸라서 불경 몇 구절을 얻어 배운 것이 제 생의 가장 큰복이었지요.”

혜원과 혜지가 눈빛을 나눈다.

다시 혜원의 말.

“정식으로 스승으로 모신 것입니까?”

고개를 주억거리는 연진우.

"무엇을 배우셨습니까?"

"삶을 배웠지요. 드러내 보여줄 수 없는 깊은 이치를요. 사부님은 오직 금강경 한 권으로만 가르치셨지만 그 안에는 세상을 읽는 혜안이 숨겨져 있었습니다."

"으음……."

혜원이 침음성을 흘린다.

소림사가 비록 선종의 본산이기는 하지만, 불경을 연구하고 독송하는 이들도 많다. 특별히 그중에서도 한 사람은 금강경에 있어 독보적인 경지에 이르렀었다. 형량보의 스승이었던 현각이었다. 그렇기 때문에 형량보에게서 금강경을 배웠다는 금의괴승의 말은 일리가 있었다.

혜지가 콧김을 뿜으며 물었다.

"무공도 배웠소?"

"……."

연진우는 고개를 절레절레 흔든다.

"다른 인연이 있을 것이라며 무공은 가르치지 않으셨습니다. 그리고 그제야 당신이 소림사 출신임을 밝히시며 소림의 무공은 이어줄 수 없으니 스스로 깨우치라고 하셨지요. 그때의 대화 때문에 스승님이 소림 문하임을 알게 되었습니다."

"그럼 몸의 광채는 뭐였소?"

연진우는 내심 미소를 지었다. 무공은 고강하지만 세상 물정에는 어두운 이 스님들이 슬슬 자신의 말을 믿고 있는 것이다.

"기연을 만났지요."

"기연?"

“상고(上古)의 비급을 한 권 얻었습니다. 하지만 단순한 내공심법일 뿐이라 신체를 강건하게 해주는 묘용은 있지만 특별히 남과 다투는 데는 도움이 되질 않았습니다.”

하지만 혜지는 영 미심쩍은 표정이다.

“무례를 용서하시오.”

별안간 혜지가 손을 뻗었다. 연진우도 견식한 바가 있었던 천수여래장의 수법.

어떻게 할 것인가? 공격을 막아낼 것인가, 가만히 당할 것인가?

‘이 정도의 내공을 익혔다면 기본적인 반사신경이라도 있는 게 당연한 법이지.’

연진우는 재빨리 어깨를 흔들어 혜지의 공격을 피했다. 만약 혜지가 정말로 살의를 가지고 달려들었다면 그렇게 피하지 않았을 것이다. 아마 몸에 닿는 듯 마는 듯하며 공격을 흘려보낸 후 매서운 역습을 날렸을 것!

“흠…….”

하지만 그래도 미심쩍은지 혜지는 천수여래장의 절초를 연이어 펼쳐 낸다. 불문 정종의 무공답게 웅휘롭고 장중하기는 하나 살초는 그리 많지 않은 장법이었다. 상대를 죽이는 데 목적이 있는 일반적인 무술과 달리 소림의 무술은 다치게 하지 않고 제압하는 데 가장 큰 비중을 두는 까닭이다.

“합!”

연진우의 입에서 기합이 터져 나왔다. 처음에는 반사신경에 의존하는 듯하던 움직임도 나름대로 격식을 갖추며 움직였다.

혜지와 혜원이 눈썹이 동시에 꿈틀거린다.

“육합권(六合拳)…….”

육합권. 달리 십이형권(十二形拳)이라고도 불리는 권법. 무술을 조금 익힌 사람치고는 모르는 이가 없어 중원무공의 가장 기본이 되는 권법이다. 많은 이들에게 하류 무공으로 치부되기는 하나 실상은 육합권이 한두 초식 들어가지 않은 무공이 없을 정도로 실용적이며 권의 근본 원리에 충실한 권법이다.

육합권을 십이형권이라고 부르는 것은 이 권법이 열두 가지 동물의 형을 모방하여 만들었기 때문이다. 용, 호랑이, 원숭이, 말, 악어, 닭, 꿩, 제비, 뱀, 부엉이, 매, 곰. 이 중 연진우는 용권으로 혜지를 상대하고 있었다.

아마 모르는 사람이 보았다면 연진우를 크게 비웃었을 것이다. 소림의 절학 가운데서도 능히 수위를 다툴 수 있는 무공이 천수여래장인데, 그것을 맞아 육합권을 사용하고 있으니.

그러나 이미 무공을 보는 눈이 범인과 다른 연진우이기에 육합권을 쓰면서도 혜지와 동수를 이룰 수 있었다. 물론 무공이 화경(化境)에 이른 혜지가 그 이치를 모를 리도 없었다.

천수여래장과 용권의 대결. 한쪽은 수십 년을 참오해 온 무공이고 한쪽은 어미 뱃속에서부터 익혔어도 이삼십 년인데 두 사람의 비무는 어느 한쪽으로도 기울지 않은 채 팽팽하게 이어지고 있었다.

혜지는 초조해졌다. 상대는 아직 한 팔만을 쓰고 있었다.

혜지의 손이 조금 더 빨라졌다.

연진우의 동공이 확대된다. 빠른 동작이라 알아보기가 약간 힘들지만, 혜지는 지금 수인(手印)을 맺고 있었다.

항마촉지인(降魔觸地印).

아름답기까지 한 손놀림. 하지만 저 손 모양 안에 소림무공의 정수가 담겨 있다고 생각하니 감히 가볍게 여길 수가 없었다.

찌지직~

너울너울 날아오는 손가락이 느리게 보였지만, 바람을 가르는 소리만은 상황이 매우 급박하다는 것을 알려주었다.

앞서의 공격을 피하느라 허리를 숙이고 있던 연진우. 입술을 질끈 깨물곤 한 뼘 정도의 높이로 가볍게 뛰어오르면서 뒤로 공중제비를 돈다.

"청룡번신(靑龍翻身)!"

보고만 있던 혜원의 입이 딱 벌어졌다. 공중제비를 도는 동안, 연진우의 몸은 지면에서 반 장 위로 떠오르지 않았다.

용권은 본디 움직임이 많은 기술이다. 특별히 낮은 자세에서 뛰어올라 공중에서 좌우를 바꾸거나 회전하는 초식이 많다. 용권에서는 무공이 높으면 높을수록 더 낮은 자세로 뛰어 회전할 수 있는데, 방금 연진우는 거의 지면에 붙을 정도로 몸을 돌린 것이다.

하지만 혜원의 놀라움은 거기서 끝나지 않았다.

회전하던 연진우가 지면에 착지하려는 찰나, 두 발이 쭉 뻗어 나왔다. 쌍룡이 꼬리를 휘저어 강을 평정하는 모습, 쌍룡도미(雙龍掉尾)의 초식이다.

주춤주춤, 혜지는 뒷걸음질을 쳤다.

그러자 연진우는 몸을 바로 세우며 유룡퇴보(遊龍退步)의 움직임으로 조용히 뒤로 물러섰다. 물러서는 중에도 방어에 전혀 허점이 없는, 그야말로 용권의 본이라고 불려도 손색이 없는 움직임이었다.

"실례했습니다."

연진우의 반장.

혜지의 얼굴에 쓴웃음이 걸린다. 정식 대결은 아니었지만 지고 기분이 좋을 사람은 없을 것이다. 무공 내력을 알아보는 것이 목적이 아니었다면 다른 결과가 나왔을 것이라며 억지로 자위하고 있었다.

"죄송하게 됐소. 달 시주의 무공 내력을 알아보기 위해 이런 방법을 쓴 것인데 상상외로 놀라운 무공을 가지고 계시는구려. 용권으로 천수여래장과 항마촉지인을 물리치다니 대단하시오."

혜원의 공치사에 연진우는 가벼이 미소하고 혜지는 얼굴을 붉힌다.

연진우가 말했다.

"제 무공에 대해 더 궁금하신 것이 있습니까? 없으시면 이제 이야기를 계속하지요."

"끄응……."

혜지가 조그맣게 앓는 소리를 낸다. 왜 궁금한 것이 없겠는가, 물어볼 면목이 없는 것이지.

어색한 분위기를 깨뜨리고 나선 사람은 혜원이다.

"한데 시주께서 본 사를 방문하신 진짜 목적이 무엇이오? 단지 혜연의 제자가 있다는 것을 우리에게 알리려는 것은 아니실 테고."

"정식으로 출가하기 위해서입니다."

"출가?"

변함없는 연진우의 말에 혜원도 잠시 할 말을 잃었다.

"이미 출가하신 거나 다름없지 않소? 꼭 승적에 이름이 올라 있어야만 도행(道行)을 할 수 있는 것도 아니고."

"압니다. 하지만 스승님이 출가하셨던 소림사에서 꼭 하고 싶습니다. 제대로 법명도 받고요."

"으음……."

"어렵습니까?"

혜원이 미간을 찌푸렸다.

"어렵다기보다는……."

"안 된다는 거지요!"

딱딱한 혜지의 목소리가 끼어들었다. 연진우는 놀란 눈으로 혜지를 본다.

"왜 안 된다는 말씀이십니까?"

"이미 그는 오래전에 파문을 당했기 때문이오. 파문당한 이의 제자를 우리가 받아들일 수는 없는 노릇이잖소."

"파… 문(破門)……."

넋이 나간 듯 중얼거리는 연진우. 확인하듯 다시 묻는다.

"파문이라 하셨습니까? 스승님이 파문을…… 환속(還俗)이 아니라? 그것이 언제 이야기입니까?"

"아마 달 시주가 태어나기도 전일 겁니다. 혜연도 그래서 무공을 가르쳐 주지 않았을 것입니다. 도와드리고는 싶지만 우리로서도 그 일은 어쩔 수가 없습니다."

"방장스님을 한번 만나게 해주시지 않겠습니까? 방장스님이라면 문하제자의 파문을 철회할 수도 있지 않습니까?"

"불가하오!"

혜지가 버럭 고함을 지른다.

"파문을 철회한다는 것은 말도 되지 않소. 혜연은 파문당할 만한 죄를 지어서 파문된 것이오. 시주의 감정은 이해하지만 사사로운 감정에 이끌려 일을 뒤집을 수는 없소."

"그렇습니다. 노납이 계율원을 맡고 있어서 드리는 말씀이지만, 본사에서 한 사람을 파문시킬 때는 결코 쉽게 결정하지 않습니다. 가능한 많은 사람들의 이야기를 듣고 정황을 제대로 안 후에 오랜 시간 숙고에 숙고를 거치고서야 그것이 결정되는 것입니다.”

“…….”

연진우는 이를 악문채 혜지와 혜원의 이야기를 들었다.

“무슨 이유로 파문이 되셨는지는 알 수 있습니까?”

“그, 그건…….”

머뭇거리는 혜원.

“올바르게 일이 처리되었다면 이유를 감출 필요도 없을 것 아닙니까. 알려주시지요. 다른 사람이 아닌 제 스승님의 일입니다.”

“죄송하오. 그것은 본 사 내부의 일이라…….”

“하지만 제게는 아버님, 할아버님 같은 분이셨습니다. 혈육이나 다름없는 분인데, 자식에게는 알려줄 수도 있는 일이 아닙니까?”

연진우의 다그침에 혜원은 당황한 표정을 감추지 못했다. 그만큼 연진우는 집요했다.

“그것이…….”

“간절히 부탁드립니다. 무림인에게 파문은 죽음이나 다름없는 것인데 아비의 죽음을 모른 척하는 자식을 어찌 자식이라 하겠습니까. 제발 알려주십시오.”

“…….”

“어린 시주가 철이 없구나! 그만큼 말했으면 알아들어야지, 어떻게 자기 사정만 생각하는가? 본 사에도 본 사 나름의 사정이 있다고 하지 않았는가!”

혜지의 목소리가 쩌렁쩌렁하게 울려 퍼졌다. 단순한 고함이 아닌 내공이 섞인 소리인 것으로 보아 암암리에 사자후(獅子吼) 신공을 운용한 것 같았다.

하지만 연진우는 안색 하나 변하지 않고 혜지에게 말대답을 한다.

"바로 그 사정이라는 것이 궁금하다는 말입니다. 중원무림의 태산북두로 자리하며 정파의 종주(宗主)라고 일컬어지는 소림사에서 무엇이 부끄러워서 파문의 이유를 불문에 붙이는 것입니까?"

"……."

"스승님의 파문 사실은 이제 와서야 안 것이지만, 실은 제가 소림사에 온 데는 두 가지 이유가 더 있습니다. 하나는 사조님과 사숙님을 만나고 소식을 듣고 가는 것이며, 또 하나는 사부님 따님의 거처를 알아 봉양하는 것입니다. 저는 지금껏 사부님이 환속하신 줄로만 알고 있어서 따님이 있다고 생각하였는데, 아니었습니까? 그것이 파문당한 이유였습니까?"

두 노승은 할 말을 잃었다. 혜지가 다시 고함을 지르려 할 때, 창노(蒼老)한 음성이 그들 사이를 비집고 들어섰다.

"달 시주라 하셨나?"

연진우는 고개를 돌렸다.

불그스름하니 혈색 좋은 얼굴에 흰 눈썹이 보기 좋은 노승. 작은 체구에서 온화한 기운이 풍겨나고 있지만, 연진우는 알고 있다. 저 노승이야말로 중원제일무가 소림사의 방장임을.

사뭇 날카롭던 기세는 순식간에 사라지고 금세 공손해진다. 연진우는 한 손을 내밀며 그에게 인사했다.

"달심이 소림 방장을 뵈옵니다."

"……."

소림 방장 혜량(慧諒)은 물끄러미 연진우를 보았다. 그리곤 고개를 갸웃거린다.

"우리가 전에 만난 적이 있었소?"

뜨끔!

내심 식은땀을 흘리며 연진우는 느릿하게 답했다.

"처음입니다. 무공에 어느 정도 성취가 있기 전까지는 고향을 떠나본 적도 없었습니다."

"흠, 그래? 하긴 그러니 그만큼 대단한 무공을 가지고도 아직 무명(武名)을 떨치지 못한 것이겠지. 그런데 달 시주, 무엇 때문에 본 사를 방문하셨는지 이 늙은이에게 다시 한 번 설명해 주겠소?"

"방장……."

혜원이 불안한 기색으로 혜량을 보았지만 혜량은 아랑곳하지 않는다. 오히려 연진우의 이야기를 기다리기라도 하는 듯 흥미진진하기까지 하다.

잠시 후 연진우가 이야기를 마치자 혜량의 얼굴에 가벼운 미소가 걸린다.

"잘 알아들었소."

"그렇다면?"

연진우가 반색했다. 하지만…….

"안 되오!"

"……."

"이미 혜지와 혜원이 이야기했듯, 혜연의 파문은 나 혼자 결정한 것이 아니오. 비록 집행은 소림 방장의 신물인 녹옥불장(綠玉佛杖)의 권위를 빌어 하였지만 그렇다고 많은 사람의 의견을 모아서 결정한 사실을 방장 혼자의 힘으로 뒤집을 순 없소."

"하면 파문의 연유라도……."

"정말 알고 싶소?"

"그렇습니다."

"알겠소. 따라오시오. 혜지와 혜원도 함께 오게."

그들이 간 곳은 방장실이었다. 아무도 엿듣지 못하도록 다른 사람을 물리친 후 혜량이 말했다.

"혜연이 여인과 관계하였다는 것은 알 것이오. 문제는 그 여인이 어떤 사람이냐 하는 것이지."

"어떤… 사람이었습니까?"

"그녀는……."

혜량이 깊이 한숨을 쉰다.

*　　　*　　　*

당시 형량보는 소림사 전체의 기대를 한 몸에 받고 있는 존재였다. 성품이 충후(忠厚)하고 덕이 두터워 불도에서 탁월한 성취를 이루었을 뿐만 아니라 뛰어난 자질을 타고났기에 무공 방면에서도 나이와 수련 시기를 믿을 수 없을 만큼 큰 성과를 얻었다. 소림사의 승려들이 입을 모아 차기 장문인은 혜연이 틀림없다며 수군거릴 정도였다.

하지만 호사다마(好事多魔)라, 나이 스물다섯에 첫 강호행을 가진 이후로 형량보의 인생은 크게 바뀌게 되었다.

대소변이나 겨우 가리기 시작했을 때 소림사에 들어와 보고 배운 것이라고는 무공과 불법밖에 없던 형량보에게 바깥 세상은 너무도 살기 힘든 곳이었다. 노름빚에 아내를 파는 남편이 있고, 배가 고파 자식을 노비로 넘기는 어미가 있는 곳이 보통 사람이 사는 세상이었다. 그때부터 형량보의 고민은 시작되었다.

'배부르게 먹지는 못하지만 하루 세 끼를 꼬박꼬박 챙겨 먹으며 불도와 무도에 정진할 수 있었다. 나는 다른 사람들도 당연히 그렇게 살고 있을 것이라 믿었다. 그런데 뭔가? 내게는 당연한 하루 세 끼가 일생의 소원인 사람이 부지기수가 아닌가?

이미 현각이 가르칠 수 있는 것은 모두 가르쳤으니 나머지는 스스로 익히라며 형량보를 내버려 둔 상태였다. 형량보는 단식하며 답이 보이질 않는 고민을 가지고 뒹굴었다.

그때까지도 소림의 어른들은 형량보를 기꺼이 여겼다. 불제자라면 당연히 가져야 할 보리심(菩提心:불도의 깨달음을 얻고 그 깨달음으로써 널리 중생을 교화하려는 마음)을 가져가는 단계였기에 형량보의 고행을 만류하지 않고 오히려 더욱 혹독한 환경으로 그를 내쫓았다.

문파 어른들의 뜻을 따라 소림사를 잠시 떠난 형량보는 북해로 향했다. 뼈까지 얼음 조각으로 만드는 강추위 속에서 인간은 어떻게 살아가는지를 보고 자신은 어떤 삶을 살아가야 하는지를 발견하고자 해서였다.

그렇게 출발한 북해행. 첫 강호행이 형량보의 운명을 흔들었다면 두 번째 강호행은 무림의 판도를 바꿀 만남을 만들어주었다.

형량보는 북해에서 한 사람을 만나게 되었다.

현음도협(玄陰盜俠) 빙천호(馮闡祜).

북해에 근거지를 두고 불의한 재물을 빼앗아 가난한 이들에게 나누어 주던 일대의 괴협(怪俠).

젊은 형량보는 그에게서 깊은 인상을 받았다.

그리고 빙천호에게는 형량보와 비슷한 또래의 딸이 있었다.

6. 소림의 수모

  사문 어른들의 뜻에 따라 형량보는 북해에서 수행을 시작했다. 하지만 수행의 방법은 그들이 기대했던 것과 달랐다. 현음도협 빙천호를 만난 이후 그의 삶은 크게 달라졌다.

  형량보는 빙천호의 일에 가담했다. 함께 부잣집을 털어 재물을 가난한 이들에게 나누어 주었다. 황실로 진상되어질 공물을 턴 적도 있었다.

  당연히 위험이 늘 그들을 따랐다. 소림사 안에서 무공을 배우기만 했지 실전 경험이 적었던 형량보는 초기에 여러 번 위기를 겪었다.

  한 번은 이런 일이 있었다.

  악덕 상인으로 유명한 손백(孫栢)의 상단이 북해를 지난다는 소식이 빙천호 일행에게 전해졌다. 우선 정보의 사실 여부를 확인한 후 빙천호는 각자에게 역할을 나누어주었다.

형량보가 맡은 역할은 상단의 호위 무사들을 유인하는 것.

하지만 일은 쉽지 않았다.

호위 무사들의 무공이 상상외로 고강했던 것이다.

물론 일 대 일로 형량보의 적수가 될 만한 사람은 없었다.

문제는 그것이 아니었다.

그들이 쓰는 무공이 구대문파의 것이라는 사실. 속가제자인 듯싶기는 했지만, 그래도 제대로 배운 자들이었다.

워낙 돈이 많은 작자이다 보니 구대문파의 속가제자들로 상단을 호위하게 만든 것이었다.

복면을 하고는 있었지만 형량보는 정체를 들키지 않기 위해 무공을 감추었다. 똑같은 무공이라도 속가에는 전해주지 않고 본산에만 전해주는 비법이 있는 법. 소림사의 무공을 썼다간 소림속가의 눈에 발각될 것이 자명했다.

그래서 형량보는 현음도협을 따라다니며 배운 몇 가지 재간들을 사용하였다. 하지만 이십 년을 고련한 소림무공에 미칠 리가 만무했다. 상대도 뭔가 이상한 느낌을 받았는지 형량보를 집요하게 물고 늘어졌다.

결국 형량보는 청성파 속가제자의 검에 가슴을 깊이 베이고 말았다. 핏물이 분수처럼 뿜어지고 의식이 흐려진 그는 무심결에 몇 수의 소림무공을 펼쳤다.

상단의 재물을 모두 빼앗은 현음도협 일행은 그제야 연진우가 있는 곳으로 달려왔다.

이미 의뢰주인 손백이 저 세상 사람이 되었는 데다가 수적으로도 불리함을 깨달은 무사들은 약속이나 한 듯 일제히 물러났다. 현음도협은 그들을 쫓지 않은 채 형량보의 상세를 살펴보았다. 다행히 외상뿐이라 보름가량만 정양하면 회복될 정도의 상처였다. 손백의 제물을 나누어 주느라 바빴던 그는 형량보의 간호를 딸인 빙주현(馮朱絃)에게 맡겼다.

그 보름, 많은 대화를 나누지는 않았지만 형량보와 빙주현 사이에는 깊은 교감이 있었다. 이미 출가한 몸이었건만 형량보는 마음이 몹시 동요함을 느꼈다.

"돌아가겠습니다."

형량보의 말에 빙천호는 못내 아쉬워했다.

"꼭 가야 하는가? 계속 함께 일했으면 좋겠는데. 이 일은 자네처럼 백성의 아픔을 깊이 이해하는 사람이라야 할 수 있어. 산속에 틀어박혀 염불이나 외고 있으려 하는 것인가?"

"그것은 아닙니다. 하지만 소림은 저를 키워준 곳입니다. 가서 정식으로 말씀을 드리고 돌아오겠습니다."

"정말인가? 그 말 잊지 말게나. 우리 현아도 자네가 마음에 드는 눈치니 환속하고 돌아오면 당장 혼례부터 올리세."

형량보는 얼굴만 붉힌 채 대답하지 못했다.

그날 밤, 내일이면 떠날 것이기에 일찍 잠자리에 들었지만 형량보는 왠지 잠을 이룰 수 없었다.

그때 어두운 방에 스며든 그림자 하나!

형량보의 신경이 바짝 곤두섰다.

"누구요?"

"쉿!"

빙주현이었다. 야밤에 남자의 처소에 찾아왔음에도 그녀는 전혀 부끄러워하지 않으며 말했다.

"북해의 여인들은 뜨거워요. 왜 인지 아세요? 얼어붙은 대지와 사람의 마음을 녹이는 것은 여인의 뜨거운 가슴이라고 생각하기 때문이에요."

형량보가 뭐라 말할 새도 없이 빙주현은 그에게 안겨왔다.

뜨거운 호흡을 나누며 빙주현이 말했다.

"꼭 돌아와야 해요. 북해 여인의 뜨거움은 배신한 남자를 태워 버리기도 해요."

이튿날, 형량보는 빙천호와 그 수하들의 환송을 받으며 중원으로 떠났다. 몇 번이나 고개를 돌려보았지만 그중에 빙주현의 모습은 없었다.

"꼭 돌아와야 해요. 북해 여인의 뜨거움은 배신한 남자를 태워 버리기도 해요."

빙주현의 말을 몇 번이고 되뇌이며 형량보는 걸음을 재촉했다.

하지만 모사재인(謀事在人) 성사재천(成事在天)이라는 옛말이 괜히 있는 것이 아니었다. 일을 꾸미는 것은 사람의 몫이지만 결국 그 일을 이루는 것은 하늘의 몫인 것을.

몇 년 만에 소림사의 산문을 밟으며 감회에 잠겨 있으려니 별안간 나타나 그를 붙잡는 무승들이 있었다. 내심 켕기는 바가 있긴 했지만 설마, 생각하며 형량보는 순순히 그들을 따라갔다.

해서 간 곳이 계율원(戒律院).

그곳에서 한 사람의 얼굴을 본 후 형량보는 모든 것을 포기했다.

"이 사람을 아느냐?"

계율원주 현양(玄亮) 선사의 말.

"예."

"네가 이 사람을 상하게 한 것도 맞느냐?"

"예."

"현음도마(玄陰盜魔) 빙천호와 함께 있었던 것도 사실이냐?"

"……"

손백의 상단을 습격하면서 만났던 소림속가, 그가 소림사에 있었던
것이다. 그날과는 달리 경장을 입지 않고 화려한 비단옷을 걸치기는
했지만.

"네 이놈! 본 사의 모든 사람들이 네놈 하나에게 엄청난 기대를 걸었
건만 어찌 그 모든 기대를 이토록 무참하게 배신하느냐! 북해에 너를
제외하고는 달리 소림제자가 없다는 것을 알면서도 행여나, 행여나 기
대했는데……."

추상같은 계율원주의 호통에 형량보의 목이 쑥 움츠러들었다.

"네가 현음도마의 딸을 상대로 색계를 범했다는 것도 사실이렷다?"

형량보의 이마 위로 굵은 땀이 흘러내렸다. 어떻게 그것까지…….

형량보는 슬며시 눈을 위로 치켜뜨며 자신의 소식을 가져온 속가제
자를 보았다.

'저자군. 손백의 일로 원한을 품고 내 주위를 치밀하게 조사했던 거
야.'

"그리고 현음도마의 여식이 네 아이를 가졌다는 것도!"

"……!"

"왜 대답이 없느냐?"

"모르옵니다."

"관계를 가진 것은 사실이고?"

"……."

"손무옥(孫武鈺), 네가 안 바는 어떠하냐?"

그제야 형량보는 속가제자의 이름이 손무옥인 줄 알게 되었다.

'손(孫)…… 그렇군. 손백과 혈연 관계가 있는 자였어. 원한을 가질 만하군.'

"제자의 이야기에는 한 치의 거짓도 없습니다. 저자는 소림의 명예를 땅에 떨어뜨렸을 뿐만 아니라 제 숙부님의 생명을 빼앗아간 흉수입니다. 불문의 무공으로 무고한 백성을 해친 악한입니다."

생전처음이었다. 형량보는 살심이 뱃속에서 꾸역꾸역 치미는 것을 느꼈다.

"무고한 백성? 민초들의 고혈을 빨아먹으며 제 배를 불린 자가 무고한 백성이란 말인가? 네놈도 손씨 늙은이의 조카니 함께 피로 배를 불렸겠구나!"

형량보의 무시무시한 기세에 손무옥은 움찔하며 뒤로 물러섰다.

"닥치거라! 이 자리가 어떤 자리라고 네가 소리를 치느냐! 지금 그 말은 네 모든 죄를 인정한다는 뜻이렷다?"

계율원주의 일갈에 형량보는 멍하니 앞을 보았다.

'죄? 무엇이 죄인가? 내가 자란 소림사가 이토록 편벽된 생각을 하고 있는 곳이었던가?'

입술을 잘근잘근 씹던 형량보, 결국 입을 열었다.

하지만 먼저 말한 것은 다른 사람.

"그만 하게."

"사, 사형……."

계율원주 현양 선사는 갑자기 나타난 사람을 보며 허리를 숙였다.

형량보의 스승인 현각 대사였다. 현 자 배의 고승들 가운데 가장 무공이 탁월하며 금강경에도 조예가 깊다고 알려진 사람이었다.

"인생은 고해(苦海)일세. 나이가 들수록 더욱 번뇌가 많아지고 무기력해지는 것이 삶일진대, 젊은 아이의 실수 한 번에 어찌 무거운 벌을 내리겠는가. 내가 알아서 할 터이니 이쯤에서 덮어주게."

"그것은 아니 될 말씀이십니다. 본 원은 원래 계와 율을 엄하게 적용하여 문하제자들이 올바른 길로 가도록 인도하는 곳입니다. 한 번의 특혜는 잘못된 선례가 될 수도 있습니다."

현양은 몹시 껄끄러워하면서도 현각에게 지지 않고 할 말을 다 하였다. 현각이 형량보, 즉 혜연을 제자로 맞은 시기는 다른 이들에 비해 꽤 늦은 때였다. 혜연이 성장하기 전만 해도 혜 자 항렬에서는 자신의 제자인 혜량이 가장 뛰어난 인물로 인정되었고, 차기 방장도 혜량이 될 것이라도 다들 생각하고 있었다. 만약 혜연이 큰 죄를 지어 벌을 받게 된다면…….

현각은 갑갑한 표정으로 손무옥을 보았다.

"무옥……."

"예, 대사."

"너는 어찌하기를 원하느냐?"

"본래는 피로 핏값을 치러야만 하지만 저 역시 불문의 제자니 그렇게까지는 바라지 않습니다. 다만 살인을 저지른 저자의 무공만은……."

"무공을 전폐하라……."

현각은 한숨을 쉰다. 말이 좋아 무공을 폐하라는 것이지 그 고통은 오히려 죽는 것이 더 낫다는 말이 떠돌 정도다.

한편 형량보의 살심은 극도로 차 올랐다.

'지금껏 빙천호 대협을 따라다니면서도 누구 하나 죽이지 않았다. 그 모든 책임을 내게 돌리는 이유가 무엇이냐? 현양 사숙과 결탁한 것이더냐?'

"이렇게 하도록 하지."

한숨 끝에 현각이 말문을 열었다.

"현양, 자네는 무옥이 제시하는 처벌에 만족하는가?"

"그 정도면 되었다고 봅니다."

어차피 소림사는 사찰인 동시에 무림문파. 무공을 잃은 자가 방장이 될 수는 없는 노릇이다.

"그러면 내가 혜연을 대신해 무공을 폐쇄하겠네. 원한다면 죽어줄 수도 있고. 설마 하니 이 늙은이의 목숨이 젊은 제자의 것보다 가볍다고 하지는 않겠지?"

"사부님!"

형량보가 고함을 질렀다. 그러나 현각은 태연히 말을 잇는다.

"그리고 혜연, 너는 북해로 돌아가서 네가 뿌린 씨앗을 거두고 돌아오거라. 불문 제자의 손에 피를 묻히라 하는 것은 민망한 일이지만 어차피 잘못 뿌려진 씨앗은 일찍 솎아내야만 하는 법이다. 빙천호의 여식에게 들어선 아이를 저 세상으로 돌려보내고 돌아오너라."

현각은 눈을 감았다.

"현양, 이 정도면 죗값으로는 넘칠 것이네. 더 이상은 추궁하지 말게나."

너무도 충격적인 현각의 말에 중인들은 입을 다물지 못했다.

우드드득─!

현각의 몸에서 전신의 관절이 빠지는 소리가 들렸다. 경맥을 따라 흐르던 기를 역전시키자 몸이 망가지며 내는 소리였다.

"사부님!"

어느새 눈물 범벅이 된 얼굴을 든 채 형량보가 고함을 질렀다. 현각은 온몸이 망가지는 고통을 참으며 그에게 그윽한 미소를 지었다.

"너는 무림을 떠받들 기둥이 되어야 한다. 이 정도 사건에 허물어져선 안 돼."

울컥!

한 사발은 됨 직한 피가 현각의 입에서 토해졌다. 그리고 현각은 그대로 실신했다.

형량보는 대성통곡하며 현각의 앞에서 절을 올렸다.

매서운 눈으로 현양과 손무옥을 한 번 쳐다보고 몸을 돌려 계율원을 나섰다.

아무도 그를 잡지 못했고, 말 한마디 걸지 못했다.

*　　　*　　　*

"그 이후로 혜연은 본 사에 돌아오지 않았소. 스승이 일생의 공력을 버리면서까지 구해주었지만."

"으음……."

혜량의 긴 이야기가 끝나자 연진우는 조용히 생각에 잠겼다.

이미 혜주를 통해 간단히 알고 있던 사실이었다. 하지만 그 안의 내막은 좀 더 복잡했던 것 같다.

그렇다면 형량보를 찾는다면 어디서부터 시작해야 할까?

"혹시 사부님이 지금 어디 계실지 짐작 가는 바가 있으십니까?"

"글쎄……."

혜량은 미소 짓는다.

"현음도협이라는 분은 지금도 생존해 계십니까?"

"확실치가 않소. 살아 있다고 하더라도 나이 때문에 더 이상 활동하지는 않고 있을 거요."

"그러면 사부님의 소식을 알 만한 곳이라도 가르쳐 주십시오."

"흠…… 전륜궁에 가보겠소?"

"예?"

연진우는 뛸 듯이 놀랐다. 왜 또 여기서 전륜궁이 나온단 말인가?

"몰랐소? 전륜궁을 만든 사람이 바로 혜연이오."

"……."

망치로 머리를 맞아도 지금처럼 멍하지는 않을 텐데… 연진우는 정신이 없었다. 형량보가 전륜궁의 창시자?

"빙천호의 영향을 받은 혜연이 만들었소. 빙천호가 북해를 배경으로 행동했다면 혜연은 전 중원을 대상으로 했지요. 직접적인 도적질보다도 합법적인 여러 가지 사업을 두루두루 하였고."

"세상에……."

"전륜궁이라는 이름 자체가 불가적인 색이 짙지 않소. 전륜궁의 사람들은 혜연을 전륜왕, 전륜성왕이라고 부르더구만."

연진우는 멍청히 입술만 달싹거렸다.

그랬던가?

형량보가 전륜궁의 주인?

그러면 스승과 자신에게 위해를 가했던 사람들이 형량보의 수하?

믿을 수 없는 이야기들 앞에서 연진우는 그저 멍하게 있을 수밖에 없었다.

"왜 혜연이 파문되었는지에 대해선 충분히 대답이 되었을 거라고 믿소."

"여, 여쭤볼 것이 아직 남았습니다."

"……?"

"현각 대사와 혜주 상인을 뵙고 싶습니다. 그리고 사부님과 관계를 맺으셨던 그분의 거처도 알고 싶습니다."

갑자기 노승 셋의 얼굴에 난감한 기색이 떠올랐다. 연진우는 그것을 놓치지 않았다.

혜원이 침중한 기색으로 말했다.

"현각 사백은 돌아가셨소. 지금까지 조사한 바로는 혜주가 범인일 확률이 가장 크오."

"아니, 왜?"

"그거야 혜주 그놈도 전륜궁의 사람이니까! 옳은 일을 한답시고 설치기는 하지만 가장 기본적인 인의(人義)도 모르는 것이 그 무리의 특징……."

옆에서 혜지가 그렇게 중얼거렸다.

혜원이 급히 말했다.

"아무튼 두 사람은 만날 수가 없습니다. 그리고 빙주현의 거처에 대해서는 우리도 아는 바가 없구요. 워낙 옛일이라……."

"……."

"아직도 본 사에 용무가 남았소?"

여전히 부드러운 혜량의 목소리. 연진우는 착잡해진 마음을 억누르며 입을 뗐다.

"전륜궁의 사람을 만나려면 어떻게 해야 합니까? 저는 무슨 일이 있어도 사부님을 만나야 합니다."

콩콩콩!

문 두드리는 소리가 났다.

"방장스님, 급한 전갈입니다."

앳되게만 느껴지는 목소리가 문 건너편에서 들려왔다. 혜량이 들어오라 하자 열 살도 채 되지 않아 보이는 동자승이 들어왔다. 그는 혜량에게 돌돌 말린 종이 한 장을 주고 나갔다.

혜량은 심각한 얼굴로 종이를 읽은 후 혜원과 혜지에게도 보여주었다. 이내 그들의 얼굴도 심각해졌다. 잠시 연진우의 존재를 잊기라도 한 듯 실내의 공기가 갑자기 무거워졌다.

혜량이 헛기침을 하며 다시 말했다.

"사부를 꼭 찾으셔야 한다 했소?"

"그렇습니다."

"이미 돌아가셨다면 어떻게 하시겠소?"

"그럴 리가 없습니다. 시신을 보기 전에는 절대 믿을 수 없습니다. 설혹 제가 찾은 것이 사부님의 시신이라고 하더라도 중도에 멈추지는 않을 것입니다."

"그래요?"

혜량의 말끝이 미묘하게 올라간다.

"혜주 역시 전륜궁의 사람이니 그를 찾으면 일이 쉬워질 수도 있겠는데…… 혜주를 만나보신 적이 있지요?"

뜨끔하는 연진우.

"저는 잘 모르겠습니다. 혹시 오다가 만 분지 일의 가능성으로 우연히 스치고 지나갔을지는 모르겠지만요."

"그렇소? 우리가 아는 것과는 다르오만."

"……."

연진우의 심장 박동이 빨라진다.

"직접 무공을 배운 것도 아니니 혜연의 제자라고 보기에는 조금 무리가 있고…… 사손 정도면 딱 적당할 것 같은데. 안 그렇소, 연 시주?"

혜량의 폭갈이 터지고 연진우는 재빨리 몸을 날려 방장실을 벗어났다.

"어딜!"

혜지가 그의 뒤를 따라 몸을 날렸다.

방장실 앞의 너른 뜨락, 그곳에는 이미 수십 명의 무승이 서 있었다. 그중 한 승려가 낭랑하게 소리쳤다.

"애송이, 제법 모습을 많이 바꿨지만 내 눈을 속일 수는 없다!"

"일공……."

연진우는 이를 악물었다. 저자에게는 조금도 좋은 감정이 없다. 그의 얼굴을 보자 갑자기 연진우는 살심이 뭉글뭉글 치솟았다.

"좋다! 내 오늘 소림을 피로 씻으리라!"

"저, 저런……."

연진우의 광오한 말에 승려들의 안색이 변한다.

혜지가 고함을 지른다.

"이놈, 말을 함부로 하는구나! 나야말로 사슬로 네놈의 비파골을 뚫어 다시는 힘 자랑을 하지 못하도록 만들어주마!"

"좋소. 검술로 천하제일이라는 정의맹주의 칼 맛도 보았으니, 이제 소림사의 무공도 제대로 견식해 봅시다."

연진우의 몸에서 뿌옇게 황색 광채가 풍겨 나왔다. 건곤이 역행된 기운, 귀검구절해의 마지막 단계가 다시 운용되고 있는 것이다.

그때 천천히, 아니, 홀연히 그의 앞쪽에 다시 그림자들이 나타나기 시작했다. 원래 있던 사람과 합쳐 족히 이백은 됨 직한 숫자였다.

"오는가? 땡중들이 모두 나오는 것 같군."

연진우는 깊게 숨을 들이마시며 서서히 한 걸음을 떼었다. 바닥에 깔린 청석판이 묘하게 차갑게 느껴졌다.

바로 그 순간이다.

스팟!

갑자기 무승들이 거대한 원을 몇 겹으로 형성하기 시작했고 매서운 바람을 날렸다.

슈우우—

네 겹의 원이 회전하기 시작했다. 상당히 빠른 속도였음에도 불구하고 발이 꼬이거나 움직임에 주저함이 있는 사람은 단 하나도 없었다.

회전의 속도는 점점 느려졌다. 하지만 연진우가 조금이라도 몸을 움직일 때마다 회전의 속도는 미묘하게 변화했다.

"백팔나한진을 개량한 탕마대진(蕩魔大陣)이다. 몇 년 전에야 간신히 완성했다. 너를 시작으로 강호의 마인들은 모두 이 진법으로 쓸어 버릴 것이다!"

혜지는 사뭇 흥분해 있다.

연진우는 침착하게 진세를 살펴보았다.

숫자가 늘어나기는 했으니 기본은 어디까지 백팔나한진이었다. 변화 자체는 더 복잡하지도, 단순하지도 않았다.

그러나 진세에서 풍기는 흉흉한 기운만은 아무리 연진우라 해도 무시하기 힘들었다. 나한진이 불가의 사상을 근간으로 만들었다면, 탕마진은 나한진의 외형을 가져와 살인 기예를 더한 것이기 때문이었다.

바로 그 순간이었다.

"과연, 정의맹을 엉망으로 만들어놓았다더니 정녕 대단하군. 어디, 나에게도 그럴 수 있을까?"

한 가닥 차가운 음성이 천천히 들려왔다.

나타난 검은 그림자.

오직 한 사람이었다. 하지만 덩치가 워낙 커 두셋은 족히 되어 보이는 사람이었다.

그가 저벅저벅 걸어왔다. 신기하게도 진 사이를 걸어왔지만 진은 조금도 흐트러지지 않았다.

연진우는 보고 있었다, 그가 한 걸음 한 걸음 내디딜 때마다 청석판이 조금씩 깨져 돌 가루가 날리는 것을.

가공할 만한 기도였다.

"권왕의 파문 이후 소림에서 그에 필적할 만한 재능을 가진 젊은 무승이 배출되었다는 이야기는 들었지. 네가 허공이냐?"

연진우는 무거워진 공기를 들이마시며 차갑게 입을 열었다.

하나 허공은 무심하고 차가운 빛으로 연진우를 쳐다보며 걸음을 멈추었을 뿐 입을 열지 않았다.

그의 물음에 허공에게서 흘러나온 것은 냉소였다.

"누렇게 빛나는 머리 통하고는…… 영락없는 원숭이 새끼로구나. 네 목을 비틀어주마."

그 말소리의 여운에는 무서운 살기가 깔리고 있었다.

"으하하하!"

갑자기 연진우의 입에서 앙천대소가 터져 나왔다.

휘이이잉~

고작 웃음소리.

하지만 거기에는 무시무시한 위세가 깃들어 있어 사방의 흙먼지를 휘말아 올렸다.

"아직은 웃을 수 있겠지. 하지만 곧 내 말이 사실이 될 것이다."

허공에게서 흘러나온 음성은 여전히 싸늘할 뿐이다.

연진우는 웃음을 멈추고 그를 보았다.

"그토록 자신이 있는가?"

"지금은!"

허공은 간단히 고개를 끄덕였다.

그것이 신호인 듯 그들을 둘러싸고 있던 무승들의 회전이 완전히 멈추었다.

"무엇이 너를 그렇게 자신있게 한 거지? 정의맹의 소식을 들었다면 너 정도로는 안 될 걸 알고 있을 텐데."

순간 허공은 조금도 망설이지 않고 고개를 저었다.

"미안하지만 나는 이전의 내가 아니다."

"……."

포위망에 끼지 않고 혜량, 혜지, 혜원의 세 노승과 함께 있던 일공이 소리쳤다.

"천년소림을 우습게 여기지 마라! 대소림을 우습게 여길 수 있는 사람은 아무도 없다!"

"그렇군."

연진우의 눈이 빛난다.

"땡중들이 자랑하는 환단을 먹고 노인네들의 내공을 조금 전수받은 걸로 기고만장하고 있었던 거군."

"뭣!"

순간적으로 허공의 얼굴에 노기가 치민다.

연진우는 쾌재를 부른다. 냉정이 깨어진다는 것은 틈이 보이기 시작했다는 뜻이기 때문이다.

"미리 한마디만 경고해 두지. 난 싸움을 시작하면 아무것도 보지 못해, 죽여야 할 상대를 빼곤. 네가 터무니없이 약하면 그렇게 안 되겠지만 조금이라도 싸울 만한 상대라면 나도 모르게 변하게 되니 알아서 조심해 두라구."

중얼거림이 그의 입에서 쏟아져 나오는 순간!

"자만이 지나치구나!"

폭갈이 허공에게서 터져 나왔다.

우우우웅웅~

연진우를 둘러싼 이백 인의 승려들에게서 뼈를 깎을 듯한 무서운 소용돌이가 일어났다. 단지 회전이 다시 시작되었을 뿐인데 사방에 살기가 넘쳐흘렀다.

"탕마대진…… 이백 인의 공력을 한 사람에게로 모아주는 진법인가?"

연진우의 눈빛이 침중히 변했다. 토끼 이백 마리라면 그리 무서울 것은 없다. 하지만 그만큼의 힘이 한 마리에 집중된다면 이야기가 달라진다.

그러나 그 순간에 그의 신형은 이미 한줄기 광채로 화하고 있었다.

쏴아앙!

황금 빛 광채가 햇살처럼 일어나면서 허공에게로 날아갔다.

"헉!"

다급한 신음 소리가 터지면서 허공의 신형이 날아올랐다.

그가 떠오르자 금빛 광채는 탕마대진의 진세로 날아들었다.

샤아아―

"으아악!"

강력한 힘이 회오리치며 처절한 피보라가 하늘로 치솟았다.

터지는 비명 속에서 십수 명의 승려들이 가슴을 움켜잡은 채 주저앉았다.

"한 번에 열네 명. 열댓 번만 더 하면 모두 쓰러지겠군."

지극히 담담한 연진우의 말. 마침내 허공의 눈에서도 살기가 넘실거렸다.

돌연 그의 주위가 쥐 죽은 듯 조용해졌다.

휘이잉~

날카로운 바람 소리가 귀신의 호곡성(號哭聲)인 양 불어닥쳤다. 연진우와 허공은 온몸으로 그 바람을 맞았다.

오직 바람 소리뿐 숨소리조차 크게 내는 사람이 없었다. 지극히 고요했다.

하지만 이것은 곧 닥칠 태풍을 예고하는 고요함일 뿐. 이 고요가 끝나는 동시에 무서운 태풍이 불어닥칠 것이다. 천지를 개벽할 위력을 가진.

잘게 부서진 청석 조각이 바람에 휘말려 흩어졌다.

천년소림! 누가 감히 대소림을 넘볼 수 있는가?

매일같이 불경 읽는 소리와 무승들의 기합 소리로 시작되어 저물어 가는 소림의 하루.

하지만 이날은 모두에게 특별한 날이 된다.

휘이익—

세찬 바람이 일었다.

마치 늑대의 울부짖음 같은 소리가 들려온다.

그 바람 한가운데서 연진우와 허공은 서로를 노려보고 있었다.

"감히 이러고도 멀쩡히 살아 나가길 바라는 건 아니겠지?"

허공이 고리눈을 부릅뜬 채로 연진우를 사납게 노려보았다. 산만한 덩치에 인상을 쓰니 그 기세가 사뭇 흉흉했다.

"말이 너무 많구나. 언제는 멀쩡하게 보내려고 했었나?"

"이런 미친……."

허공이 이를 갈며 연진우를 향해서 한 주먹 질러냈다.

쾅!

폭음과 함께 연진우가 서 있던 자리가 움푹하게 패었다.

가공할 위세의 세찬 경풍이 휘몰아치는 가운데 허공의 고함이 쩌렁쩌렁하게 울린다.

"어디로 도망가느냐?"

"흥!"

한눈에 보기에도 무시무시한 허공의 권풍. 하지만 연진우는 코웃음을 치면서 양손을 휘둘러 허공의 주먹을 막아갔다. 음유(陰柔)한 그의 장세는 허공의 양강(陽剛)한 주먹을 하나하나 흘려보냈다.

파악!

장세와 권세가 맞붙었다. 폭음 대신 괴이한 소리가 터져 나왔고 허공이 휘청거렸다.

하지만 아직도 기가 죽지 않은 듯 허공은 소리친다.

"뭐냐?"

"오행절맥수라면 알까?"

"오행절맥수……."

중얼거리며 허공은 양손을 나누어 좌우로 뻗어냈다.

펑! 펑!

폭음이 연신 터지며 바닥이 움푹움푹 파였다. 순간 연진우의 눈에 들어오는 것이 있었다. 허공의 주먹이 파르스름하게 빛나고 있었다.

'이백 명분의 공력으로 주먹에 진기를 집중한 거군. 공력이 아무리 많이 모여도 무학에 대한 깨달음이 없으면 불가능한 건데. 저놈, 생각 보다 재주가 많은가 보군.'

주먹의 위세는 엄청났다. 가히 만부막적(萬夫莫敵)! 만 명이 있어도 막을 수 없다는 그 말이 자연스레 떠올랐다.

'하지만 난 다르다!'

샤아~

허공의 안색이 돌변했다. 한 가닥 음유한 기운이 소리도 없이 자신의 가슴을 짓눌러 옴을 안 까닭이다.

"비겁한! 암습을……!"

그는 대갈일성하며 앞으로 일권을 질러냈다.

팍!

그의 앞에서 경풍이 회오리치며 일어났다. 동시에 허공은 가슴이 답답함을 느끼고 뒤로 반보쯤 물러났다.

"이, 이건……."

“오행절맥수는 작용하는 시점을 자유자재로 사용할 수 있지. 암습이 아니라 아까 전에 했던 공격이 이제 나타나는 것뿐이야.”

모든 사람의 안색이 돌변했다. 공동파의 오행절맥수가 무서운 절학이라는 것은 알지만 소림사의 두터운 내공이라면 충분히 감당할 수 있었다. 그리고 연진우가 무시 못할 고수이기는 하나 대환단을 복용하고 개정대법을 거친 데 이어 탕마대진으로 힘을 모은 허공이라면 능히 이길 것이라 생각했다.

하지만 연진우의 손에서 오행절맥수가 펼쳐지자 그 모든 생각은 망상이 되어버렸다.

“좋다! 오늘 네 밑천이 어디까지인지 제대로 알아봐야겠다!”

창피를 당한 허공은 부러 광소를 터뜨리며 연진우에게로 덮쳐 갔다.

“좋을 대로!”

허공은 고리눈을 부릅뜨고서 양 주먹을 풍차처럼 연달아 쳐내 그들을 날려 버렸다.

허공의 권풍은 강호독보라고 할 만했다. 힘만으로는 연진우도 감당하기 힘들었다. 게다가 한 번 망신을 당했기에 허공은 더욱더 강한 힘을 발휘하고 있었다.

“이제는 돌이킬 수 없다.”

연진우가 차가운 눈을 하며 말했다.

허공이 일권을 쳐냈다.

두 사람 사이의 거리는 약 두 장. 지금 허공이 뿜어내는 기세 정도라면 십 장 밖의 사람도 핏덩이로 만들 수 있을 것이다.

가공할 권력(拳力)이 일었다.

쾌앙!

경기가 폭발하면서 대기를 흔들었다.

"하하하! 다시 받아보아라!"

허공은 세찬 경기 속에서 천둥을 치듯 웃으며 재차 일권을 질러냈다. 속도는 느렸지만 몹시도 두터운 힘이 담겨 있었다.

"아라한신권(阿羅漢神拳)이군."

연진우가 중얼거렸다.

가만히 선 채 자리에서 조금도 움직이지 않고 허공의 일권을 받아냈던 연진우는 차갑게 웃으며 손을 저었다.

순간, 흐릿하던 황금 빛이 그의 전신에서 일어나면서 그를 온통 휘감았다.

"좋다!"

허공이 크게 소리치며 다시 일권을 내질렀다.

대격전!

가히 태풍과도 같았다. 이미 청석판은 모두 흙먼지로 변해 흩어져 버린 지 오래였다.

"으음……."

혜량은 대결에서 일어나는 경풍에 옷자락을 날리며 신음했다. 폭음과 함께 그처럼 날뛰던 허공이 갑자기 멈추었기 때문이다.

"저건!"

두 사람은 가만히 서 있는 것 같았다. 하지만 자세히 보니 연진우의 손이 빠르게 움직이고 있었다.

"교수십이타!"

수도 없는 타격에 허공의 몸은 천천히 허물어져 갔다.

연진우는 공격 속도를 늦추었다. 그러자 연진우의 한 손이 허공을 사정없이 두들기는 것이 보이기 시작했다. 허공의 몸을 온통 감싸고 있는 황금 빛 광채.

마침내 허공은 바닥에 쓰러졌다. 팔다리의 방향이 제멋대로였다.

"뼈와 내장, 몸 안의 모든 것을 가루로 만든다던 혜연의 무공⋯⋯."

그렇게 중얼거리던 혜량의 안색이 돌변했다.

쐐애액―!

연진우가 날아오고 있었다. 이백 명의 무승으로서는 따라잡을 수 없는 속도였다. 혜지와 혜원이 나섰다.

콰쾅!

한 손으로 혜지의 장을 맞받으며, 혜원의 장은 그대로 등에 얻어맞은 연진우. 하지만 전신의 금빛 광채는 더욱 선명하다.

혜지, 혜원에 의해 저지되긴 했지만, 혜량과 연진우의 거리는 반 장도 되지 않았다.

문득 연진우가 씨익 웃었다. 그리고⋯⋯

쏴쏴솨~

이것이 무슨 조화일까? 혜량은 미간에서 피를 뿜으며 쓰러졌다. 혜지, 혜원도 마찬가지였다.

쓰러지면서도 그들은 믿을 수 없었다. 살 속에 암기를 박아놓고 그것을 발출한다는 이야기는 들은 적도 없었다.

바로 세 사람 곁에 있던 일공을 제외하고는 누구도 상황이 어떻게 되어가는지 이해하지 못했다.

연진우는 다시 씨익 웃었다.

그리고 일공의 뒷덜미를 잡아채곤 하늘로 날아올랐다.

7. 각기 다른 반응

쐐애액—

금빛 광채가 어둠을 가르며 날았다.

광채가 뿜어지는 곳에서는 어둠이 급급히 자리를 비켜주었다.

호젓한 산속, 마침내 금빛 광채는 그 자리에 멈춰 섰다.

유난히 나무가 적게 있는 곳이 있었다. 원형으로 작은 공터를 만들려고 사람이 일부러 한 것처럼 보이는 곳이었다.

털썩.

연진우는 일공을 내려놓았다.

엉덩방아를 찧은 일공이 오만상을 찌푸린다.

"무슨 짓이냐? 이러고도……."

무사하길 바라느냐, 가 이어질 말이었지만 일공은 그 말을 하지 못했다. 무사하길 바라기엔 연진우가 저지른 일들이 너무나 엄청났기 때문이다.

일공은 자기도 모르게 몸을 부르르 떨었다.

진을 형성한 사람들의 공력을 한 사람에게 전해줄 수 있는 탕마대진. 일견 허황되기까지 한 것을 현실로 이룩한 진법이었지만 연진우 앞에서는 별 힘을 쓰지 못했다. 단숨에 진을 깨뜨리고 방장을 포함한 고승 셋을 별 힘도 들이지 않고 죽인 것은 더 더욱 놀라웠다.

'몸 안에 암기가 있을 줄은 정말 상상도 하지 못했다. 유엽비도처럼 생긴 것 같았는데…… 아직도 더 남아 있을까?'

바로 옆에 있었기에 일공은 누구보다도 그 상황을 똑똑히 지켜볼 수 있었다. 양쪽 어깨에서 하나씩, 그리고 가슴에서 하나. 손으로 던진 암기라면 피할 수도 있었겠지만 뜻밖의 곳에서 발출된 암기였던지라 혜랑, 혜지, 혜원은 별다른 반항 한 번 해보지 못하고 그대로 죽어야만 했다.

우드득!

"읍!"

갑작스런 고통에 일공은 이를 악물었다. 죽을 때 죽더라도 비굴한 모습을 보이지는 않겠다는 각오였다.

연진우의 금빛 눈에 이채가 인다.

우둑!

발로 손을 짓밟은 것은 별 효과가 없다고 생각했는지, 이번에는 손수 일공의 어깨를 뽑았다.

이번에도 일공은 비명을 지르지 않았다. 하지만 마음으로는 참을 수 있어도 몸은 이미 비명을 지르고 있었다. 일공의 눈가에 눈물이 그렁그렁하게 맺혔다.

일반적으로 잘못 생각하는 것 중 무림인들은 신체의 고통에 훨씬 둔감할 것이라는 생각이 있다. 그것은 전혀 사실이 아니다. 신체를 단련하는 것은 평소에 사용하지 못하던 세밀한 경락과 근육들까지도 통제하고 사용하는 것을 포함한다. 그래서 무공의 고수가 되면 될수록 감각이 더욱 예민해진다. 고통을 더 쉽게 느끼는 것도 그런 이유에서다. 물론 무림인들이 고통을 잘 견디는 것은 사실이다. 느끼지 못해서가 아니라 참을성이 강해진 것이다. 다시 말해, 의지가 강해졌기 때문이다.

일공의 무공은 그리 강하지 않다. 하지만 그의 의지는 상당히 굳은 편이었다.

두두둑―

연진우가 한참 동안이나 분근착골(分筋錯骨)의 재주를 부리고 있을 동안에 일공의 입에서는 경미한 신음이 몇 번 흘러나왔을 뿐이다.

사지의 관절이 다 너덜거릴 때, 연진우는 일공에게 말했다.

"잠시만 기다려, 가져올 것이 있으니까."

그렇게 말하고 사라진 후, 한 시진이 넘도록 연진우는 돌아오지 않았다. 하지만 팔다리를 못 쓰게 된 상태라 도망칠 수도 없었다. 도망은커녕 일공은 산짐승의 공격을 걱정했다.

"차라리 깨끗하게 죽을 수 있다면 좋을 텐데……."

잠시 후 붕붕거리는 소리가 들렸다. 연진우가 돌아왔다. 손에 벌집이 들려 있었다. 붕붕 소리는 벌집을 따라온 벌들이 내는 소리였다.

불끈!

근육에 힘을 주자 연진우의 가슴에서 유엽비도 한 자루가 비집고 나왔다. 연진우는 유엽비도의 칼날을 살짝 혀로 핥더니 고개를 끄덕였다.

일공은 문득 두려워졌다. 무엇을 할지 대충 짐작이 갔기 때문이다. 하지만 동시에 의구심도 들었다. 그가 아는 연진우는 그런 잔인한 짓을 즐기는 사람이 아니기에.

칼날을 핥아본 후 연진우는 씨익 웃으며 유엽비도로 일공의 승포를 잘라냈다. 일공을 삽시간에 벌거숭이로 만들고는 다시 유엽비도를 들었다.

일공은 눈을 감았다. 서걱거리는 소리가 들렸다. 억지로 억지로 다른 생각을 했다. 경문을 외우기도 했고, 남몰래 여인을 품었을 때의 일을 생각하기도 했다. 그러자 육체에 가해지는 고통이 생소하게 느껴졌다. 칼날이 살을 가른다는 느낌은 있었지만 그것이 아프게 느껴지지는 않았다. 마치 피부에 닿아 있던 속옷을 자르는 느낌이었다.

마침내 서걱 소리가 멈췄다. 일공은 살짝 눈을 떠보았다. 그리곤 다시 눈을 감아버렸다. 붕붕 소리가 더욱 사나워졌다. 눈을 감기 전 일공에게 보였던 마지막 광경, 연진우는 두 손으로 벌집을 비틀고 있었다.

찐득한 벌꿀이 일공의 상처에 발라졌다. 얼굴에까지 벌꿀 바르기를 마친 후 연진우는 손바닥을 핥으며 미소 지었다. 만약 일공이 연진우의 웃는 표정을 보았다면 경악했을 것이다. 금빛 눈동자는 어느새 귀안(鬼眼)이 되어 있었다.

붕— 부웅—

벌의 날개 소리가 요란하다. 그 소리는 점점 가까워 온다. 일공은 눈을 더욱 세게 감았다. 벌의 공격이 시작되었다. 전신이 따갑고 가려웠지만 견딜 수 있었다. 하지만 일공은 두려웠다. 이미 여러 가지의 고문과 심문 방법을 알고 있었기에 꿀벌보다 더 무서운 적이 자신을 공격할 거란 사실을 예측했기 때문이었다.

일공에게 찾아온 것은 바로 땅에 사는 벌레들이었다. 개미를 필두로 한 벌레들이 일공의 몸에 달라붙기 시작했다. 특히 연진우가 상처 부위에 꿀을 집중적으로 발라놓아서 그곳에는 더욱 많은 벌레들이 모여들었다.

"으으으……."

일공의 입에서 신음 소리가 흘러나온다. 수만 마리의 개미가 물어뜯고 있음에도 손가락 하나 꿈쩍할 수 없는 상황. 누구도 그 상황이 되지 않고는 이해할 수 없는 극단적인 고통이 찾아왔다.

"끅끅끅!"

반면 연진우는 무엇이 그리 좋은지 일공의 몸이 꿈틀거릴 때마다 숨넘어가게 웃으며 몸을 비틀어댔다. 금빛 귀안이 더욱 요사스럽게 빛났다.

한 시진이 지나고…

두 시진이 지났다.

마침내 일공이 입을 열었다.

"…원하는 게 뭐냐?"

"기다려."

연진우는 어디론가 사라져 버렸다. 일공은 한참을 더 벌레들과 씨름해야 했다.

잠시 후 연진우가 돌아왔다. 아까의 것보다 더 큰 벌집들 들고.

"걱정 마, 너한텐 안 바를 테니."

쩍!

연진우는 벌집을 주먹보다 조금 작은 크기로 뜯어냈다. 꿀이 줄줄 흘렀고, 벌들은 요동을 쳤다. 하지만 벌이 쏘아봤자 금빛 몸에서는 금세 붓기가 빠졌다.

우걱!

뜯어낸 벌집 한 조각을 입에 넣고 씹는 연진우. 고통스런 외중에도 일공은 어이없는 표정을 짓는다.

우걱, 우걱.

연진우는 한참을 씹어 꿀물을 모두 빨아먹은 후 걸레가 된 벌집 조각을 뱉으며 말했다.

"얼마나 배가 고픈지, 죽는 줄 알았다. 이상하네? 요즘엔 배고픈 걸 참을 수가 없어. 벌집을 못 구했으면 너라도 잡아먹었을지 몰라."

그러고 보니 연진우의 비단 장삼 허리춤에는 토끼 한 마리가 축 늘어진 채 묶여 있었다. 약 이각가량을 소비해 가며 벌집 하나를 다 씹어먹은 후 토끼를 집어 들었다.

"너도 배고파?"

"……."

일공은 외면했다.

"싫으면 말고."

연진우는 토끼의 항문에 입을 갖다 대고 공기를 불어넣었다. 토끼가 순식간에 풍선처럼 둥글게 부풀어 올랐다. 일공의 종아리에 꽂혀 있던 유엽비도를 갖다 대니 순식간에 가죽이 쩍 벗겨졌다.

"스님이라고 모두 육식을 안 하는 건 아니던데. 정 싫다면 할 수 없지, 혼자 먹는 수밖에."

요사스런 기운을 풍기던 얼굴은 어느새 싱글벙글, 요사함을 찾을 길이 없다. 연진우는 불을 피워 토끼를 구웠다.

"날 걸로 먹을 걸 그랬나?"

벌집 한 통, 토끼 한 마리를 혼자서 다 먹고 나서야 연진우는 일공을 바라보았다.

 이미 거의 실신할 단계에 이른 일공은 연진우를 원망스런 눈초리로 보았다.

 반면 밝기만 하던 연진우의 눈에서 다시 요기가 풍겨진다.

 "몇 가지만 물어볼 거야. 만족할 만한 대답을 해주지 않으면 상처 위에 소금물을 부어줄 테니 그렇게 알고 있으라구."

 연진우는 반질반질한 자기 머리를 쓰다듬었다.

 "첫 번째! 좀 오래된 이야기야. 신창문 개파 때, 왜 날 걸고넘어진 거지? 전륜궁의 무공 어쩌구 하면서 말이야. 성의껏 대답해 봐."

 "그건…… 네 스승 한상욱이 우리의 뜻을 받아들이지 않아서……."

 짜악!

 일공의 뺨이 확 돌아갔다. 연진우는 손바닥을 툭툭 털면서 말했다.

 "두루뭉실하게 이야기하지 마. 우리는 누구인지, 뜻은 어떤 뜻인지, 하나하나 분명하게 이야기해."

 "그 이전 형량보가 소림을 떠난 후, 소림사 내에도 그의 사상에 동조하는 사람이 적지 않게 있었다. 타 문파에도 그런 생각을 하는 사람이 많았고. 그래서 형량보는 불가와 도가의 사람들을 중심으로 전륜궁을 만들었다. 상당수의 소림제자들이 그때 환속했다. 하지만 개중 마음은 형량보를 따르지만 몸은 소림사에 남은 사람도 꽤 있었다. 우리 입장에선 그들이 골칫거리였지. 무슨 일만 있을 때면 딴죽을 걸었으니 말이야. 우리는 형량보에게 소림사의 일을 도와줄 것을 부탁했다. 공식적으로는 모습을 감추고, 우리가 골머리를 썩고 있던 그들을 소림사의 방침에 따르도록 만들어달라는 거였지. 한상욱에게는 우리와 형량보 사이의 중계를 부탁했고."

“그런데 사부님이 그걸 거절하셨다?”

“그래. 본인의 뜻도 있었겠지만, 아마 형량보의 생각이 더 컸을 거야.”

“결국 그 일 때문에 제자인 내게 심통을 부렸단 거야?”

일공은 몸을 비틀었다. 하지만 연진우의 귀안(鬼眼)을 보며 다시 말을 계속했다.

“단순한 트집 잡기는 아니었어. 그렇게 해서 형량보와 한상욱이 전륜궁과 밀접한 관계가 있다고 선전되는 것을 기대했으니까.”

“흐음…… 그럼 두 번째 질문!”

“…….”

“왜 그날 언설화가 나타나자마자 도망을 갔던 거지?”

“그건…….”

팍!

일공이 망설이자 연진우는 드러누운 일공의 옆구리를 걷어찼다. 일공의 얼굴에 식은땀이 흘렀다. 표정만 보면 갈비뼈도 몇 개 부러진 것 같았다.

“내가 …계율을 지키지 않은…….”

“똑바로, 분명히 말해!”

“내가…… 색계를 범하는 것을 그녀가 보았다.”

일공의 얼굴이 사뭇 침중하다, 이때만은 고통도 느끼지 못하는지.

“아하, 그러니까 나를 통해서 사부님과 형 노사를 깎아뭉개려고 했는데, 과거에 저지른 비행을 아는 사람이 나타나서 도망쳤다 이거군.”

“그렇다.”

“하나 더! 현각 선사의 사인(死因)이 뭐지?”

“독충(毒蟲)이다.”

"독충?"

너무 뜻밖이라 연진우는 눈을 확 치켜떴다.

"그렇다. 차대 십팔나한 중 한 사람을 죽인 것과 같은 종류의 독충."

"누구냐? 누가 그런 짓을 한 거냐?"

"……."

"말해!"

"모른다. 혜주가 했을 거라고 추측은 하고 있지만."

"혜주……. 그래, 사부님도 그를 지목하셨지."

혜주라는 이름을 잠시 중얼거리던 연진우는 다시 입을 뗐다.

"마지막 질문! 대체 검각의 정체가 뭐냐?"

"검각……."

"그래, 검각!"

일공이 입술을 달싹거렸다. 연진우는 화급히 그의 명문혈로 진기를 불어넣었다.

"검각은 검을 추구하는 무인들의 모임이지."

"……."

"도제 강명에게 패배한 자들의 후예이기도 하고."

연진우의 동공이 확대된다.

"강명이 사라진 후 구대문파를 포함한 정사의 많은 문파에서 제자들이 이탈했어. 그들이 검각의 선조들…… 그래서 검각의 무예는 천하의 검류를 거의 모두 포괄하는……."

그 말을 끝으로 일공은 실신했다.

온몸에 시꺼멓게 달라붙은 벌레, 그리고 입가에 허옇게 말라붙은 게 거품. 잠시 그를 보던 연진우가 손을 뻗었다. 황금빛 서기가 일공의 몸을 한 번 쓰다듬자 벌레들이 분분히 물러났다. 마지막으로 연진우는 검지로 일공의 기해혈을 가볍게 눌렀다.

"팔다리를 고쳐서 살아남을 수 있고 없고는 네 복운이 얼마나 강하냐에 달렸다. 하지만 다시는 무공을 쓸 수도, 익힐 수도 없을 거다."

중얼거리던 연진우는 몸을 날린다.

금빛 광채가 하늘 저편으로 사라진다.

*　　　*　　　*

휘휙~

가공할 검기가 사방으로 퍼지며 거기에 스친 석벽이 돌 가루가 되어 흩어진다.

휙~

넓은 지하 광장. 인영 하나가 홀로 검술을 연마하고 있었다.

전력을 다하는 것 같지도 않은데 그가 한 번 검을 휘두를 때마다 검 끝에서는 검기가 한 자씩 뿜어졌다. 현 무림에 이만한 공력을 가진 사람이 몇이나 될까?

인영은 검을 아래로 늘어뜨렸다.

오른손으로 검을 쥐고 왼손으론 검결을 맺고…….

검끝은 아래쪽을 향하나 동시에 약간 앞을 향해 서 있기도 하다. 검을 배우지 않은 이라도 누구나 아는 초식, 신선이 길을 가리키는 동작을 연상해 만든 선인지로(仙人指路)의 초식이다.

검을 들어 길을 가리키는 동작으로 무슨 무술이 되겠는가. 그래서 선인지로는 비무를 시작하기 전의 기수식으로나 사용되는 초식이었다.

하지만 지하 광장의 이 사람에게는 선인지로의 의미가 달랐다.

그는 검의 마음을 이미 품은 사람이었다. 검초 중 단 하나도 의미없이 만들어진 것은 없기에 그는 선인지로의 의미를 깊이 참구(參究)했다.

슈우우~

기이한 파공음이 광장을 울린다. 공기만 떨게 하는 것이 아니다. 지하 광장의 모든 기물이 덜그럭거리며 요동 치기 시작한다.

하지만 전혀 미동도 않고 있는 존재도 있었다.

검을 쥔 남자와 그의 손에 들린 검.

쭈욱─

돌연 검끝에서 무형의 기운이 뻗어 나온다. 볼 수는 없지만 느낄 수 있는 기운. 그것은 마치 기둥처럼 굵고 곧게 뻗어 나왔다.

사아아~

그리고 그 기운이 스쳐 지나간 자리에는 한줄기 길이 생겼다. 넓지도 좁지도 않은 길, 그야말로 선인(仙人)이 산보를 다니기에 적당할 정도의 길이 생겨 버렸다.

"후읍……."

남자는 눈을 감고 숨을 골랐다.

갑자기 박수 소리가 들린다.

"진정으로 대공을 이루셨군요. 감축드립니다, 각주."

"……."

구양승이었다.

언극린은 손뼉을 치고 있는 구양승의 얼굴을 물끄러미 보았다.

"이 정도야 전에도 할 수 있는 것이었소."

"하하하! 물론 강기를 뿜어 사물을 파괴하는 것이야 각주 말고도 본

각에서 할 수 있는 사람이 많았지만, 심검의 경지에 들어 공력의 소비 없이 이 일을 할 수 있는 사람은 아직 없었습니다."

"흠……."

내심 기분이 좋은 듯 언극린은 어색한 헛기침을 한다.

"그놈의 소식은 어떻게 되었소?"

"그러지 않아도 그것 때문에 각주의 연공실에 온 것입니다."

"발견했나 보구려, 종적을 놓쳤다고 하더니."

구양승은 잠시 얼굴을 붉힌다.

"다시 찾았습니다. 놈이 큰 사고를 친지라."

"사고?"

"소림사를 쑥대밭으로 만들었습니다."

"소림사를?"

"그렇습니다."

"하하핫!"

돌연 웃음을 터뜨리는 언극린. 구양승은 어찌 된 일인가 하여 그의 눈치를 살핀다.

"그 땡초들, 안 그래도 내가 한번 손봐주려고 했는데 잘되었소. 그래, 피해는 얼마나 된다 하오?"

"문하제자들이 이십 명 가까이 죽었고……."

"그리고?"

"차대나 차차대 방장으로 지목되었던 허공 또한 죽었습니다."

"허…… 아깝군. 모처럼 마음에 드는 녀석이었는데. 무공 수법도 시원시원하니 남자다웠고."

"방장과 나한전주, 계율원주도 죽었습니다."

“뭣!”

언극린이 펄쩍 뛴다.

이미 그런 반응을 예상했기에 구양승의 안색은 담담하다.

“애송이 놈! 더 자라 버렸군. 일찌감치 싹을 잘라냈어야 하는 건데.”

“……..”

구양승은 가만히 미소 짓는다.

“안 되겠소. 내가 다시 나서겠소.”

“그건 안 될 말씀이십니다.”

“군사!”

“아직 부상도 다 회복되지 않으신 상태입니다. 우리가 아니라도 연진우에게 이를 갈고 있는 곳이 많으니 우선은 사태의 추이를 지켜보아야 합니다.”

언극린이 검을 휙 휘둘렀다.

“그러다가 다른 세력에게 놈을 빼앗긴다면? 본 각의 정예들을 풀어서라도 놈을 처리해야 하지 않겠소?”

가벼이 고개를 흔드는 구양승.

“아직은 때가 아닙니다. 자기들끼리 치고 받으며 좀 더 힘을 뺀 연후에 우리의 힘을 드러내도 늦지 않습니다. 각주께서는 그때에 나서셔야만 합니다.”

“호으음……..”

“그리고 연진우가 소림사에 갔던 이상, 전륜궁과 권왕의 사연을 대충 알게 되었을 것입니다. 아마 지금 누구도 믿을 수 없는 상황이 되어 극심한 혼란을 겪고 있을 것입니다.”

“호호, 권왕이 더 이상 전륜궁의 사람이 아니란 것을 모른다면 말이지요?"

"바로 그것입니다. 소림사의 땡중들이야 처음부터 좋은 뜻을 가지지 않았으니 그것을 다 알려줄 리 만무하지요."

지하 광장, 두 사람의 음산한 웃음이 낮게 깔린다.

*　　　　*　　　　*

"뭣!"

듣기에 몹시 거북스런 갈라진 목소리. 창궁 진인은 탁한 소리를 짧게 발하며 깜짝 놀란다.

"소림사의 늙은이 셋을 죽였다고? 그놈이 연진우가 확실하단 말이냐?"

"검각 측에서 보내온 정보입니다."

"으음……."

대제자 함진의 말을 들으며 창궁 진인은 수염을 쓰다듬었다.

이미 연진우와는 악연이 적지 않은 터였다.

가장 아끼던 둘째 제자가 그의 손에 죽었으니 두말할 나위가 없으리라.

하지만 대외적으로는 함건의 죽음을 알리지 못하고 있다. 이는 함건이 공동파의 제자로 죽은 것이 아니라 정의맹의 비밀 임무를 수행하던 중에 죽었기 때문이다.

'복마검진의 복원만 아니었더라도 검각의 손을 빌리지 않았을 텐데.'

잠시 옛일을 생각하던 창궁 진인은 고개를 저었다. 어차피 함건은 언가의 사람이었다. 꼭 정의맹의 청이 아니라도 언젠가는 자기 가문으로 돌아갈지 모를 사람이었다. 사람 사는 세상이 어떻게 한 가지 이론만으로 설명이 될까.

"하지만 반드시 복수는 하리라!"

"옛?"

함진과 함차가 동시에 말했다.

창궁 진인은 헛기침을 하며 말을 덧붙였다.

"놈의 행적을 정확히 파악해서 내게 알려라. 검각에서 보내온 정보에만 의존하지 말고 너희들이 직접 확인한 것으로 말이다."

"그 말씀은?"

뭔가 짐작 가는 바가 있다는 듯 함진이 물었다.

"검각 녀석들의 생각은 뻔하다. 스스로 나서지 않고 양패구상을 노리려는 거겠지. 아니면 우리가 연진우의 힘을 적당히 빼놓았을 때 저희들이 나타나서 모든 공로를 차지하려고 들거나."

"그러시면 사부님께서는 어떤 복안을 가지고 계십니까?"

"흐흐……."

말없이 미소만 흘리던 창궁 진인이 함차 쪽을 보았다.

"함차!"

"예!"

"내가 준 무공의 수련을 잘 되어가느냐?"

갑자기 함차의 얼굴에 화색이 돈다.

"이제 칠팔 성가량의 성취를 보았습니다."

"좋다. 그만하면 꽤 빠른 편이다. 함진!"

"예!"

창궁 진인의 얼굴에 비릿한 미소가 번진다.

"우선은 놈의 종적을 발견하는 데 전력을 기울여라. 하지만 이 일은 절대로 은밀하게 진행해야만 한다. 본 파의 사람도 모르게 말이다. 아마 연진우 놈의 무공이 급격하게 증가한 데는 분명한 이유가 있을 터. 놈을 다른 사람에게 빼앗겨서는 절대 안 된다. 오직 나와 너희들만이 그것을 얻을 자격이 있다.”

“알겠습니다.”

공손히 허리를 숙이는 함진을 보며 창궁 진인은 입맛을 쩝쩝 다셨다.

“물러가 보거라. 함진은 놈을 찾고 함차는 수련에 박차를 가해라. 그 무공을 긴히 쓸 날이 곧 올 것이다.”

“예.”

함진과 함차는 동시에 인사를 하며 물러섰다.

함차를 보는 함진의 눈에 연민의 빛이 스쳐 지나간다.

＊　　　＊　　　＊

너른 연무장에 백여 명의 장정들이 창을 들고 서 있다.

선두에 선 사내가 소리쳤다.

“궁보가창(弓步架槍)!”

백여 명의 동작이 일제히 변한다. 하체는 궁보로, 창은 머리 위로 들어 날아드는 무기를 막는 동작이었다.

“상보개창(上步盖槍)!”

다음 동작은 상대의 무기를 튕겨낸 후 반격하는 초식이었다. 전진해서 상대를 내려치는 동작. 백 명이 넘는 사람들이 일제히 펼치자 그 위세가 대단했다.

“허보랍창(虛步拉槍)!”

이번에는 반보쯤 물러나 주춤하게 선 자세. 상대의 반격에 잠시 물러서서 재반격을 노리는 초식이었다.

연무를 지도하는 사내가 다시 초식명을 외치려 할 때 누군가가 그에게 다가왔다.

"삼사형!"

사내는 미간을 찌푸렸다. 아주 특별한 일이 아니고는 연무를 방해하는 일이 없었는데 연무 지도 중인 그를 부르러 왔다니……. 뭔가 심각한 일이 생겼다는 이야기였다.

"왜 그래?"

신창문주 유무용의 셋째 제자 심승지는 짜증나는 기색으로 사제 냉덕을 보았다.

냉덕은 어깨를 움찔한다. 본래는 밑으로 노산이 하나 더 있었지만, 노산이 죽음으로 인해 여섯째인 냉덕이 자잘한 심부름을 도맡아 하고 있었다.

"사부님이 모두 모이시래요. 수련이든 뭐든 다 중단하구요."

"사부님이 그렇게 말씀하셨다구?"

"네."

"휴……."

심승지는 한숨을 쉬더니 자신의 다음 지시를 기다리는 사람들에게 외쳤다.

"오늘 지도는 여기까지입니다. 반 시진 동안 개인 수련을 하신 후 돌아가도록 하십시오."

사람들은 웅성거리면서도 개인 수련을 시작했다.

심승지의 눈썹이 가운데로 모였다.

'무슨 일이길래 수련까지 중단하면서 오라고 하신 걸까?

유무용은 천생 무인이었다. 세상의 어떤 일보다 무공을 배우고 단련하는 일을 가장 중요하게 생각하는 사람인 그가 수련을 중단하라고 한 이유는 대체 무엇일까?

그리고 지금 연무장에 모인 사람들은 평범한 수련생들이 아니었다.

신창문의 무공은 결국 창. 그리고 전쟁터에서 가장 많이 사용하는 무기 또한 창이다. 해서 군문에서는 중급 이상의 군관들을 선발해 신창문에 위탁하여 반년간 창술을 배우게 했다.

나라에서 내려온 명이었던지라 유무용은 거절할 수 없었다. 아니, 거절하지 않는 것이 더 이득이었다. 충분하진 않지만 나라에서는 군관들의 교육에 필요한 예산을 신창문에 주었다. 유서가 깊은 문파들처럼 표국이나 보표단 등을 아직 후원자로 가지지 못한 상태라 군관 교육비는 신창문의 살림살이에 상당히 중요한 비중을 차지하고 있었다. 확인되지 않은 이야기지만 신창문의 개파에도 군부가 상당한 자금을 후원해 주었다는 설이 있을 정도였다.

물론 군관들의 교육에 비전절기를 가르치진 않는다. 일반적으로 아는 초식들을 완벽하게 사용하는 것, 전장에서 일어날 수 있는 다양한 상황에 대처하는 방법 등을 교육하는 것이다. 유무용이 직접 나서는 경우는 훈련생들이 처음 들어올 때와 나갈 때, 그렇게 육개월에 두 번뿐 나머지는 제자들이 도맡아 하고 있다.

하지만 직접 얼굴을 보이지 않을 뿐이지 유무용은 군관 교육에 무척 신경을 쓰는 편이었다. 지금은 단지 군관일 뿐이지만, 그들을 통해 형성된 인맥이 훗날 큰 도움을 줄 것이기 때문이다.

중급 이상의 무관이 퇴역하면 갈 곳은 대강 정해져 있다. 할 줄 아는 것이라곤 말 타고 전쟁하는 것뿐인 그들은 다른 일을 하지 못했다. 괜히 몇 푼 안 되는 돈까지 다 날리고 알거지가 되기 십상이었다. 그래서 퇴역 군인의 상당수는 부호들의 호위 무사나 표두가 된다. 가끔 표국을 직접 운영하는 사람도 나온다.

아직은 기반이 약한 신창문이지만, 그런 인맥들이 충분히 쌓인다면 자신의 대에서는 힘들더라도 제자들이 신창문을 이어받을 때쯤 그 인맥이 큰 힘이 될 것이다. 그렇기 때문에 언극린은 군관들의 훈련에 상당한 관심을 쏟고 있었다. 해서 오늘처럼 훈련을 중단시킨 적은 한 번도 없었다.

생각에 잠겨 있던 심승지가 입을 열었다.

"무슨 일인지 정말 못 들었나?"

"글쎄요. 적잖이 흥분하신 것 같은 눈치던데. 제가 어디 끼어들 수가 있어야죠."

"대사형은?"

"대사형은 처음부터 사부님과 함께 계셨습니다. 아마 대사형은 무슨 일인지 알고 있겠죠."

"그래?"

다시 심승지의 눈썹이 가운데로 모였다. 대외적인 일은 이미 대사형이 도맡아 한 지 오래다. 두 사람이 먼저 아는 일이라면, 내부의 일보단 바깥의 일일 가능성이 더 높았다.

"사형, 혹시……."

"연진우?"

두 사람의 눈빛이 맹렬하게 뒤엉켰다.

"보통 일이 아니군요."

"그렇군. 정의맹에서 분탕질을 했다더니 이번엔 또 무슨?"

심승지와 냉덕은 이를 갈았다. 사형제 두 사람을 잃은 그들이었다. 본디 모두 고아였기에 사형제 간의 의리는 친혈육 못지않았다. 연진우라는 이름만 들어도 이가 갈렸다.

"어서 가자!"

갑자기 그들은 달리기 시작했다.

유무용은 제자들을 둘러보았다. 홍염, 심승지, 공야승, 담경, 냉덕. 누구 하나 강호에서 빠지지 않는 무인들이었다.

그의 입에서 한숨이 흘러나온다.

"광이와 산이가 빠진 자리가 오늘따라 더욱 아쉽게 여겨지는구나."

제자들은 말을 하지 못했다. 그들에게 노광과 노산이 형제와 같다면 유무용에게는 아들과 같으리라.

"놈이 다시 나타났다. 이번엔 소림사다."

"예엣!"

홍염을 제외한 네 제자가 뛸 듯이 놀랐다.

"방장을 죽이고 같은 항렬의 고승 두 사람도 죽였다. 그리고 허공도."

허공이라면 그들도 알고 있다. 비슷한 또래이기에 은연중에 경쟁심도 가지고 있었다. 분한 이야기였지만 홍염을 제외하곤 허공을 이길 수 있다고 자부하는 사람은 없었다. 그런데 그마저…….

"승지는 사제들을 인솔해 강호로 나가거라."

"예?"

대답은 홍염에게서 나온다, 놀란 토끼눈을 한 채.

"어째서 사제입니까? 사부님, 제가 가겠습니다!"

“염이는 남아서 군관들의 훈련을 책임지거라.”

“사부님…….”

“돌아가서 각자 차비를 하거라. 승지는 염이에게 모든 내용을 인계한 후 즉시 출발하거라. 더 이상의 군소리는 허락하지 않겠다!”

유무용은 말을 마치곤 손을 흔들었다. 모두 나가보라는 뜻이다.

다섯 제자는 모두 유무용의 마음을 알았다. 홍염이 연진우와 친분이 있었기 때문이다. 의심하는 것은 아니다. 그들 사이엔 의심이 없다. 단지 걱정되는 것은 순간의 정에 이끌려 홍염이 잘못되는 것이었다.

돌아서는 그들을 향해 유무용이 넌지시 한마디 던진다.

“일전에 보니 놈의 무공이 상상을 초월하더구나. 찾게 되거든 모습을 감추고 내게 보고만 하거라. 혹시라도 싸울 일이 있거든 목숨을 지키는 데 최선을 다하거라.”

＊　　　＊　　　＊

지하 공간은 어수선했다. 조그만 소리도 나지 않았지만.

사람들은 저마다 자기 생각에 빠져 있었다. 각자의 생각이 지하의 공기를 더욱 어수선하게 만들고 있다.

“애송이가 대단한 건가요, 소림이 약한 건가요? 아마 양쪽을 제일 잘 아시는 분이 궁주님일 테니 우리에게 좀 알려주시죠.”

여보주의 말에는 가시가 돋쳐 있다.

꿈틀.

전륜궁주의 이마에 굵은 힘줄이 돋는다. 하지만 그것도 잠시, 그는 흥분을 누그러뜨리고 역으로 여보주를 빈정거린다.

“할 말만 하시오, 중심없는 여인네티를 내지 말고.”

“흥! 그 중심 언제 제대로 써보기나 했나요?”

분위기가 이상한 쪽으로 흘러가자 나머지 육보주들이 끼어들었다.

“자, 자, 우선은 어떻게 행동할지를 결정해야 하지 않소. 말다툼은 일단 접어둡시다.”

이상한 쪽으로 달아올랐던 열기는 일단 진정되었다.

궁주가 헛기침을 했다.

“마보주에게서는 연락이 없소?”

“조만간 좋은 소식을 가지고 돌아올 것이라는 전갈이 있었습니다.”

“다행이군. 그렇다면…….”

전륜궁의 요인들은 한참 동안 의논에 의논을 거듭했다.

잠시 후 몇 마리의 매가 오두막을 벗어나 사방으로 날았다, 발목에 비단 조각을 매단 채.

궁도들은 의도적으로 연진우를 찾으려 하지 말고 동요없이 생업에 종사할 것. 연진우를 만난 경우에도 상부 조직에 보고만 하고 직접 나서지는 말 것.

—전륜궁주.

＊　　　＊　　　＊

한편 그 시간 연진우는…….

8. 칠독마봉(七毒魔蜂)

쑥밭이 된 소림사. 망가진 전각은 몇 채 되지 않고 죽거나 다친 이는 삼십 인 이하지만 분위기가 말도 못하게 침울하다.

산문지기 혜허의 제자 자공은 연진우에게 무공을 배운 것을 스승에게 말하려 했으나 상황이 좋지 않아 입도 떼지 못하고 있었다.

그렇게 며칠이 지났다.

혜랑을 비롯한 여러 승려들의 다비식(茶毘式)이 끝나고 소림은 차대 방장으로 혜철(慧哲) 선사를 세웠다.

이제나저제나 벼르기만 하던 자공. 결국 무공을 배운 사실을 말할 수 없었다.

"익히지 않으면 되지. 머리 속에만 있는 걸 누가 알겠어."

해질 무렵, 홀로 중얼거리며 자공은 얼굴을 폈다. 며칠 동안 그것 때문에 고민이 되어 밥도 제대로 먹지 못했다. 이렇게 간단한 해결책을 왜 그동안 생각해 내지 못했는지 머리 통이 원망스러웠다.

그러나 자공은 잘못 생각하고 있었다. 연진우가 전해준 구절오행혼원공은 모든 자세, 모든 상황에서 수련이 가능한 무공이었다. 게다가이 무공의 입문은 소림기공과 비슷한 점이 아주 많았다. 자공은 소림사에서 배운 토납법대로 숨을 쉬었지만 그의 몸속에 쌓이는 내공은 구절오행혼원공의 공력이었다. 몇 년이 지나면 자연히 드러나리라.

하지만 지금은 그런 사실을 전혀 모르고 있었다. 혜허가 잠시 자리를 비웠을 때 자공은 검은 그림자[黑影]가 획 하고 스쳐 가는 느낌에 눈을 비볐다.

"이상하다. 분명 뭔가 지나가는 것 같았는데. 괜한 느낌인가?"

흑영은 누구의 제지도 받지 않고 소림사 경내로 들어섰다. 소림사의지리를 잘 알고 있는지 흑영의 움직임에는 추호의 망설임도 없었다.

구불구불한 길을 한참 동안 달리던 흑영은 소림사의 금지인 참회동으로 들어갔다. 아무도 가까이 올 리 없는 참회동에 들어서고서야 흑영은 달리기를 멈췄다.

"음……."

가만히 서서 동굴 안을 둘러보는 눈. 흐릿한 황색의 눈동자 한 쌍이빛나고 있다. 연진우였다.

그런데 금빛 광채를 뿜고 있어야 할 연진우가 왜 시커멓게 보인 것일까?

해답은 의외로 단순했다. 온몸에 진흙을 바르고 있었던 것이다.

연진우는 참회동 구석구석을 쓰다듬으며 살펴보았다. 이미 현각이쓰던 물건들은 모두 치워진 지 오래였다. 과연 연진우는 무엇을 찾고있는 것일까?

“아!”

문득 그의 눈이 빛난다. 동굴 안쪽, 바위가 갈라진 틈바구니에서 뭔가를 발견한 모양이다.

콩알 반쪽만한 벌레였다. 연진우는 벌레를 세심하게 관찰했다.

그러나 그는 이내 고개를 젖는다. 대신 품속에서 수건 한 장을 꺼내 벌레를 곱게 쌌다.

잠시 후, 자공은 또 한 번 뭔가가 스쳐 지나가는 느낌을 받아야 했다.

*　　　　*　　　　*

심승지는 사제들과 함께 황산을 내려왔다. 며칠간 그의 머리는 아주 복잡했다.

‘무엇부터 시작해야 하나. 또 어디에 가서……’

하지만 이번 일을 잘 해내면 스승의 신뢰가 더욱 두터워지리라 생각한 그는 더 깊이 생각에 잠겼다.

‘우선은 관부에 있는 사람들에게 줄을 대어야겠다. 아무리 무림문파의 힘이 세어도 관이 직접 나서는 것에는 비할 수가 없으니……’

바로 아래 사제 공야승의 말이 아니었다면 끼니도 걸렀을 만큼 심승지는 골똘하게 생각하고 있었다.

“사형, 식사나 좀 하고 가지요.”

“응?”

마침 길 저편에 반점(飯店)이 있었기에 그들은 자연히 반점 안으로 들어섰다.

간단한 식사를 주문한 후 다시 생각에 빠졌을 때, 문득 공야승이 그의 옆구리를 툭 쳤다.

"무슨 일인가?"

심승지가 짜증스런 얼굴로 대꾸하자 공야승은 손가락을 입에 갖다대고는 왼편의 탁자를 흘끗 쳐다보았다.

"……?"

심승지도 그곳을 보았다. 모자를 깊이 눌러쓴 한 남자가 식사를 하고 있었다. 그는 폭이 좁은 수건으로 눈 부위를 묶고 있었다.

낮은 목소리로 심승지가 말한다.

"소경이잖아. 왜?"

"이상하지 않습니까? 행동에 빈틈이 없습니다. 앞도 보지 못하는 사람이 한 팔로만 식사를 하면서 국물 한 방울 흘리지 않고 있습니다. 그리고 저 식사량도 이상합니다."

"그거야 눈이 먼 지 오래되었으면 당연히 다른 감각이 발달하는 게 아닌가."

"그렇긴 하지만……."

"밥이나 먹으세. 대충 가닥은 잡았으니 밥 먹고 움직여야지."

하지만 공야승은 식사 중에도 맹인의 식사 광경을 흘끔흘끔 보았다.

과연 그의 식사는 조금 이상한 데가 있었다. 작은 반점이라 음식의 가짓수는 많지 않지만 양 하나는 상당히 많았다. 이 인분으로 셋이서 먹을 수 있을 만큼. 그러나 그의 앞에 쌓인 그릇은 칠팔 인분이 족히 되어 보였다.

더 이상한 것은 공야승의 말대로 그의 행동에 빈틈이 없다는 것이다. 물이 많은 요리를 먹으면서도 옷자락에 국물 한 방울 흘리지 않는 것은 두 눈을 멀쩡히 뜨고 있는 사람에게도 쉬운 일이 아니다.

그뿐 아니라 빈 그릇을 층층이 쌓아놓는 재주도 보통이 아니었다. 웬만하면 휘청거리고 중심을 잃어야 할 만큼 그릇의 높이가 올라가고 있지만 탁자 가장자리에 쌓아둔 음식 그릇들은 마치 보이지 않는 손이 잡고 있는 듯 꼼짝도 하지 않았다.

대강 밥 먹기를 마친 심승지가 마치 아이를 달래듯 말했다.

"사제의 심계가 깊은 것은 우리 모두가 인정하지만 역시 사제는 그 생각 때문에 행동이 느려. 그런 식으로 생각하면 이 세상에 그냥 흘려버릴 것이 뭐가 있겠나? 눈앞에 닥친 일만 고민해도 바쁜 이 세상에서 한두 수 앞일도 아니고 길 가는 사람의 일에 머리를 쓰다가 언제 열매를 거두겠어?"

"……."

"그러니까 사제……."

심승지가 공야승 쪽으로 고개를 바싹 붙이고 말했다.

"일단 다 함께 떠나는 척하며 자네만 저자를 따라가 보게. 걱정할 만한 일이 아니면 바로 돌아오고. 갈림길마다 표식을 남겨놓을 테니 그건 어렵지 않을 거야."

"예."

비로소 공야승의 얼굴에 안도감이 떠오른다.

잠시 후, 심승지 일행이 자리에서 일어났다. 거의 동시에 의문의 인물도 일어섰다. 그는 비단 주머니를 꺼내더니 그것을 뒤적거려 탁자 위에 은원보 한 조각을 내려둔다. 주머니의 크기나 쩔그렁거리는 소리로 보아 꽤 많은 돈이 들어 있는 것 같았다.

공야승은 반점 안의 몇몇이 눈을 번뜩이는 것을 보았다. 사내를 따라가 봐야겠다는 생각이 더욱 굳어진다.

반점 밖으로 나선 그는 우선 사형제들과 함께 움직였다. 의문의 사내는 그들과 정반대 방향, 즉 황산이 있는 쪽으로 방향을 잡았다.

'설마 본 문에 볼일이 있는 건가?'

잠시 후 그는 심승지와 눈빛을 나눈 후 은밀히 그 사내의 뒤를 밟기 시작했다.

굵직한 지팡이 하나를 의지하며 걷는 사내의 움직임은 거침이 없었다. 마치 매일 다니던 길을 가기라도 하는 것처럼.

한참을 뒤따랐지만 별일이 없었다. 앞을 보지 못하지만 생활에 크게 불편없이 산다는 느낌이 들 정도였다.

하지만 결국 일이 벌어졌다. 호젓한 산길에 그들이 들어섰을 무렵!

"어이, 잠깐만 멈춰보시지."

공야승이 우려하던 상황이었다. 반점에서 밥을 먹던 사람들이 갑자기 도적으로 변해 있었다. 모두 사 인!

"무슨 일이오?"

의외로 사내의 목소리는 젊었다. 그리고 일말의 두려움이나 망설임도 담겨 있지 않았다.

공야승은 인상을 찌푸렸다. 어디선가 들어본 목소리인 것 같은데 기억이 나질 않는다.

"아까 다 봤어. 엄청나게 퍼 먹던걸. 하긴 주머니가 크니 많이 먹는다고 살림 거덜날 일은 없겠더구만."

"이봐, 은자 좀 나눠 쓰자구. 자네야 집에 가서 또 달라고 하면 되잖나. 집에서 애새끼들이 빽빽 울고 있는 사람들 사정을 생각해서라도 좀 나눠줘."

사내가 피식 웃는다.

"얼마면 되겠소?"

도적들이 낄낄댔다.

"얼마? 흐흐……."

"그거야 많으면 많을수록 좋지. 가능하면 입고 있는 것까지 홀랑 벗어놓고."

"아냐, 그 모가지도 비싸겠다. 그것도 내려놓고 가라구."

공야승의 주먹에 불끈 힘이 들어갔다. 그의 손이 서서히 등으로 향했다.

신창문에서 배우는 병기는 창이다. 하지만 창이라고 모두 같은 창은 아니듯, 그들 사형제는 각각의 성격과 특기에 따라 특별히 주문한 창을 쓰기도 한다. 공야승의 창은 강철을 두드려서 판을 만든 후 말아 속이 텅 빈 대롱을 창대로 쓰고 있다. 창대 하나를 대롱 하나로 하기엔 너무 길었기 때문에 대롱 셋을 이어서 만들었는데, 아래로 갈수록 대롱이 조금씩 굵어져 위의 것을 밀어 넣을 수 있는 구조였다. 그래서 공야승의 창은 접으면 검보다 조금 길고 펴면 보통 창보다 절반쯤 길었다.

그는 평소 가죽으로 주머니를 만들어 창을 넣고 등에 메고 다닌다. 일반인들이 병기에 놀랄 것을 걱정해서였다. 주위 사람들이 창을 꺼내는 데 드는 시간이 있으니 그냥 겉으로 드러내라고 하여도 그는 고집을 꺾지 않았다. 공야승은 그런 사람이었다.

공야승은 조용히 가죽 주머니 위쪽의 끈을 풀었다. 여차하면 창을 뽑아 들고 뛰어들기 위해서였다.

소경사내의 껄껄 웃는 소리가 들렸다.

"좀도둑 주제에 살인까지 하려 들다니, 분수를 모르는 놈들이구나."

"뭐얏!"

"잔말은 집어치우고 하고 싶은 대로 해봐라."

"이놈이……."

도적들은 무기를 쩔그렁거리며 달려들었다. 도끼며 쇠스랑이며 농기구인지 무기인지 구분이 모호한 무기들이었다. 하지만 공야승의 눈빛이 심상치 않았다.

"이얏!"

쇠스랑이 사내의 머리를 내려쳤다. 사내는 지팡이를 들어 쇠스랑을 흘려보냈다. 뒤이어 도끼가 날아오자 마치 눈이 보이기라도 하는 듯 앞으로 한 걸음 전진하며 도끼 든 도적의 품으로 파고들었다.

'평범한 도적이 아니다. 어설픈 척하고 있지만 손을 쓰는 데 법도가 분명하다. 제대로 무공을 배운 자들이다. 저 사내는 대체 누군가? 저런 사람들을 적으로 삼고, 앞이 보이지 않는 상황에서 일방적으로 상대를 희롱하고. 대체……'

픽!

호박 깨지는 소리가 들렸다.

공야승의 얼굴이 일그러졌다. 도적 중 하나의 머리가 원형을 알아볼 수 없을 만큼 심하게 조각나 있었다.

픽! 픽!

소리가 한 번 날 때마다 머리가 깨진다. 공야승은 욕지기가 치밀어 올랐다.

'손속이 지독하구나. 아무리 자신을 죽이려 했던 자들이지만 저렇게 참혹한 방법으로 해야만 하는가? 저 정도의 무공이라면 좀 더 편안히 보낼 수도 있을 텐데.'

마지막 남은 한 사람. 맨 처음 사내 앞에서 호기를 부렸던 자다. 하지만 지금은 부들부들 떨고 있다.

피 묻은 몽둥이가 그의 어깨에 걸쳐진다. 그는 몸을 부르르 떨며 도끼를 바닥에 떨어뜨렸다.

"누가 보냈나?"

"으으……."

빠각!

처음이었다, 몽둥이가 사람을 때리고도 살아 있는 일은.

"일어서."

사내의 목소리는 냉정하다. 한 점의 감정도 느껴지지 않는다.

몽둥이에 맞은 도적은 깨어져 피가 흘러내리는 머리를 짚고 비틀비틀 일어섰다.

"말해. 어디야?"

"지, 지시는 받지 않았소."

"응? 난 머리가 나빠서 그렇게 말하면 잘 몰라. 분명하게 말해."

피가 흘러 눈에 들어가자 도적은 그것을 닦아냈다.

빡!

더 많은 피가 머리에서 흘러 어깨까지 적셨다.

"묻는 말에 대답하고 나서 움직여."

"흑……."

"소속은 어디야?"

"저, 전륜……."

사내가 다시 몽둥이를 치켜든다.

"뭐? 잘 안 들리는데?"

"전륜궁입니다."

의외로 사내는 담담했다. 놀란 쪽은 숨어서 엿보고 있던 공야승이다. 전륜궁이 노리는 사내. 과연 어떤 내력이 있는 자일까?

"지시를 받지 않았다는 건 무슨 말이지?"

"나타나도 상부에 보고만 하고 손은 대지 말라고……."

"보고는 했어?"

"…예."

사내는 피식 웃는다.

"그런데 왜 덤빈 거야? 시킨 대로 할 것이지."

"이 정도라는 건 몰라서. 우린 넷이나 되고……."

"허허……."

사내는 허탈하게 웃었다.

사람이 그렇다. 아무리 설명해 주어도, 아무리 소문을 들어도 직접 경험해 보기 전에는 믿으려 들지 않는 것이 사람의 본성이다.

마지막으로 사내는 가장 궁금해하던 것을 물었다.

"난 건 어떻게 알았어? 조용히 가려고 변장에 꽤 신경을 썼는데."

"식사 중에 의수를 보았습니다."

"그것만 보고 알아낸 거야?"

"실은 만약 아니라면 은자만 빼앗자고… 그래서 습격을……."

실소하는 사내. 옷자락 아래 있던 나무 의수를 뽑아 들며 말한다.

"네 참, 전륜궁이 언제부터 이런 좀도둑이 됐는지……."

공야승은 깜짝 놀랐다. 전륜궁이 찾는 사람, 지시가 있을 때까지 건드리지 말라고 할 만큼 고절한 무공, 그리고 의수. 마지막으로 언젠가 들어본 적 있는 목소리까지.

“연진우…….”

자기도 모르게 새어 나온 목소리에 공야승은 화들짝 놀라며 입을 막았다. 하지만 이미 의수의 손가락 끝이 자기가 숨어 있는 나무를 가리키고 있었다.

“이미 알고 있었어. 내려와!”

공야승은 고개를 가로저으며 가볍게 뛰어내렸다.

퍽!

둔탁한 소리가 나며 전륜궁의 사내가 쓰러졌다. 다시는 일어서지 못할 것이다.

눈살을 찌푸리는 공야승.

“손속이 너무 잔인하오.”

“실망이군. 오랜만인데 그게 첫인산가?”

“…….”

잠시 동안의 정적. 결국 공야승은 가죽 주머니 속의 창을 꺼냈다.

연진우도 눈을 가리고 있던 수건을 풀었다. 금빛 광채가 은은하게 뻗어 나왔다.

‘요사스럽군.’

연진우가 품을 뒤적거리더니 무언가를 꺼낸다.

“한 가지만 물어보지. 혹시 이게 뭔지 알겠나?”

“……?”

멀리서 보아선 알 수 없었다. 수건에 싸여 있던 그것은 크기가 무척 작았다.

공야승이 망설이는 것을 보더니 연진우는 웃으며 수건을 바닥에 내려놓았다. 그리곤 한 장 뒤로 물러섰다.

"보고 제자리에 놓아두기만 하면 그것 때문에 손을 쓰는 일은 없을 거야. 편히 봐."

황산에서 봤을 땐 서로 존대하긴 했지만 실제로 그때까지만 해도 연진우는 전혀 이름이 없는 상태였다. 반면 공야승은 후기지수 중에서도 손에 꼽히는 신창칠성 중 한 명이었다. 하지만 지금, 연진우의 자연스런 반말에 공야승은 전혀 거부감이 들지 않았다. 사부 유무용보다도 더한 압력을 느끼게 하는 사람인데 존댓말을 해준다면 오히려 더 이상하게 느껴질 것 같았다.

고개를 가로젓는 공야승. 아는 것 많기로 소문이 난 그에게도 생소한 벌레였다.

"모르겠소. 어디에서 나는 벌레인지, 이름이 뭔지 전혀 모르겠소."

"네 사부님이라면 알까?"

공야승은 숨을 크게 들이쉰다.

"아마도…… 남만부터 북해까지 안 다녀본 곳이 없으신 분이니."

"그래, 안 그래도 그것 때문에 황산으로 가는 길이야. 제자들이 많으면 죽자고 덤벼들 텐데 다 다른 곳으로 가고 있으니 생각보다 일이 간단해지겠군. 그동안은 정체를 감추느라 변장하고 느리게 왔는데, 이젠 황산도 지척이겠다 속도를 좀 내야겠어."

연진우는 껄껄 웃으며 신형을 날렸다.

한줄기 금빛 광채로 화해 사라지는 그의 뒷모습을 멍하게 바라보던 공야승이 정신을 차리며 다급히 중얼거린다.

"이럴 때가 아니야. 어서 사형, 사제들을……."

군관들의 수련 지도를 마친 후 홍염은 복잡한 심경으로 지는 해를 보았다. 온 세상을 밝히던 태양이 마지막으로 붉은빛을 뿌리는 광경은 서럽도록 서글펐다. 낙조(落照)에 붉게 물든 홍염의 얼굴도 슬프게 느껴진다.

"진우야, 너는 어디서 뭘 하고 있느냐?"

답답한 목소리. 가슴속에 뭔가가 단단히 응어리진 듯했다.

문득 그의 눈이 커진다.

붉은 노을 사이로 금빛 점이 보이기 시작했다. 점은 점점 커지더니 이윽고 사람의 형체를 갖추었다.

"혹시?"

반가움과 두려움이 복잡하게 뒤섞인 표정을 한 채 홍염은 가까이 다가오는 사람을 보았다.

너무 멀어서 홍염의 시력으로도 얼굴을 알아보지 못했는데, 어느새 금빛 광채를 뿜어내던 사람이 코앞에 도착했다.

"잘 지내셨소?"

쾌활한 표정, 쾌활한 목소리. 음울한 홍염과 여러모로 대조적이다.

홍염은 연진우를 위아래로 뜯어보았다.

"네가 정말 진우냐?"

홍염이 그렇게 묻는 것도 무리가 아니었다. 연진우는 완전히 다른 사람처럼 보였다. 이유가 궁금한 사람은 직접 해보아도 좋을 것이다. 머리칼과 눈썹을 모두 깎은 후 사람이 얼마나 달라 보이는지.

"뭘 자꾸 물으시오. 형, 부탁이 있어 왔소."

"부탁?"

"형의 사부님을 만나게 해주시오."

순간 홍염이 움찔한다.

"스승님은 왜?"

"꼭 알아볼 것이 있어서 그러오."

홍염은 난감한 표정을 짓는다.

"진우야……."

"왜 그러시오?"

"천산에서의 일은… 그때 내가 먼저 나갔던 것은……."

"됐소. 다 지나간 일인데. 부탁이나 빨리 들어주오."

연진우는 능글능글하게 홍염의 어깨를 두드린다. 그때!

"내게 무슨 볼일이냐?"

"사부님……."

유무용이 나타났다. 그는 딱딱한 얼굴로 연진우를 노려봤다. 연진우도 밀리지 않고 그의 눈을 마주 보았다. 사이에 있는 홍염만 안절부절못하고 있었다.

갑자기 유무용이 버럭 고함을 친다.

"이놈! 무슨 면목으로 여기에 나타난 거냐!"

밀리지 않는 연진우. 불쑥 주먹을 앞으로 내민다.

"면목이 있었다면 벌써 죽어서 까마귀밥이 됐겠지요. 아직까지 내 목숨을 부지해 준 건 그깟 면목이 아니라 하나 남은 내 주먹입니다."

"이놈! 무슨 짓이냐! 사부님과 한 사범님은 사형제나 다름없는 사이셨는데, 존장도 알아보지 못하고 이게 무슨 망동이냐?"

돌연 홍염이 끼어들었다. 정말로 화가 났는지 홍염은 창을 들어 연진우의 가슴에 겨누었다.

연진우는 차갑게 콧방귀를 뀌었다.

"형님은 연기가 어색하오. 그런 식으로는 어르신의 노기를 누그러뜨릴 수 없소.”

“…….”

“흥!”

홍염은 얼굴을 붉히고 유무용은 코웃음 친다.

연진우가 유무용에게 말한다.

“어차피 강호의 법도는 피를 피로 씻는 것! 자신이 있다면 지금 목숨을 거두어가십시오. 하지만 그렇지 않더라도 내 복수가 끝나는 날엔 스스로 목숨을 바치겠습니다.”

“…….”

유무용, 물끄러미 연진우를 본다.

“사부님을 죽게 만든 자, 나를 이 꼴로 만든 자들을 모두 처단한 후에는 스스로 목을 내놓겠소!”

연진우의 광오한 이야기에 홍염은 할 말을 잃었다.

“너는…….”

유무용이 입을 연다.

“네가 싸워야 할 대상이 누구인지 알고 있느냐?”

끄덕—

“언극린, 그리고 전륜궁 아닙니까.”

“훗! 그 양쪽과 싸우겠다는 것은 결국 천하무림을 모두 적으로 돌린다는 뜻이라는 사실도 알고 있느냐?”

“그렇게는 생각하지 않습니다. 내 원한은 졸자들에겐 없습니다. 오직 수뇌부에게만 있으니 그들만 죽이면 내 복수는 끝날 것입니다.”

“조직은 남고 머리가 없어진다면 천하는 혼란에 빠지게 될 것인데?”

“내 알 바 아닙니다. 그저 앞을 가로막는 자가 있다면 죽이고 또 죽일 뿐, 그가 천하인의 존경을 받는 사람이라고 해도 주저하지 않을 겁니다."

연진우의 눈이 요사스럽게 번들거린다.

홍염이 침을 꿀꺽 삼켰다.

'귀신의 눈[鬼眼]이다. 대살성의 눈이다. 아…… 진우를 죽여야만 하는가!'

유무용의 손이 슬슬 움직였다. 이미 그의 무공은 창이 있고 없고를 떠난 경지에 이르러 있었다. 홍염이 옆에서 돕는다면…….

순간 홍염은 귀를 의심했다.

"좋다. 네 말대로 한다."

"사부님!"

홍염이 다급하게 사부를 부른다. 그러나 유무용은 홍염에게 눈길 한 번 주지 않았다.

연진우는 홍염을 향해 비릿하게 웃어 보였다.

"나를 만나 알아보려 했던 것이 뭐냐?"

"이것입니다."

연진우는 공아승에게 보여주었던 것, 현각이 머물던 참회동의 한구석에서 발견한 벌레를 유무용에게 보여주었다.

"이건 어디서 찾았느냐?"

"이야기를 하자면 깁니다. 일단 이게 뭔지부터 알려주시지요."

"이것은 칠독마봉(七毒魔蜂)이다."

"칠독마봉? 벌이란 말씀이십니까? 전혀 벌같이 생기지 않았는데요?"

유무용이 한숨을 내쉰다.

"그래서 어디서 찾은 거냐고 물은 게다. 이 칠독마봉은 원래 아주 더운 지방에서만 사는 녀석이다."

"남만(南蠻) 같은?"

"그렇지. 처음에는 보통 벌과 비슷한 모양인데 일곱 가지 독초의 꿀을 먹으면 그 모습이 점점 변하게 된다. 일곱 가지 독은 칠독마봉의 몸 안에서 상승 작용을 일으켜 해약이 없는 천하의 절독이 되어버리지. 무공으로 치면 오행절맥수쯤 된다고 할까? 한 가지 독기를 치료하려 들면 다른 독기가 더욱 맹렬하게 날뛰니 손쓸 방법이 없다. 그리고 반응 시간이 워낙 짧아 해약이 있어도 치료하기가 힘들고. 이젠 내 질문에 대답해라. 이건 어디서 났느냐?"

"소림사에서 찾았습니다."

유무용의 눈꼬리가 치켜 올라간다.

"무슨 말도 안 되는 소릴! 칠독마봉은 기온이 조금만 떨어져도 모두 죽고 만다. 그래서 남만에만 살 수 있는 거구."

"하지만 전 이걸 소림사에서 찾았습니다. 좀 더 정확히 말하자면 참회동 안에서요."

"동굴이라면 더 말이 안 된다. 칠독마봉이 제대로 자라기 위해서는 일곱 가지 독초가 뜨거운 햇볕을 받고 꽃을 피워야 하는데, 그게 동굴 안에서 가능한 일이냐?"

"사부님……."

홍염이 말했다.

"남만의 칠독마봉이라면 소제도 어릴 적 사부님을 따라가서 본 기억이 있습니다. 희미한 기억이긴 하지만 이 것은 왠지 그때 본 칠독마봉과 달라 보입니다."

"그게 무슨……."

유무용은 말을 하다 말고 칠독마봉을 뚫어져라 보았다. 잠시 후 그가 한숨을 쉰다.

"그렇군. 날개와 껍질이 몸집에 비해 지나치게 두껍다. 추위에 견딜 수 있도록 개량된 종인가? 이 벌을 찾은 경위에 대해 좀 더 자세히 설명해 보거라."

연진우는 현각 대사가 죽었다는 것과 그의 처소를 은밀하게 조사하던 중 칠독마봉을 발견했다는 것을 간략하게 이야기했다.

이야기를 듣던 유무용은 현각 대사의 죽음에 크게 놀랐다.

그리고 연진우가 물었다.

"그런데 칠독마봉에 쏘이면 어떤 증상이 나타납니까?"

"일곱 가지 독기는 각각 다른 것이어서 당하는 대상의 체질에 따라 조금씩 다르다. 피를 타고 흘러가 심장을 멎게 하는 독도 있고 일시에 신경을 마비시켜 죽이는 독도 있으니까. 하지만 보통은 신경이 마비되는 것이 먼저다. 코끼리도 숨 한 번 쉴 사이에 쓰러지고 마니까. 그리고 죽은 후에야 상처 부위에 흔적이 남지. 꼭 뭐에 부딪쳐 생긴 것 같은 시커먼 멍이 남아. 독기가 그 주변의 피와 살을 다 죽여 버려서 그래."

"……."

연진우의 눈이 반짝였다.

언설화와 함께 처음 소림에 갔을 때 후대 십팔나한 중 한 사람이 죽었다. 그의 뒤통수엔 검은 멍이 있었고 작은 구멍이 뚫려 있었다.

음산한 웃음이 연진우의 입에 걸리고……

"현각 대사의 흉수는 동시에 저의 적인 모양입니다."

“그게 무슨 말이냐?”

“아주 예전 소림사에서, 저를 곤경에 빠뜨리려고 한 자가 쓴 것도 이 칠독마봉인 것 같습니다. 동일인이거나 한패거리겠지요.”

“으음…….”

다시 번뜩이는 연진우의 눈!

“사부님의 말씀이 생각납니다.”

유무용과 홍염도 강렬하게 그를 바라본다.

“현각 대사를 죽인 흉수는 바로 혜주라고 했습니다.”

9. 긴 밤

"크와앙!"

철컹!

짐승의 울부짖음이라고 하기엔 어폐가 있는 괴성.

울부짖는 존재는 사람이었다, 온몸에서 찬란한 금광을 뿜고 있는.

금광을 발하는 사람은 괴성을 지르며 자신을 둘러싸고 있는 창살을 내려쳤다. 손짓 한 번에 오리알만한 굵기의 쇠기둥이 휙휙 구부러졌다.

창살 밖에 서 있는 사람들은 다양한 표정으로 안을 바라본다. 어떤 이는 호기심 가득한 눈으로, 어떤 이는 징그럽다는 표정으로.

쾌쾅!

다시 창살이 휘어졌다. 이제 한 번만 더 치면 창살 틈새로 사람이 드나들 수 있을 정도가 된다.

"음식을 가져다 줘."

덩치 큰 남자가 여유있게 말했다. 그러자 어디선가 두 사람이 큰 쟁반을 들고 나타났다. 선혈이 뚝뚝 떨어지는 사슴이었다.

"생고기를 그냥 주나요?"

여인의 목소리. 창살 안의 광경이 역겨운 듯 그녀는 말끝을 흐리고 있다.

거구의 남자가 말했다.

"그렇소. 여러 가지를 줘봤는데 요리하지 않은 것을 더 좋아했소. 피가 흐르면 더욱 좋아하고. 이봐, 조심해. 잘못하면 네가 잡아먹힌다."

쟁반을 든 두 사람은 그 말에 잔뜩 긴장하며 창살께로 다가갔다. 하지만 긴장하게 되면 하지 않을 실수를 하게 되는 것이 사람이다.

두 사람은 호흡을 맞춰 사슴을 창살 안으로 던졌다. 그런데 한 사람이 사슴과 함께 창살 근처로 딸려갔다. 사슴의 살덩어리 어딘가에 옷자락이 휘말린 것이다.

"크아!"

금빛 괴인은 사슴은 내버려 두고 그의 팔을 붙잡았다.

버석버석―

결국 여인은 고개를 돌렸다. 나머지 사람들도 외면하고 싶은 것을 간신히 참았다.

"나가서 이야기하는 게 좋겠소."

전륜궁주의 말에 사람들의 안색이 환해졌다.

잠시 후.

거구의 남자, 전륜궁 칠보주 중 한 사람인 마보주가 말했다.

“보신 대로입니다. 이미 여러 사람에게 천산에서 발견한 구결을 익히게 하였는데 모두 마찬가지의 결과가 나왔습니다.”

“금광이 뿜어지는 걸 봐서는 확실히 같은 무공 같소.”

상보주가 하나마나 한 소리를 했다.

가벼운 미소를 지으며 마보주가 다시 입을 열었다.

“실험 대상은 모두 무공을 전혀 익히지 않은 사람들이었습니다. 비록 일부분이긴 했지만 우리가 발견한 구결은 몸 안의 기를 반대 방향으로 움직여 큰 힘을 내도록 하는 효과가 있었습니다. 일반인이 백련정강(百鍊精鋼) 창살을 휘게 만든 것입니다.”

“하지만 이성을 잃어버렸잖아요. 연진우도 그런가요?”

여보주의 눈에는 은근한 노기가 감돌고 있었다. ‘실험 대상’이라는 말을 들은 직후부터 일어난 변화였다.

“물론 아니오. 하지만 연진우와 공통된 특성 하나는 알아냈소.”

자신만만한 마보주의 말. 중인들의 시선이 모두 그에게 모였다.

“그들은 상당히 많은 양의 음식을 먹었소. 공력의 소비가 크면 클수록 음식을 찾는 주기도 짧아졌고. 제대로 음식이 공급되지 않을 때는 사람까지도……”

여보주는 다시 메스꺼운 표정을 지었다.

전륜궁주가 말했다.

“연진우도 그렇다는 것이 확인되었소? 불완전한 구결 때문에 일어난 현상이 아니라?”

“이미 연진우의 식사량이 보통 사람의 칠팔 배에 달한다는 보고가 올라왔습니다.”

“흠……. 끝내 음식이 주어지지 않으면 어떻게 되오?”

"실험 대상 중 셋만을 각각 격리시켜 그렇게 해보았는데 모두 강한 금광을 뿜으며 붕괴되었습니다."

"붕괴?"

"몸이 필요로 하는 양분을 얻을 수 없어 망가진 것으로 생각됩니다."

"셋 다 그랬다면 해볼 만하구려."

전륜궁주는 가만히 뺨을 긁으며 말했다.

여보주의 앙칼진 목소리가 들린다.

"실험 대상이 꽤 많이 있었던 것 같은데 모두 어떻게 됐죠?"

"몇 남긴 했는데 대부분 죽었소. 한 우리에 넣고 음식을 제대로 주지 않아서 결국……."

마보주는 어깨를 으쓱한다.

여보주가 소리쳤다.

"모두 미쳤어요! 산 사람을 대상으로 악마나 할 짓을 하고 있다구요!"

하지만 누구도 여보주의 말을 듣지 않았다.

여보주는 다급히 주장신보주를 바라보았다. 그러나 주장신보주는 그녀의 눈을 피했다.

"난 나가겠어요. 더 이상 이런 미친 짓에 동참할 수 없어요!"

"여보주!"

전륜궁주의 목소리.

"여기서 나가는 순간 너는 더 이상 칠보주의 일원으로 대접받지 못한다. 그래도 나가겠느냐?"

"마음대로 해요. 더는 못 있겠어요!"

여보주는 뚜벅뚜벅 걸어나가더니 쾅 소리가 나게 문들 닫았다.

전륜궁주의 시선이 사륜지주를 향했다.

지금껏 무슨 이야기가 오가는지에는 관심이 없었는지, 그들은 갑작스런 궁주의 시선에 흠칫 놀랐다.

"여보주가 궁을 배신했소. 처리해 주시오."

"……."

갑작스런 말에 잠시 멈칫거린 사륜지주들. 하지만 그들은 고개를 끄덕이며 밖으로 나갔다.

전륜궁주는 만족스런 표정을 지으며 마보주를 본다.

"이제 연진우를 잡읍시다. 구체적인 계획은 마보주께 일임하겠소."

*   *   *

짚으로 짠 낡은 모자, 허름한 옷. 주의 깊게 보지 않으면 평범한 농부로 생각될 만한 차림새. 하지만 얼굴에 은근히 흐르는 금빛.

연진우는 황산을 내려왔다. 그런데 변장이 조금 허술했다. 다른 것은 그럭저럭 된 것 같은데 팔이 문제였다. 평소 옷자락 안에 넣어두던 나무 의수를 떼어버린 것이다. 옷소매 한쪽은 바람이 부는 대로 펄럭거리고 있다.

'오너라. 내가 찾을 방법은 없으니, 너희가 오너라.'

이미 황산 근처의 반점에서 보고가 올라갔다 했다. 이 정도의 허술한 변장이라면 전륜궁에서 금세 알아차릴 것이다. 이제 연진우는 적을 불러들여 싸우기로 결심한 것이다.

꽤 많은 시간이 흐르고 땅거미가 깔리기 시작했다.

꾸륵―

갑자기 장이 요동 쳤다. 연진우는 쓴웃음을 지었다.

"너는 때를 가리지 못하는구나."

꾸르륵―

연진우의 말에 답하려는 듯 더 큰 소리가 울렸다.

"알았다, 알았어. 싸움을 하려면 뱃속이 두둑해야겠지."

그는 음식 파는 곳을 찾았다. 하지만 쉽게 눈에 띄지 않았다. 주변을 아무리 둘러보아도 드문드문 인가만 몇 채 있을 뿐.

"하는 수 없군."

연진우는 그중 가장 살림이 나아 보이는 곳으로 가서 문을 두드렸다.

이빨이 다 빠진 노파가 문 안에서 나왔다.

"무슨 일이우?"

"배가 고파 죽을 지경입니다. 밥 좀 주십시오. 사례는 넉넉히 하겠습니다."

"뭐라구?"

이가 빠져 발음만 부정확한 줄 알았는데, 가는귀까지 먹은 모양이다. 연진우는 무언가를 먹는 시늉을 하며 열심히 설명했다. 다행히 알아들었는지 노파는 연진우를 안으로 청했다.

"별것없는데…… 시골이라서 그러려니 하고 드시우."

이름 모를 곡식 몇 가지를 섞어 지은 밥에 온통 푸성귀뿐인 반찬. 하지만 연진우는 음식을 가지고 투정 부리는 사람이 아니었다. 다만……

"할머니, 더 없습니까?"

"없어. 그게 나 혼자 이틀 먹을 양식이었어."

배를 채우기에는 턱없이 부족한 양. 연진우는 입맛을 쩝쩝 다시곤 집에서 나왔다. 그리고 밥 몇 공기에 은자를 받게 된 노파는 기뻐하면서도 이상한 눈으로 연진우의 뒷모습을 쳐다보았다.

'제길…….'

조금 먹으니 오히려 배가 더 고팠다. 갑자기 연진우는 몹시 불안해졌다.

'뭐지? 왜 더 안 먹으면 죽을지도 모른다는 생각이 드는 거지?'

스스로의 생각이 너무 황당해서 연진우는 피식 웃었다. 우선은 열심히 걸어다니고 볼 일이다. 자꾸 움직이고 다녀서 전륜궁의 눈을 끄는 것이 그가 할 일이었다.

이윽고 어둠이 온 세상을 덮었다. 밤이 되자 연진우는 더욱 눈에 띄었다. 왜 안 그렇겠는가, 금광이 밤길을 은은히 밝히고 있는데.

"응?"

문득 연진우의 눈썹이 가운데로 모인다. 반대 편에서 누군가가 다가오고 있었다.

"오는가?"

연진우의 입매가 위로 올라간다. 온몸이 투지로 들끓었다. 이때만은 배고픔도 잠시 잊을 수 있었다.

잠시 후, 연진우는 여덟 사람과 마주하였다. 모두가 검은 복면으로 머리끝부터 발끝까지 감싸고 있었다.

선두에 선 자는 그중에서도 유난히 눈에 들어왔다. 키가 다른 이들보다 머리 두 개 정도는 더 컸기 때문이다.

문득 연진우를 엄습하는 불안감.

'뭐지, 이건?'

거한 뒤로 선 일곱 명의 사람들을 보자 연진우는 형언할 수 없는 느낌이 가슴을 치는 것을 깨달았다.

거한이 입을 열었다.

“연진우?”

“그렇다.”

“나는 전륜궁의 마보주다.”

“…….”

“물론 너는 그렇게 생각하지 않겠지만, 너는 오늘 죽는다.”

“흥!”

연진우의 콧방귀에도 마보주는 아랑곳하지 않았다.

“싫어도 어쩔 수가 없지, 내가 그렇게 계획했으니까.”

“궁주는 어디에 있나?”

마보주는 가만히 연진우를 노려본다.

“긴 밤을 보내면 만날 수 있겠지. 금방 죽어버리면 못 만날 거구.”

마보주가 날아올랐다. 연진우 반대 편이었다.

“어딜!”

도주하는 마보주를 따라 연진우도 날아올랐다. 하지만 그 둘의 사이에 일곱 복면인이 끼어들었다.

“흥, 감히!”

연진우는 공중에서 몸을 돌리며 손과 발로 그들을 공격했다.

순간 연진우의 얼굴이 경악으로 물들었다.

“뭐냐?”

“하하하! 밥만 잘 주면 시키는 대로 하는 짐승들이지. 우선은 그 녀석들 손에서 살아남아 보거라.”

마보주의 웃음소리가 멀리서 들렸다.

연진우는 이를 갈았다. 하지만 상대는 연진우가 가만히 있도록 내버려 두지 않았다.

찌익―

날카로운 손놀림. 연진우의 상의가 절반쯤 찢겨 나갔다.

"좋다, 해보자!"

호기롭게 소리치며 연진우는 상의를 완전히 벗었다.

그는 빛이 되어 자신을 공격한 복면인에게로 날아갔다.

푸슛!

날카로운 지풍이 뿜어졌다. 복면인의 가슴에 구멍이 뚫렸다. 동시에 연진우는 발차기로 자신의 뒤로 다가오던 복면인을 공격했다.

우득―

갈비뼈가 으깨지는 소리가 들렸다.

"남은 것은 다섯!"

금빛 눈이 요사스럽게 번들거린다.

연진우의 손속은 간결하며 빠르고 정확했다.

그는 양 무리에 뛰어든 한 마리의 사자와 같았다. 실로 가공할 신위(神威)!

그리고 그는 마치 어둠 속을 나는 유령 같았다.

쏴아―

그는 너덜거리는 옷자락을 펄럭이며 앞을 향해 날았다.

위이잉―!

남은 세 사람이 품(品) 자형으로 섰다.

그것을 보는 연진우의 눈빛은 차갑다.

"이제 와서 진법이라니. 우습군. 고작 그 정도밖에 안 되는가?"

그의 음성은 나직했지만 거기에는 놀라운 내공이 담겨 있었다. 진세를 만들던 자들은 저도 모르게 휘청거려야만 했다.

"크아아……!"

펑펑펑!

격렬한 폭음이 연달아 세 번 울렸다.

더 이상 그의 앞에는 아무도 존재하지 않았다.

연진우는 어깨를 으쓱했다.

"너무 쉽군. 이 정도로……."

갑자기 그의 눈에 이채가 일었다.

"아니, 어떻게……!"

이미 죽었던 자들이 하나둘 일어서고 있다.

"크으으……."

"크크……."

그들의 입에서는 의미를 알 수 없는 괴성이 흘러나온다.

당혹한 연진우.

"뭐냐? 어떻게 심장에 구멍이 뚫리고 갈비뼈가 으스러져 내장을 찢었는데도……."

"캬아!"

칠 인이 동시에 달려들었다. 연진우는 생각할 여유도 없이 손발을 바삐 움직였다.

괴성과 광소가 밤하늘에 울려 퍼지며 처참한 비명도 하늘 끝에 도달했다.

검은 복면인들 사이로 금광은 한 마리 물고기처럼 매끄럽게 움직였다. 하지만 거기 담긴 힘은 실로 간단치 않았다.

아무도 연진우의 앞을 막아서지 못했다. 손으로 공격하면 손이, 발이 부딪치면 발이 부서져 나갔다.

그럼에도 불구하고…… 복면인들의 눈에는 조금의 두려움도 생기지 않았다.

문득 연진우의 눈빛이 흔들렸다.

"뭐냐?"

날카로운 수공(手功)에 내장이 보일 만큼 가슴이 갈라진 복면인이 있었다. 그런데 잠시 연진우가 한눈을 파는 사이 그의 상처가 아물어 버렸다.

하지만 연진우는 그보다 다른 것에 더 놀랐다.

검은 옷 아래로 드러난 그의 피부에서 금빛 광채가 쏟아지고 있었다.

"일곱 놈 모두 건곤역행을 했다는 건가? 제기랄, 어떻게 그걸……."

욕설을 퍼부으며 연진우는 방어에 급급했다.

방법이 떠오르지 않았다. 그가 아는 한 건곤역행을 성공한 신체는 거의 불사신에 가까웠다. 아무리 심한 상처를 입는다 하더라도 얼마 지나지 않아 회복된다. 연속으로 심한 타격을 입힌다면 조금 가능성이 있겠지만 상대는 일곱이나 되었다.

"제길……."

아무리 쳐도 금세 회복되는 적을 맞아 싸우며 연진우는 건곤역행 이후 처음으로 심한 피로를 느꼈다.

"좋다! 죽기 아니면 살기다!"

연진우는 내공을 한껏 끌어올렸다. 지금껏 볼 수 없던 밝은 광채가 어둠을 깡그리 몰아냈다.

칠 인도 연진우의 기세에 놀랐는지 잠시 공격을 멈추었다.

연진우는 세차게 발을 굴렀다.

퍽!

흙덩어리가 사방으로 비산했다.

무슨 엄청난 공격이 올 것인가 걱정하던 칠 인은 연진우가 한 행동이 그저 흙을 차 올린 것에 지나지 않자 눈앞의 흙을 걷어내며 그에게로 날아갔다.

발을 구른 후 연진우는 한 자 정도 공중에 떠 있는 상태.

아무리 연진우가 고수라 해도 이 정도 속도로 다가갈 동안 자세를 바꿀 수는 없었다.

칠 인의 주먹이 일제히 연진우에게 꽂혔다.

콰콰쾅!

눈을 뜨고 볼 수 없는 강렬한 광채가 일어나며 엄청난 폭음이 대지를 뒤흔들었다.

투둑— 투두둑—

하늘에서 비가 내렸다.

피와 살덩어리가 비처럼 쏟아졌다.

그리고 중앙엔 연진우가 피로한 얼굴로 서 있었다.

"젠장, 힘을 너무 많이 썼어."

누구도 믿지 못할 일이 벌어졌다. 연진우는 온몸으로 강기(罡氣)를 뿜어낸 것이다.

아무리 회복력이 뛰어난 신체를 얻었더라도 완전히 조각나 버리면 더 이상 살 수 없다. 무식하면서도 가장 확실한 방법이었다.

단점이라면 아무나 할 수 없다는 것과 공력의 소비가 무시무시하다는 것이지만.

"하지만 어쩔 수 없지. 한 놈씩 붙잡고 씨름했으면 더 힘들었을 거야."

파리한 안색으로 중얼거리는 연진우.

금광은 조금 전과 비교할 수 없게 희미해져 있었다.

문득 연진우의 눈썹이 꿈틀거렸다.

"응?"

어둠 저편에서 또 한 사람이 나타났다. 또 아까와 같은 존재들일까?

'주장신보주였던가? 혈염신강(血炎神罡)을 쓰던. 불행인지 다행인지……'

주장신보주는 연진우에게로 천천히 걸어왔다. 그는 말없이 연진우를 보더니 기수식을 취했다.

연진우의 입이 벌어졌다.

"아니!"

아까의 칠 인과 마찬가지로, 주장신보주는 놀라고 있을 틈을 주지 않았다.

하지만 그와 공방을 나누면서 연진우의 놀라움은 더욱 커졌다.

'이건 파옥권! 어떻게 이자가 파옥권을 안단 말이냐? 더구나 얼치기로 익힌 솜씨가 아니다. 오히려 나보다 더 능숙하다.'

주장신보주의 오른쪽 어깨가 움찔거렸다.

연진우의 눈에 광채가 어린다. 그와 동시에 주장신보주의 손이 연진우의 머리를 향해 짓쳐들었다.

"합!"

연진우는 기합을 지르며 주장신보주의 가슴 쪽으로 파고들었다. 그리고 팔꿈치를 세워 공격했다.

하지만 팔꿈치는 허공을 갈랐다.

연진우는 의아해졌다.

'뭐야?'

주장신보주는 이미 연진우의 앞에 없었다. 어느새 그는 공중으로 뛰어올라 회전한 후 연진우의 뒤통수를 걷어차고 있었다.

퍽!

가까스로 몸을 움츠려 머리 대신 어깨를 맞은 연진우.

"헉!"

하지만 연진우는 허리가 반으로 꺾이며 앞으로 비칠비칠 밀려났다.

주장신보주는 계속해서 그의 뒤를 쫓았다.

연진우는 입술을 깨물며 발을 쳐들었다.

휘이익!

위력적인 돌려차기에 주장신보주의 추격이 잠시 멈췄다. 하지만 동작이 큰 공격은 허점도 많은 법이다. 주장신보주는 옆으로 몸을 돌리며 연진우의 다리를 잡아챘다.

부웅─

연진우는 공중에 떠올라 크게 몇 바퀴 회전했다. 본인의 의사와는 전혀 상관없이 진행된 일이었다.

퍼억!

바닥에 떨어진 연진우. 그 상태에서 주장신보주가 계속 공격해 왔다면 대처할 방법이 없었다. 그러나 주장신보주는 가만히 서 있는 채 연진우가 일어서길 기다렸다.

비실~

연진우가 일어서자 주장신보주는 무언가를 집어 던졌다. 받아 들고 보니 나뭇가지를 꺾은 것이었다. 잔가지를 대충 쳐낸 모양새로 보아하니 방금 그가 쓰러져 있을 동안 급히 만든 모양이었다.

"무슨 뜻이냐?"

주장신보주는 말없이 한 손을 들었다. 그의 손에도 나뭇가지가 들려 있었다.

"나무 칼로 귀신이라도 쫓자는 거냐?"

버럭 고함을 치며 연진우는 주장신보주를 향해 달려나갔다.

순간 주장신보주의 모습이 사라졌다. 깜짝 놀란 연진우는 오감을 곤두세웠다.

'찾았다!'

하지만 찾고도 연진우의 놀라움은 사라지지 않았다. 주장신보주는 그 자리에 가만히 서 있었다. 단지 그가 나뭇가지를 치켜들자 검 뒤에 숨은 것처럼 보였을 뿐이었다.

'이놈…… 진짜 고수다!'

주장신보주는 언극린 이후 처음으로 상대하는 진짜 고수였다. 만약 칠 인에게 너무 힘을 빼지 않았다면 상대할 수도 있었을 테지만 공력이 상당히 소진된 지금은 순수하게 무학의 깨달음으로만 싸워야 했다. 과연 어떻게 될지.

순간적으로 빛무리가 날아들었다.

'나뭇가지에서 빛이?'

한가하게 생각 따위를 할 여유가 없었다. 주장신보주나 연진우 정도의 무인에게는 초목죽석(草木竹石)이 모두 검(劍)이요 도(刀)였다.

한 가닥 냉기가 얼굴에 와 닿았다. 눈에는 보이지 않지만 그 살기가 뚜렷하게 느껴졌다.

연진우는 재빨리 허리를 굽혔다.

샤악—

매서운 기운이 머리를 스쳐 지나갔다.

지독한 차가움에 머리카락이 쭈뼛 섰다.

'하북팽가의 오호단문도! 이건 또 어떻게 배운 거야?'

숙인 얼굴로 느껴지는 차가운 바람.

주장신보주의 발이었다.

연진우는 허리를 뒤로 젖히며 발로 바닥을 힘껏 굴렀다.

퍼엉!

다시 흙이 비산했다. 큰 효과를 기대한 것은 아니었다. 하지만 잠시라도, 아주 잠시만이라도 주장신보주의 시선을 가려줄 수 있으면 되었다.

"합!"

연진우의 손에 들린 나뭇가지가 돌개바람을 일으켰다. 팔방풍우(八方風雨), 찌르고, 세로로 베고, 가로로 베는 동작이 반복된 초식이었다. 단순하지만 너무도 효과적인 초식이다. 적어도 연진우는 그렇게 믿었다.

부웅—

"아니!"

하지만 기대는 물거품으로 돌아갔다. 주장신보주의 나뭇가지가 원을 그리자 팔방풍우는 일시에 소멸되었고 나뭇가지가 하늘로 떠올랐다. 이를 악물고 맨손으로 달려들었지만 원을 깨뜨릴 수 없었다.

연진우는 허탈한 표정을 지었다.

"무당파의 대라검(大羅劍)! 대체 넌……."

주장신보주의 입이 열렸다.

"이번엔 교수십이타를 보자."

마치 스승이 제자의 무공 진도를 점검하자는 듯한 어투였다. 화가 치민 연진우는 다시 주먹을 불끈 쥐었다.

교수십이타엔 특별한 초식이 없다. 교수십이타는 독자적인 무공이라기보다 혼원기공과 파옥권을 부지런히 연마했을 때 도달하는 경지의 하나라고 할 수 있다.

연진우는 내심 고개를 저었다.

'설마 교수십이타까지 한단 말이야?'

있을 수 없는 일이었다. 교수십이타를 익히기 위해서는 혼원기공과 파옥권을 익혀야만 한다. 파옥권의 권초는 다른 사람도 배울 수 있지만 혼원기공은 그럴 수 없다. 다른 내공을 배운 사람은 혼원기공을 익힐 수 없기 때문이다.

"이야앗!"

연진우의 움직임은 파옥권이었다.

상대하는 주장신보주도 파옥권을 구사했다.

그래서인지, 약속이나 한 듯 두 사람의 동작은 아귀가 딱딱 들어맞았다.

주장신보주와 팔을 마주칠 때마다 연진우는 찌르르 하면서도 날카로운 기운이 엄습하는 것에 깜짝깜짝 놀랐다.

'대체 이놈은 누구냐?'

주장신보주는 쌍장을 연속해서 뿜어냈다.

그러나 연진우는 몸을 떠올려 피했다.

주장신보주의 다리가 불쑥 연진우의 얼굴로 날아왔다.

연진우는 수도로 그의 다리를 그어내렸다.

휙~!

주장신보주는 다리를 굽혀 연진우의 수도를 피하며 다른 쪽 다리를 뻗어냈다. 연진우는 허리를 돌려 다리를 피했다. 같은 순간 연진우의 손바닥이 주장신보주의 가슴으로 향했다.

파팍!

주장신보주는 오른 무릎을 쳐들어 연진우의 장력을 막아냈다.

'제기랄……'

연진우는 마음을 독하게 먹었다. 이어지는 주장신보주의 발차기를 내버려 두고 손아귀에 들어온 상대의 무릎에 힘을 가했다. 주장신보주의 발이 연진우의 옆구리를 가격했다.

우웅~

잠깐이었지만 연진우의 손에 금광이 돌아왔다.

우둑!

둘 다 충격을 입고 몇 걸음씩 뒤로 물러섰다.

"넌 대체 누구냐?"

"날 이기면 알려주지."

주장신보주는 다리를 절며 대답했다.

조금 전 연진우와의 격돌에서 그의 무릎은 완전히 부서져 버렸다. 연진우가 무리해 가며 공력을 끌어올렸으니 당연한 일이다.

"이야압!"

연진우는 땅을 박차고 주장신보주에게로 돌진했다. 이미 한쪽 다리를 절룩거리던 주장신보주는 막는 데에 급급했다.

파앙!

다시 연진우의 몸에 금광이 돌아왔다. 아주 짧은 시간이었지만 그의 전신이 밝게 물들었다.

그리고 그것이 끝이었다.

연진우는 바닥에 쓰러진 주장신보주를 보며 말했다.

"이제 가르쳐 줘. 넌 누구지?"

"흐흐……."

주장신보주는 뜻 모를 웃음을 흘렸다.

"그리고 또 하나, 왜 몇 번이나 날 죽일 수 있는 기회를 그냥 흘려보낸 거지?"

"내, 내가 할 일은 네 힘을 빼놓는 것이지 죽이는 게 아니었다."

"그 결과로 네가 죽더라도?"

"무, 물론. 내게는 널 죽일 이유가 없었기……."

연진우의 안색이 변한다.

"도대체 무슨 소리야. 알아듣게 이야기 좀 해봐."

"흐흐……."

다시 웃음을 흘리는 주장신보주.

잠시 후 그의 입이 열린다.

"권왕 형량보…… 그는 일생 동안 제자를 거두지 않았다고들 하지?"

"그래. 그런데?"

"딱 한 사람, 그에게도 제자가 있어. 느지막이 거둬서 온갖 무공을 가르친 제자가 말이야. 쿨럭!"

주장신보주의 기침에 피와 내장 조각이 섞여 나왔다.

"난 사부님의 뜻을 제대로 받들지 못했다. 당신은 떠나시지만 나는 남아서 전륜궁이 잘못된 길로 가지 않도록 지켜보라 하셨는데……."

"너, 넌……."

주장신보주가 힘겹게 팔을 움직였다. 잠시 품을 뒤지던 그는 무언가를 꺼내 연진우의 손에 꼬옥 쥐어주었다.

"연진우, 조심해라. 아직 끝나지 않았다. 이미 궁주와 마보주는 네 약점을 알아챘어. 여기 말린 고기 몇 장이 있으니…… 쿨럭!"

기침이 더욱 심해졌다.

"하지 않아도 될 말을 하는군. 자네는 자네 몫을 다했으니 이제 눈을 감게."

갑작스런 목소리에 연진우는 고개를 돌렸다.

혜주가 거기 서 있었다.

10. 구절오행혼원공(九折五行混元功)

연진우는 주장신보주에게로 시선을 돌렸다.

하지만 그는 이미 눈을 감은 상태였다. 연진우의 손에 남은 육포에는 그의 피가 묻어 있었다.

"혜주……."

연진우의 눈에 원독이 서린다.

혜주는 담담히 웃었다.

"애송이가 많이도 컸구나."

"에잇!"

흥분한 연진우는 다짜고짜 달려들었다.

촤아앗!

대단한 위세였지만 혜주를 건드리지는 못했다. 그의 소매가 펄럭일 때마다 연진우는 쇠를 두드리는 듯한 충격을 맛보아야 했다.

“불영금강수…….”

연진우는 다시 이성을 찾았다.

상대는 주장신보주 못지않은 고수였다. 주장신보주가 각파각가의 무술을 다양하게 알고 적절히 구사하는 능력을 가진 사람인 반면, 혜주는 불문정종의 소림무공을 깊이 있게 익힌 자였다. 감정만으로 성급하게 뛰어들어서 될 일이 아니었다. 더군다나 지금처럼 내력이 고갈된 상태에서는.

연진우는 흙을 차 올린다. 이미 오늘 밤 여러 번 써먹었던 수법이다.

하지만 혜주는 코웃음을 쳤다. 아차 하는 순간에 이미 그는 연진우의 면전에 도달해 있었다.

“그것이 네 시선도 가린다는 사실은 생각하지 않았느냐?”

퍼펑!

불영금강수의 매서운 공력이 연진우를 반 장가량 뒤로 날려 보냈다.

연진우는 차가운 눈으로 혜주를 보았다. 입가에 피가 흐르고 있었다. 흉험한 대결이 계속되는 이 밤, 처음으로 그의 입에서 피가 흘러내렸다.

“길게 끌지는 않겠다. 단숨에 끝내주마.”

여유있는 표정으로 연진우를 쏘아보던 혜주는 결심을 굳힌 듯 한마디 내뱉었다.

그 순간이었다.

다시 연진우가 혜주에게로 짓쳐들어 갔다.

“멍청한…… 실수에서 아무것도 배우지 못하는구나!”

소매에 공력을 주입하는 혜주.

퍼펑!

연진우의 주먹은 헛되이 소매만 두들겼다.

씨익~

하지만 연진우의 웃는 얼굴을 본 순간 혜주는 뭔가 잘못되었다는 것을 직감할 수 있었다.

슈욱~

세 자루 유엽비도! 소매를 떨쳐 간신히 두 자루는 막아냈지만 한 자루는 무리였다.

파곽!

혜주의 얼굴이 딱딱하게 굳었다. 피한다고 피한 것이 하필이면 비파골(琵琶骨)에 꽂혀 버렸다.

어느새 뒤로 물러선 연진우가 유쾌하게 말했다.

"이제야 상황이 비슷하군. 난 공력이 고갈됐고 당신은 힘을 쓰면 죽을 만큼 아플 테니까 말이야."

"이 죽일 놈이……!"

혜주의 얼굴이 분노로 일그러졌다.

그런데 그 순간이었다.

쐐애액—!

혜주를 향해 가공할 속도로 덮쳐 오고 있는 빛덩이가 있었다.

그것이 연진우임을 그가 알아본 순간, 빛으로 화한 연진우는 혜주의 가슴을 연이어 일곱 번 두들겼다.

"우우욱!"

"……."

가뜩이나 창백하던 연진우의 안색은 더욱 하얗게 됐다. 하지만 혜주는 상황이 더 심각해 상당한 양의 피를 토하고 있었다.

"아프다고 힘을 쓰지 않으면 죽게 되지. 내가 선택한 건 몸이 부서지는 일이 있어도 끝까지 싸우는 거야."

"으……."

혜주는 원망스런 눈으로 연진우를 노려본다.

두 사람은 모두 움직이기가 힘든 상태였다. 조용히 숨을 고르던 연진우가 말했다.

"네가 전륜궁의 궁주냐?"

"그렇다."

"소림사에서 차대 십팔나한을 죽인 죄를 나에게 덮어씌운 것도 너였고?"

"그렇다."

"왜지? 그때 나는 그렇게 대단한 존재도 아니었을 텐데."

"후후…… 미안하지만 내가 노린 건 네가 아니었다. 정의맹주의 여동생이었지. 넌 운 나쁘게 그 사이에 있었던 것뿐이야."

혜주의 손이 슬금슬금 움직였다. 그러나 연진우는 눈치 채지 못했다.

"정말 이해가 안 되는 게 있어. 왜 객잔의 노파는 천년지로의 열쇠가 되는 구리 반지를 네게 전해주라고 했을까?"

"흐, 그건……."

혜주의 손에 손바닥만한 목함에 닿았다. 그는 목함을 연진우에게로 던지며 소리쳤다.

"지옥에서 그들 내외를 만나 물어봐라!"

파박!

무엇인지 몰랐기에 연진우는 그것을 피했다. 목함은 연진우 옆에 있던 돌에 부딪쳐 산산조각이 났다. 그 순간!

윙~ 위잉~

수십 마리의 벌이 목함 속에서 나타났다.

"칠독마봉!"

외마디 비명을 지르며 연진우는 몸을 웅크렸다.

"하하하! 네놈의 질긴 명도 이젠 끝이다! 하하하하!"

"이야아앗!"

슈슈슈숫!

분노 가득한 연진우의 기합이 쩌렁쩌렁하게 울렸다. 순간 그의 몸에서 수십 개의 유엽비도가 발출되었다.

유엽비도는 벌을 한 마리씩 맞혔다. 혜주의 입이 딱 벌어졌다.

그러나 아직도 남은 칠독마봉이 있었다. 연진우도 더 이상은 속수무책이었다.

그때 누군가가 연진우를 감싸 안았다. 떨쳐 버릴 힘도 없었는지 연진우는 가만히 있었다.

윙~ 윙~

몇 마리 남은 칠독마봉이 연진우를 감싼 사람에게 달라붙었다. 그는 연진우의 손을 꼬옥 붙잡았다.

잠시 후 더 이상 벌 소리가 들리지 않았다. 연진우는 이미 뻣뻣하게 굳어버린 사람을 조심스레 떼어냈다.

그는 주장신보주였다. 연진우는 눈물이 울컥 치솟았다. 그는 꺼져가는 마지막 힘을 다해 자신을 살려준 것이다.

"이놈, 혜주!"

휘릭~

한 자루 비도가 날아왔다. 하지만 연진우는 피할 생각도 않은 채 혜주를 향해 주먹을 질렀다.

파악!

혜주는 주춤주춤 뒤로 물러섰다.

그러나 연진우는 그를 쫓아갈 수 없었다. 갑작스레 머리 속이 띵해 왔다.

"뭐냐?"

가슴 깊이 박힌 비도를 가리키며 연진우가 힘겹게 말했다. 어지러웠다. 말하기조차 힘이 들고 눈앞이 흐릿해졌다.

혜주는 손가락으로 자신의 비파골을 가리켰다.

"몸이 망가지더라도 싸우는 것이 네 방식이라고? 그건 무림인 모두의 방식이다. 네가 준 선물에 칠독마봉의 독을 더했으니 답례로는 충분할 거다."

"놈……."

비틀거리던 연진우는 끝내 주저앉고 말았다. 가슴이 시커멓게 변색되고 있었다. 코끼리도 단숨에 죽이는 극독을 맞았으면서도 아직 죽지 않은 것은 독이 희석돼서일까? 연진우의 체질이 독에 강해서일까?

"만사불여튼튼! 내 손으로 확실하게 마무리 지어주마!"

혜주가 가까이 다가오자 연진우는 일어서려고 안간힘을 썼다. 하지만 한 올의 힘도 남지 않아 꼼짝할 수 없었다.

혜주는 손을 높이 쳐들었다.

"가거라, 애송이! 이 지독한 악연을 마무리 짓자!"

그의 손이 떨어졌다.

퍼엉!

몇 사람이 나타나 혜주의 공격을 막았다.

연진우는 눈앞이 흐릿해서 그들이 누군지 알아볼 수 없었다.

혜주가 이를 갈며 말한다.

"사륜지주, 네놈들이 감히……!"

'사륜지주? 그 말더듬이들?

"구, 궁주…… 더, 더, 더 이상으, 은 아, 안 되오. 이, 이제 그, 그, 그만 두, 두시오."

"궁을 배신하겠다는 거냐?"

"구, 궁을 배, 배신하는 사라, 람은 우, 우리가 아니라 구, 궁주요. 궁주는 보, 본 궁의 워, 원 목적을 잊고 자, 자꾸 엉, 엉, 엉뚱한 이, 일에 치, 치중하고 있소."

"우, 우리는 무, 무림의 이, 이권에 과, 과, 관심이 어, 없소. 우, 우리가 해, 해야 할 이, 일은 야, 약한 자, 자, 자들을 도, 돕고 구, 굶은 자, 자들을 머, 머, 먹이는 것이오."

"웃기는 소리! 힘이 없으면 무슨 수로 그 일을 감당한단 말이냐?"

"그, 그, 그 히, 힘도 힘 나, 나름이오. 구, 궁주는 도, 도, 도가 지, 지나치오."

"그리고 저, 저 아이를 주, 죽일 수는 어, 없소. 저 아이는 저, 저, 저, 전륜왕의 마, 마지막 후예요."

"그, 그렇소. 주, 주, 주장시, 신보주까지 죽은 이, 이상 우리는 저, 전륜왕의 후, 후손을 지, 지킬 거, 것이오."

"전륜왕! 전륜왕! 그는 이미 궁을 떠났다! 대체 너희는 무슨 생각으로 그의 이름을 자꾸 들먹이는 것이냐?"

"저, 저, 전륜왕께서는 우, 우리에게 하, 한 가지 부, 부탁을 하, 하고

가, 가셨소."

"구, 궁의 호, 호, 호법무, 무공을 나, 남길 테니 구, 궁이 이, 이상한 바, 방향으로 가, 가, 가지 모, 못하도록 하, 하라고 마, 말이오."

"우, 우리의 무, 무공은 워, 원래 구, 궁 바, 밖의 인물에게 사, 사용하는 거, 것이 아, 아니었소."

"오냐, 어디 그 잘난 호법무공을 시험해 보자!"

혜주는 노성을 지르며 달려들었다.

의식이 자꾸 흐려졌기에 연진우는 더 이상 그들이 지르는 소리를 들을 수 없었다.

"정신이 드나봐요."

"쉿! 아직 좀 더 쉬게 놔둬야 할 것 같소."

"하지만 이곳은 너무 위험해요. 언제 또 다른 적들이 들이닥칠지도 모르고."

"중독이 완전히 풀리지 않았으니 함부로 옮기다간 위험할 수도 있소. 일단은 조금만 더 기다려 봅시다."

칠흑과 같은 어둠 속에서 연진우는 두 사람의 목소리를 들을 수 있었다. 하나는 남자, 하나는 여자.

연진우는 목소리가 왠지 귀에 익다고 생각하며 눈을 뜨려 안간힘을 썼다.

한참 동안 용을 쓰자 흐릿한 빛이 눈꺼풀 사이로 흘러 들어왔다.

"눈을 뜨고 있어요."

"쉿!"

몇 번의 시도 끝에 연진우는 눈을 완전히 뜰 수 있었다. 과연 이미 알고 있는 사람이었다. 하지만 그들이 함께 있는 것은 의외였다.

개방 방주 고전이 먼저 말했다.

"다행이군. 지독한 독인데도 체질이 건강했는지 목숨은 건졌네."

누런 뻐드렁니를 드러내며 씨익 웃는 것이 가히 보기 좋은 모습은 아니었다. 하지만 죽음에 한 다리를 걸치고 있던 연진우에게는 그 모습조차 멋있게 보였다.

그리고 고전 옆에 있던 여자가 말했다.

"뭐 필요한 게 있어요? 구하진 못하더라도 힘은 써볼게요."

야릇한 눈웃음.

연진우의 얼굴이 딱딱하게 굳었다. 전륜궁의 여보주였다.

'당신이 왜? 왜 고 방주와 함께 있는 거지? 난 당신네 전륜궁과 지금까지 싸우고 있었는데.'

하지만 생각은 머리 속에서만 맴돌았다. 수차례의 실패 끝에 입에서 흘러나온 말은 고작,

"배고파……."

고전은 실소를 지었지만 여보주의 얼굴은 침중했다.

"고 방주님, 뭔가 먹을게 있나요?"

"있을 턱이 없지. 싸움판에 나오면서 일일이 밥을 챙겨먹을 수는 없으니까."

"뭐라도 좋으니까 빨리 먹게 해야 해요. 안 그러면 위험해요."

"그게 무슨 소리야? 중독자에게 아무거나 먹인다는 말도 이상하지만, 위험하다는 건 또 무슨 소리……?"

"길게 설명할 시간이 없어요, 빨리…… 아!"

여보주의 시선이 연진우의 손으로 갔다.

말린 육포가 쥐어진 손! 주장신보주가 연진우에게 마지막으로 준 것은 육포 석 장이었다. 그것을 쥔 채 주먹질을 하느라 육포는 너덜너덜했다.

"조금만 씹어도 잘 넘어가겠군."

고전의 시답잖은 농담을 뒤로한 채 여보주는 육포를 가늘게 찢어 연진우의 입에 넣어주었다. 말할 수 없는 공복을 느끼고 있었던 터라 연진우도 안간힘을 다해 육포를 씹었다.

잘 만들어진 육포를 물에 불리면 대여섯 배는 두꺼워진다. 그 간단한 사실을 모른 채 무식하게 육포를 집어먹다 보면 위장이 부풀어 오른 육포로 가득 차는 일도 생긴다. 주장신보주가 준 육포는 상등품 중에서도 가장 좋은 것에 속했다. 보통 사람이라면 한 장으로도 능히 배를 채울 수 있는. 하지만 연진우에게는 석 장으로도 부족했다.

그러나 석 장의 육포를 씹어 삼키자 연진우의 얼굴에 슬슬 화색이 돌았다. 연진우는 조용히 숨을 고르며 육포가 소화되기만을 기다렸다.

거무죽죽하던 연진우의 몸에 금광이 번뜩였다.

스스스~

지독한 냄새가 나며 그의 모공으로 검은 땀이 흘러내린다.

칠독마봉의 독기가 얼마나 지독했는지 검은색 땀은 흘러도 흘러도 끝이 없었다. 온몸을 흠뻑 적시는 것이 꼭 몸의 물기를 모두 땀으로 빼는 건가 하는 생각이 들 정도였다.

잠시 후 연진우는 자리를 털고 일어났다.

그는 고전을 향해 고개를 숙였다.

"감사합니다."

"아니, 뭐…… 여기 온 것은 내 뜻이 아니라……."

고전은 여보주를 흘끔흘끔 보았다.

연진우의 눈썹이 치켜 올라간다. 무슨 이유로 자기를 구해줬는지 모르겠지만 전륜궁의 사람에게는 좋은 감정을 가질 이유가 없었다.

"주장신보주는 어떻게 되었나요?"

"죽었소."

무뚝뚝한 대답. 하지만 그 짧은 대답에 여보주의 얼굴이 와락 구겨졌다.

"정말 죽었어요? 당신과 싸우다가?"

"내 대신 칠독마봉에 쏘여 죽었소."

연진우는 고개를 설레설레 흔들며 대답했다.

삽시간에 여보주의 얼굴에 처연한 기색이 떠올랐다.

"그 사람다운 죽음이군요."

그녀의 얼굴을 물끄러미 바라보던 연진우의 머리를 스쳐 가는 생각.

'그들은 사랑하는 사이였구나.'

"자, 이러고 있을 시간이 없소. 빨리 움직입시다."

고전이 손바닥을 쓱쓱 비비며 말했다.

여보주는 고개를 끄덕였고, 연진우는 질문했다.

"어디로 움직인단 말씀이십니까, 고 방주님?"

"아, 일단 이곳을 떠나야지. 그리고 전륜궁과 검각의 손이 닿지 않는 세외로 빠져나가던가."

"예엣?"

"물론 나 같은 거지 왕초는 이 중원이 딱이야. 그냥 두 사람의 길 안내만 하고 난 돌아올 거야."

연진우의 안색이 굳는다.

"무슨 말씀이신지…… 전 어디로든 도망칠 생각이 없습니다."

"뭐라구?"

고전이 놀란 표정으로 물었다.

"말씀드린 그대룝니다. 전 전륜궁과도 싸울 것이고 검각과도 싸울 겁니다. 도망치지 않습니다."

"끄응……."

말문 막힌 고전은 괜히 한숨만 쉰다.

여보주가 말했다.

"그건 주장신보주를 배신하는 행동이에요. 당신을 대신해 혜주를 막고 있는 사륜지주도요."

"뭐요?"

연진우의 언성이 높아졌다.

여보주는 차근차근한 어조로 전륜궁에서 이루어진 실험에 대해 말해 주었다.

"주장신보주의 역할이 힘을 빼는 거였다고 했죠? 그들은 끝없는 차륜전(車輪戰)으로 당신의 힘이 완전히 소모되는 걸 기다리고 있는 거예요. 복수를 원한다면 일단 중원을 떠나 힘을 기른 후……."

"그가 원하지 않는다면 억지로 권하지 마시오."

세 사람의 고개가 획 돌아갔다.

사륜지주 중 세 사람이 서 있었다, 온몸에 피를 덮어쓴 채.

"당신들…… 왜 그렇게 된 거죠? 사륜지주의 무공은 전륜궁 모든 무공의 상극인데."

"후훗! 궁주가 전륜궁의 무공만 익힌 건 아니잖나. 그에 못지않게 소림무공에도 조예가 깊은 사람이니 이 정도로 끝난 걸 다행으로 생각해야지."

여보주의 얼굴이 몹시 심하게 동요한다.

"다행이라뇨. 당신들이 더 이상 말을 더듬지 않는다는 건……. 철륜지주는 어디 가셨죠?"

"쉿! 혜주를 따돌리고 곧 올 거야."

금륜지주가 조용히 하라는 시늉을 했다.

"고 방주……."

"말씀하시지요."

"여보주를 부탁하오."

"그거야 제가 알아서 하겠지만 윤보주들의 상세를 살펴야 하지 않습니까."

"시간이 많이 없습니다. 나머지는 우리가 알아서 할 테니 어서 여보주를 데리고 이 자리를 피해주시오."

"알겠습니다."

고전은 아직도 할 말이 더 있는 듯한 여보주에게 다가갔다. 그리고 그녀의 혈도를 점한 후 축 늘어진 여보주를 어깨에 걸친 채 신형을 날렸다.

두 사람이 사라지자 금륜지주가 파리한 얼굴로 말했다.

"궁금한 게 많을 테지?"

"그렇습니다."

은륜지주가 말했다.

"시간이 없으니 우리 이야기를 듣기만 하거라."

"……."

전륜궁을 조직한 이후 형량보에게는 새로운 걱정이 생겼다. 힘이 생기면 써보고 싶어하는 것이 인지상정이었다. 전륜궁이라는 조직과 형량보가 창안해 낸 무공을 소유한 자들의 마음이 어떻게 변할지 예측할 수 없는 것이다.

그래서 형량보는 두 가지 안전 장치를 마련하기로 결심했다.

첫 번째는 사륜지주였다. 비록 무공 자질은 평범했지만 누구보다 형량보의 생각을 잘 이해하고 믿어주는 사람이었기에 형량보는 그들에게 특별한 무공을 특별한 방법으로 전수해 주었다. 소위 호법무공이라고 불리우는 무공이었다. 네 사람의 심령이 하나로 이어져 어떤 합격술에도 비교할 수 없는 탁월한 결과가 나타나는 무공.

하지만 거기에는 한 가지 제약이 있었다. 원래 이런 종류의 무공을 익히려면 오랜 세월을 함께 생활하며 무공과 정신 수행을 해야만 하는데 사륜지주에게는 그런 것이 없었다. 궁여지책으로 형량보는 사륜지주에게 일종의 정신 금제를 내렸다. 판단이 느려지고 언어 생활에 불편이 생기는 부작용이 있었지만 사륜지주도 그것을 거부하지 않았다.

이렇게 익힌 합격술은 원래 전륜궁 내부의 사람들을 가상의 적으로 삼아 만든 것이었다. 내공의 흐름부터 초식 하나하나까지 전륜궁 무공을 제압하기 위함이었다.

그리고 두 번째 안전 장치는 주장신보주였다. 모종의 사정으로 전륜궁을 떠날 때 형량보를 따르고자 한 제자를 남겨둔 것은 사륜지주의 탄생과 비슷한 목적에서였다.

"하지만 결국 전륜왕은 궁을 떠났고 두 가지 안전 장치 역시 허사로 돌아가 버렸지."

동륜지주가 허탈하게 웃으며 말했다.

"천년지로에 대한 이야기가 불거지면서 결국 전륜왕이 떠나 버리셨어. 인간의 욕심이란……."

전륜궁에는 많은 사람들이 모여들었다. 형량보의 사제인 혜주도 비밀리에 전륜궁에 가담할 정도였다.

그중에는 두 남녀가 있었다. 그들은 서로에게 자연스레 이끌려 많은 전륜궁도의 축복 속에 혼례를 올렸다.

남자는 혈기신번(血氣神幡) 강창옥(强昌屋), 여자는 천수관음(千手觀音) 길영(吉影)이었다.

강창옥에게는 자랑거리가 하나 있었다. 도제 강명이 그의 조상이라는 사실이었다.

하지만 다른 사람들은 물론 강창옥도 모르는 사실이 있었다. 혈통은 강창옥에게 이어졌지만 강명의 무공은 다른 사람에게 이어진 것이다. 그가 바로 혜주.

혜주는 강창옥에게 접근했다. 혈통으로, 사승으로 강명의 전통을 이어받은 그들만이 아는 이야기를 하며 강창옥을 부추겼다.

처음에는 듣지 않으려 했으나 결국 강창옥은 혜주의 말에 솔깃하고 만다. 천년지로라면, 그 안의 보물이라면 더 많은 일을 할 수 있을 거란 혜주의 말은 아주 매력적이었다.

강창옥은 아내와 함께 몇 사람들을 이끌고 천산으로 향했다. 무영은편(無影銀鞭) 등성호(鄧聖號)와 철조(鐵爪) 구설(具卨)도 그들 중에 있었다.

하지만 욕심은 인간을 눈멀게 만든다. 별안간 마음이 변한 강창옥은 암수를 써서 동료들을 죽였다.

그때 형량보가 나타났다. 혜주에게 소식을 듣고 허겁지겁 천산으로 왔지만 이미 일이 저질러진 후였다.

형량보는 아무 말도 하지 못했다.

그제야 자신들이 무슨 짓을 했는지 깨달은 강창옥과 길영은 형량보에게 죽여달라 간청했다. 하지만 형량보는 고개를 흔들며 그들을 보냈다. 전륜궁과 상관없이 조용한 삶을 살다 가라고 하며.

그 즈음이었다. 그때부터 형량보는 전륜궁의 일을 혜주에게 맡기기 시작했다.

"그리고 얼마 지나지 않아 완전히 궁을 떠났지."

금륜지주의 말이었다.

"그 후로 한동안 자네 스승과 기거하시더니 얼마 전엔 완전히 종적을 감추셨더군. 조금만 더 시간이 있었으면 찾아냈을 텐데… 이제 그건 네 몫이야."

"……."

금륜지주가 눈을 빛내며 말했다.

"아직은 죽지 말란 말이다. 조금이라도 쉬면서 혜주를 상대할 방법을 생각해 두어라. 그리고 전륜왕의 딸이 소주(蘇州) 근처 어디엔가 산다고 하더라. 태호(太湖) 근처 어디라는 말도 있고."

"이미 우리는 공력이 산산이 흩어졌다. 살 수 있는 시간도 얼마 남지 않았어. 나머지는 네가 처리해 줘야 해."

은륜지주는 숨찬 소리로 말했다. 그리고 보니 어느새 사륜지주 모두의 호흡이 조금씩 가빠지고 있었다.

세 사람이 이구동성으로 부르짖었다.

"온다!"

혜주였다. 사륜지주보다 더한 몰골을 하고 있었다. 옷자락을 피로 물들인 것은 기본이었고, 어떻게 당했는지 군데군데 화상 자국도 있었다.

"저놈이 왔다는 이야긴……."

"막내가 죽었다는 거지."

"우선 넌 좀 더 쉬며 구경하거라."

세 사람은 자기 할 말만 하고 혜주에게로 돌진했다.

꽈르릉!

뇌성이 치는 듯한 소리가 들렸다. 공력이 흩어졌다곤 했지만 역시 그들의 무공은 보통이 아니었다.

금, 은, 동륜지주의 몸에서 펼쳐지는 공격은 폭풍처럼 혜주에게로 짓쳐들어 갔다.

혜주는 괴성을 지르며 장을 뿌렸다.

"으아아……! 갈아 마셔도 시원찮을 놈들!"

줄기줄기 뿜어지는 장력은 세 사람의 장력에 가볍게 맞섰다.

경력은 그대로 허공에서 격돌했다.

꽝!

고막이 터질 듯한 굉음이 울려 퍼졌다.

세 사람의 몸이 마치 태풍 속의 가랑잎처럼 뒹굴었다.

"이야앗!"

우렁찬 기합을 토하며 연진우는 혜주를 향해 날아갔다.

"차앗!"

연진우의 다섯 손가락 끝에서 지풍이 뿜어졌다.

혜주는 소맷자락에 기를 주입해 막으려 했지만 소매에 구멍이 뻥 뚫리고 말았다. 간담이 서늘해진 혜주는 감히 막을 생각을 하지 않고 몸을 날려 먼저 공격을 퍼부었다.

"받아라!"

혜주의 주먹에서 무서운 권풍이 밀려왔다. 허공을 통해 건식한 적이 있는 아라한신권이었다.

꽈르릉!

사방이 태풍을 만난 듯 뒤흔들렸다.

아직 공력이 완전히 회복되지 않은 연진우는 아라한신권의 막강한 공격을 측면에서 흘려보냈다.

"이걸 받아라!"

연진우는 비호처럼 달려들며 장력을 발출했다. 이것이야말로 공동권종의 진산절기 오행절맥수였다.

"타핫!"

오행절맥수를 맨몸으로 받아내게 되면 막더라도 큰 손해를 입을 것이 분명했기에 혜주는 왼쪽 소매를 세차게 휘둘렀다. 그러자 그의 소매에서 한줄기 노도 같은 경력이 연진우를 향해 몰아쳤다.

연진우가 날린 오행절맥수의 경력과 혜주의 소매에서 나온 경력은 허공에서 정면으로 격돌했다. 기이하게도 두 경력이 충돌하였지만 경미한 소리도 들리지 않았다.

연진우의 손에 담긴 오행의 기운이 소맷자락에 실려 있던 강맹한 기운을 흡수하며 역습을 시작한 것이다.

혜주는 대경실색하여 소매를 빼내려 했다.

그런데 이게 웬일인가?

소매를 뺄 수가 없었다. 아무리 빼보려 해도 꼼짝도 하지 않았다. 그리고 소맷자락을 타고 위험천만한 기운이 올라오고 있었다.

혜주는 훌러덩 옷을 벗어 던졌다.

안타깝게도 옷을 벗어버렸으니 이제 더 이상은 소매를 무기로 사용할 수 없었다.

그때 난데없이 차가운 섬광이 혜주의 가슴팍으로 날아들었다.

한 가닥이던 기운이 갑자기 수십, 아니, 수백 갈래로 갈라지며 파고들었다.

혜주는 외마디 비명을 질렀다.

"헉!"

두 손을 다 사용해도 이 정도의 변화는 일으키기 힘들 것이다. 분명 이것은 혜주도 대략 알고 있는 파옥권의 초식이었지만 뻔히 눈을 뜨고 당할 수밖에 없었다.

"쉽게 당하지는 않는다!"

누구에게 하는 말인지 모를 소리를 내뱉으며 혜주는 두 주먹을 번개처럼 내질렀다.

콰콰콰—

수백 가닥 뇌전이 번뜩이는 것 같았다.

그의 주먹은 무서운 위력으로 날아가 금세라도 연진우의 몸을 박살 낼 듯했다.

하지만 연진우는 조금도 손속을 늦추지 않았다.

갑자기 연진우의 손이 묘하게 떨렸다.

스스스—

푸르스름한 광영(光影)이 혜주의 몸을 덮었다.

혜주는 피하지 않은 채 그대로 자신의 주먹을 연진우의 장력에 격돌시켰다.

스스스스스—

엄청난 경기가 주위를 흔들어놓았다.

혜주의 거구가 휘청거렸다.

연진우는 멈춤없이 전진했다.

우우웅!

굵은 진동이 혜주의 몸과 영혼을 뒤흔들었다.

마침내 혜주는 손을 멈추었다.

끝까지 쓰러지지 않고 굳게 서 있던 그의 입에서 핏물이 울컥 솟아올랐다.

"놀랍다. 혜연 사형의 무공이냐, 아니면 다른 사람의……?"

연진우는 가만히 고개를 흔들었다.

"내가 배운 모든 무공이 결합된 것이다."

"그 나이에 벌써 다른 종류의 무공을……. 이름은 지었느냐?"

끄덕.

"구절오행혼원공(九折五行混元功)!"

11. 은인과 원수

연진우는 멍한 표정으로 혜주를 보았다.

그렇게 이를 갈며 복수를 다짐했건만, 막상 힘없이 늘어진 모습을 보니 허탈할 뿐이다.

"구절오행혼원공? 기이하구나. 불(佛), 도(道), 속(俗)의 기운이 모두 섞여 있어. 하나도 제대로 성취하기 힘들 텐데 넌……."

"……."

물끄러미 연진우를 바라보던 혜주. 그의 눈빛이 점점 흐릿해진다.

"짧지 않은 생을 살며 못할 짓도 많이 했다. 하지만 진정으로 후회되는 일은 몇 되지 않는다. 나의 말을 기억하느냐? 단막증애(但莫憎愛)하면……."

"통연명백(洞然明白)……."

혜주가 슬그머니 미소 짓는다.

"어떤 가치를 극단적으로 숭배하면 결국 자기 오류에 빠지고, 그것을 버려야만 진실을 명확하게 볼 수 있는데……. 난 그것을 자기의(自己義)에 빠진 정파무림인들에게나 필요한 이야기라고 생각했다. 한데 어느새 나도 나의 생각에 지나치게 집착해 있었어."

"……."

"목적이 수단을 정당화할 수는 없겠지?"

연진우는 고개를 설레설레 흔들었다.

"모르오. 때로는 할 수 있을지도……."

"하…… 그런가? 또 한 가지를 더 알고 가게 되는군."

혜주는 자조적으로 웃었다.

세상일이란 것이 그렇다. 간혹 생각이 트였답시고 자부하는 작자들이 자주 하는 말이 있다.

"흑백논리(黑白論理)로는 아무 일도 할 수 없어!"

하지만 따지고 들면 그 말 역시 흑백논리가 아닌가. 연진우의 말은 그런 오류까지도 지적하고 있었다. 흑백논리로는 아무 일도 할 수 없다고? 흑백논리를 가지고 있을 때도 뭔가를 할 수 있다는 가능성을 인정해야만 열린 마음이 더욱 가치있어지는 법이다.

"이제 당분간 무림에서 전륜궁의 이름을 찾기 힘들 거다."

연진우의 눈에 이채가 일었다.

"이 계획이 실패하면 전륜궁은 다시 원래의 출발 지점으로 돌아가기로 이미 결정되었다. 무리하게 사업을 확장하느라 강호인들과 충돌하는 일도 거의 없을 테고…… 허허, 옛날 혜연 사형이 너무 일을 작게

추진한다고 불평했었는데, 다시 그때로 돌아가다니…….”

혜주의 목소리는 시간이 갈수록 또렷해졌다. 연진우는 이것이 죽기 직전의 회광반조(廻光返照) 현상임을 알아챘다.

“잘 가시오. 이것으로 나와 전륜궁 사이에 있었던 나쁜 기억들이 모두 사라지길 바라오.”

“그래 주겠나?”

고개를 끄덕이는 연진우. 혜주의 만면에 평화로움이 감돈다. 그는 얼굴 가득 미소를 머금은 채 천천히 눈을 감았다.

파악—

연진우의 발끝이 땅을 걷어차자 깊은 구덩이가 생겼다.

구덩이에 혜주의 시신을 묻는 연진우, 무언가 골똘히 생각하는 표정이다.

'또 마음이 흔들리는가? 복수에 미련이 생기는가?

결코 쉽게 죽여주지 않을 것이라 생각했건만 막상 혜주의 죽음을 보니 마음이 심하게 흔들렸다.

그때 연진우의 결심을 돕는 목소리가 날아든다.

“과연…… 정확하군.”

“누구냐!”

목소리와 함께 뻗어 나온 섬광을 피하며 연진우가 소리쳤다.

“나를 모른단 말이냐?”

“뭣!”

놀라운 쾌검이 연진우를 추격했다. 단순히 빠르기만 한 것이 아니라 일반적인 무림인들이 잘 구사하지 않는 기이한 변초가 섞여 있는 환검식(幻劍式)이었다.

“뭐냐, 이건! 공동파냐?”

“눈치가 늦군!”

두건으로 얼굴을 가리고 있었기에 정체를 알 순 없었다. 하지만 귀에 익은 목소리라 몇 번만 더 들으면 알 것 같았다.

계속해서 말을 시키는 연진우.

“공동파의 복마검법 같지만 검로가 조금씩 다르다. 본산이 아닌 방계의 제자냐?”

“흥! 누가 방계 제자란 말이냐? 형에 지나치게 얽매이지 않는 경지를 알아보지 못하다니 너도 형편없구나!”

“넌!”

함차였다. 저돌적으로 달려드는 공격 습관이나 거친 어투 등등이 함차임을 정확히 알려주고 있었다.

하지만 연진우는 의문이 생겼다. 삼 년만의 만남이지만 함차의 무공은 놀랍도록 발전해 있었다. 물론 자신을 상대하긴 역부족이었지만 별다른 기연 없이 저만큼의 성취를 얻었다는 것은 보통 일이 아니었다.

따앙!

빛살처럼 날아드는 검! 연진우는 검의 끝을 정확히 보고 손가락을 퉁겼다.

검에서 전해진 충격에 어깨까지 시큰해진 함차는 내심 마른침을 삼켰다.

다음은 연진우가 반격할 차례. 오히려 뒤로 펄쩍 물러서면서 당당하게 외친다.

“어디서 배워 갑자기 실력이 늘었는지는 몰라도 아직은 어림없다!”

연진우의 손가락이 함차를 가리켰다.

스슷~

아주 희미한 소리만 나며 연진우의 집게손가락에서 금빛 선이 한 가닥 뿜어졌다.

함차가 급히 검으로 막았지만 소용없었다. 금선(金線)은 검을 뚫고 함차의 가슴까지도 뚫었다.

단순한 지력(指力)이나 지풍(指風)의 경지를 뛰어넘은 지강(指罡)이었다. 하기야 온몸으로 강기를 뿜어내던 사람에게 지강이 대수겠는가.

야심차게 등장했던 함차는 몇 번 손을 써보지도 못한 채 허무하게 쓰러졌다.

그가 한 일이 하나 있기는 했다. 복수에 회의를 느낀 연진우에게 전투 의욕을 부추겨 준 일.

"쿨럭, 쿨럭!"

함차는 기침할 때마다 핏덩어리를 토했다. 강기가 깨끗하게 관통했다면 의외로 적게 다쳤을 것인데…….

"방금 강기에는 공동파의 재간도 섞여 있지."

"이놈, 오행절맥수를……."

연진우는 빙긋 웃는다. 고민에 잠겨 있던 모습은 사라지고 어느새 밝은 모습을 하고 있는 연진우.

돌연 함차가 벌떡 일어난다.

"이놈!"

샤샤사삿—

그의 검이 법도도 격식도 없이 연진우의 여기저기를 공격했다. 연진우는 미꾸라지처럼 피해 다니며 단 한 번의 공격도 허용하지 않았다.

하지만 함차가 포기할 기미를 보이지 않자 연진우는 검끝을 엄지손가락과 집게손가락으로 단단히 붙잡았다.

함차의 얼굴이 시뻘게졌다.

"이익!"

"검을 버려라!"

연진우가 버럭 호통을 치자 함차는 시키는 대로 검을 놓고 말았다. 그 순간 음산한 기운이 짓쳐들어 왔기 때문이다.

휙~

그리고 검은 연진우의 손을 떠나 저 멀리 보이지 않는 곳까지 사라졌다.

연진우가 의아한 표정을 지으며 묻는다.

"넌 어떻게 오행절맥수의 공력을 익혔지? 그것도 이상한 형태로 변형된……."

"공동제자가 공동파 무공을 익히는 게 뭐가 이상하냐!"

"흠……."

연진우는 정말로 궁금하다는 듯 손바닥을 턱에 붙인 채 생각에 잠겼다.

"그러면 오행절맥수를 변형시킨 건 누구지?"

"미친놈! 네놈이 배운 것만이 정통이라고 생각하는 거냐?"

말을 할 때마다 피는 더 많이 흘러나왔다. 연진우는 가슴의 상처를 막아주지도, 내공을 불어넣어 주지도 않고 함차를 쳐다보았다.

"내 짐작이 맞다면 아마 그 사람은 이 근처에서 지켜보고 있을 텐데, 아직도 나타나지 않는 이유는 뭐지?"

움찔.

함차의 눈썹이 꿈틀거렸다. 함차는 눈을 감아버렸다.

"그런다고 알아내야 할 것을 못 알아내진 않아. 특히나 이런 경우에는 가만히 기다리고만 있어도 되니까."

그 말에 호응하듯 긴 휘파람 소리가 들렸다. 깊은 내공이 담긴 휘파람 소리는 하늘 높이까지 치솟았다.

잠시 후 사방에서 그에 필적할 만한 휘파람 소리가 울려 퍼진다.

가볍게 미소 짓는 연진우.

"과연……. 한둘이 아니었군."

연진우도 휘파람을 불었다. 앞서의 휘파람이 은연중 듣는 사람의 기를 꺾어놓으려는 듯한 휘파람이라면, 연진우의 그것은 해볼 테면 해봐라는 식으로 도발하는 소리였다.

"하하하하!"

앙천광소하는 연진우.

"나와라, 잔재주 피우지 말고!"

천천히… 마치 젖은 헝겊에서 물이 나오듯 소리소문없이 십여 명의 사람들이 나타났다.

연진우는 눈을 반짝였다.

한 사람 한 사람이 모두 고수였다. 모두에게서 잘 갈린 검을 볼 때나 느낄 수 있는 예기(銳氣)가 풍겨지고 있었다. 그리고 그중에는 연진우에게 익숙한 느낌을 풍기는 사람도 있다.

연진우가 그중 두 사람을 보며 말했다.

"몇몇은 알겠는데, 나머지는 어디서 온 거지?"

지목받은 두 사람은 흠칫 놀랐다.

그중 한 사람이 턱짓을 한다.

"예."

공손하게 고개 숙이는 자세로 보아 상하 관계가 뚜렷한 사이임을 알수 있었다.

"말 잘 듣는 제자군. 어서 와서 사제를 데려가라구."

어둠 속에서 드러난 얼굴은 함진이었다.

함진은 수치심에 귀까지 벌겋게 되었지만 스승의 눈치를 살폈다.

지금은 함차를 구해올 때. 쓸데없이 연진우의 도발에 넘어가선 안된다.

말로 하지 않아도 스승의 뜻을 충분히 알 수 있는 함진은 잔뜩 긴장한 채 함차에게로 저벅저벅 다가갔다.

"함진 도장, 그렇게 긴장할 필요는 없잖소. 내가 어떻게 한답디까?"

"……."

연진우가 어깨를 으쓱거리며 빈정댔지만 함진은 들은 척도 하지 않았다.

함진은 함차의 얼굴을 보았다. 이미 피를 너무 많이 흘렸다. 그리고 경맥도 뒤틀린 것 같았다.

핏.

손가락을 날려 혈도를 누르자 다행히 가슴팍의 구멍에서 흐르던 출혈이 멎었다. 데리고 돌아가기 위해 함차를 업으려 할 때,

둥실~

갑자기 함진의 몸이 떠올랐다. 무슨 영문인지 알 까닭이 없는 함진은 어리둥절하여 몸의 중심을 바로잡으려고 무진 애를 썼다.

꽈당!

그러나 노력은 수포로 돌아가고 함진의 몸은 꼴사납게 바닥에 내동댕이쳐졌다.

연진우가 웃는다.

"모양새가 좋으시구려."

"너……."

함진의 눈이 이글거렸다. 하지만 함진은 목덜미에 닿는 따가운 시선을 의식했다. 사부였다. 그는 연진우에게서 시선을 돌리고 함차를 들쳐 업었다.

"젠장! 기개가 이렇게 약해서야… 저기 서 계신 분들도 이 모양이면 이 밤이 너무 지루할 텐데……."

등 뒤로 들려오는 연진우의 목소리에 다시 함진의 얼굴이 시뻘겋게 달아오른다.

탁하게 갈라진 목소리가 들린다.

"연진우…… 그 방자함도 오늘이 끝이다."

"요즘은 그런 이야기를 너무 많이 들어서 지겨울 정도요. 나도 이젠 푹 쉬고 싶은데, 말없이 행동으로 보여줄 만한 분은 정녕 없소?"

없소, 라는 말이 나오는 것과 동시 함진은 한 가닥 금빛 섬광이 사부에게로 날아가는 것을 보았다. 상상도 하지 못했던 무시무시한 기세였기에 문득 사부의 안위가 걱정되었다. 하지만 함진은 고개를 흔들었다. 사부는 물론이고 함께 있는 이들의 무공을 모두 합친다면 결코 그런 일은 있을 수 없었다. 결코.

연진우의 손끝에서 금빛 지강이 쭉 뻗어 나간다. 이미 암중에 그것을 보았기 때문에 창궁 진인은 동요하지 않고 검을 들었다. 갑자기 그의 검에서도 푸르스름한 광채가 한 자나 뻗어 나왔다.

꽈릉~

지강은 푸른 광채와 충돌하며 격렬한 폭음을 냈다.

검강(劍罡)!

연진우는 내심 역시, 라고 감탄하며 창궁 진인을 보았다. 언극린 이후 두 번째로 검강을 사용한 사람이다.

'함께 온 자들은 어느 정돌까?'

아직 팔짱을 끼고 구경만 하고 있었지만, 그들이 싸움에 끼어들면 어떤 일이 벌어질지 알 수 없었다. 연진우는 최대한 빨리 이 싸움을 마무리 짓기로 결심했다.

슈슈슈~

갑자기 연진우의 몸이 흐릿해지더니 사라져 버렸다. 너무도 빠르게 움직여 마치 사라진 것처럼 보인 것이다.

창궁 진인도 시력으로는 연진우를 찾을 수 없었는지 눈을 반개하여 주위의 기운을 탐색했다.

"이얏!"

번쩍!

검강이 허공을 갈랐다. 연진우는 아슬아슬하게 검강을 피하고 창궁 진인의 가까이 접근했다.

연진우의 손발이 바쁘게 움직이기 시작한다. 그가 아는 무공 중 최고의 절기에 속하는 무공, 교수십이타를 써서 단숨에 끝내려 하는 것이다.

파파팟!

눈에 보이지 않을 정도로 빠른 손과 발의 놀림. 제대로 배워서 익힌 것이 아니라 미숙했던 점이 있었지만, 주장신보주와의 대결을 통해 그 단점까지도 보강해 버렸다.

하지만 창궁 진인도 호락호락하지 않았다. 공동파 검술의 두 가지

요결이 바로 쾌(快)와 환(幻). 빠르기로도 질 수 없고, 변화무쌍함으로
도 질 수 없다는 자부심이 창궁 진인에게 있었다.

금광과 청광이 어지럽게 뒤섞였다.

타라라락—

순식간에 수십여 초를 겨루었지만 단 한 번도 손발과 검이 직접 마
주치지 않았다. 웬만한 싸움이었다면 그냥 손으로 칼을 막았을 것이지
만 검강이라니 이야기가 달라졌다.

연진우가 공격하면 창궁 진인이 검을 휘두르고, 그래서 피하고……
반대로 창궁 진인이 공격하면 연진우는 그의 급소를 공격해 검을 거두
어 방어하도록 만들고…….

대결은 팽팽했다.

초조한 쪽은 연진우였다. 싸움의 흐름을 가져오지도 못한 상태에서
의문의 조력자들은 아직 나서지도 않고 있었다.

적에게는 큰소리를 쳤지만 그의 실상은 좋지 못했다. 지독한 공복을
해결하기 위해 육포 몇 장 먹은 것 가지고는 공력을 모두 회복할 수 없
었다.

조금씩 배가 고파지기 시작하는 것을 느끼며 연진우는 여보주의 말
을 상기했다.

"좋다!"

돌연 연진우가 고함을 지른다.

"이래 죽든 저래 죽든 죽는 것은 매한가지니 어디 한번 피터지게 싸
워보자!"

스스릉~

연진우의 주먹에서 묘한 소리가 울린다.

‘공동파의 검술은 빠르고 변화무쌍한 것이 특기다. 빠름에 빠름으로 맞서려 했던 것이 잘못이다. 빠름은…… 무거움으로 누른다.’

다리의 간격을 넓게 벌리고 팔을 늘어뜨렸다.

창궁 진인의 눈에 의구심이 떠오른다.

터져 나오는 연진우의 기합!

“이야앗!”

빠르지는 않지만 무시무시한 힘이 담긴 동작이었다. 주먹은 뒤에서 앞으로 일직선을 그으며 나가지 않고 옆으로 반원을 그리며 날아갔다. 십이형권, 달리 육합권이라고도 하는 무술 중 웅형권(熊形拳)이었다.

웅(熊)이란 곰이다. 곰의 움직임을 보고 창안한 웅형권은 위력적인 힘을 기르는 데 가장 큰 비중을 두고 수련에 임한다. 그래서 비록 민첩하지는 않지만 그 힘은 무시할 수 없이 강하다. 지금 연진우가 하듯 웅형권에는 횡권으로 후려치는 기술이 많다. 힘을 중요시하기 때문이다.

‘웅형권…… 힘으로 제압하겠다? 이론상으로는 적절한 선택이군.’

천 근은 될 듯한 무게의 주먹이 날아오자 창궁 진인의 동공이 크게 열렸다. 이미 일대종사의 경지에 오른 그이기에 육합권이 실전에서 얼마나 무시무시하게 사용될 수 있는지도 잘 알고 있었다.

휙~ 휙~

고막이 아프도록 거세게 날아오는 경풍에 창궁 진인은 얼굴을 찡그린다. 하지만 그는 도포 자락을 휘날리며 검을 굳건히 잡았다. 한 자 남짓하던 검강이 배가 넘게 늘어났다.

쒜엑—

하지만 연진우의 공격은 창궁 진인의 예상을 벗어났다.

횡권은 속임수였다.

창궁 진인이 횡권에 대비해 검을 들고 있는 것을 틈타 연진우는 득달같이 그의 면전으로 쇄도했다. 창궁 진인이 검을 움직였지만 이미 한발 늦은 상태였다.

연진우의 주먹이 창궁 진인의 배에 꽂혔다.

함진은 경악했다.

짧은 시간, 연진우는 오행절맥수의 공력을 거칠게 쏟아 부었다.

검이 목을 겨누고 날아오고 있었지만 피하지 않고 주먹을 더 세차게 밀어붙였다.

마침내 피할 공간도 없을 만큼 검이 가까이 다가왔을 때, 연진우는 그 자리에서 도약없이 공중제비를 돌았다. 소림사에서 보여주었던 청룡번신(靑龍翻身)의 재주였다.

연진우는 뒤로 물러섰다. 이제 더 이상 창궁 진인 따위는 안중에 없다는 듯, 호기롭게 소리친다.

"가만히 구경하고 있던 분들도 이젠 나서시지요?"

하지만 그들은 연진우를 물끄러미 보고만 있다.

갑자기 뒤통수가 뜨끔해진 연진우는 몸을 휙 돌렸다.

시퍼런 검강이 면전에 와 있었다.

휘릭~

간발의 차이로 연진우는 목숨을 부지했다. 하지만 가슴엔 대각선의 상처가 길게 남았다. 하얀 갈비뼈가 드러날 정도로 깊은 상처가.

연진우는 경악했다.

"어떻게… 오행절맥수에 당하고도 검강을 일으킬 수가 있는 거지?"

"흐흐흐…… 창강 그놈 때문이지. 그놈에게 한번 당해본 후 오행절맥수에 대한 대처 방법이 생각났었던 거야."

"으으, 그러면 함차에게 가르친 변형된 오행절맥수도······."

"맞다. 나름대로 연구해서 검공에 맞도록 변형시켜 본 것이야. 어차피 나는 오늘 살기를 포기했으니 다음 대에라도 이어줘야지."

창궁 진인의 눈에 처연한 빛이 떠올랐다.

연진우는 진저리를 쳤다.

저런 눈빛은 싫었다. 저런 눈빛을 한 상대를 볼 때마다 복수의 각오가 약해졌다.

어쩌면 그것은 연진우가 악인이 아니어서인지도 모른다. 손속이 독랄해지고 감정이 오락가락할 때는 있지만, 근본은 악인이 아니었기에 누구든 잘못을 시인하기만 하면 용서해 주고픈 마음이 가슴 밑바닥에 있기 때문인지도.

그런데 이기고 있으면서 창궁 진인은 왜 저렇게 처연한 눈을 한단 말인가!

"쿨럭!"

창궁 진인이 기침을 한다.

연진우는 깜짝 놀라 그를 세심하게 관찰했다.

기식(氣息)이 미묘하게 흐트러져 있었다. 오행절맥수가 전혀 효과가 없지는 않았던 것이다.

사아아―

점점 사그라들던 금광이 다시 힘을 얻었다. 갈라졌던 살과 살이 엉겨붙기 시작한다.

"타아아······!"

빠르지 않은 공격, 하지만 이미 창궁 진인은 그 정도의 빠르기도 피하지 못할 상황이었다.

억지로 비칠비칠 검을 든다. 연진우가 쇄도해 간다.

채챙!

날카로운 금속성. 연진우는 힘없이 앞으로 고꾸라졌다.

창궁 진인은 틈입자(闖入者)의 얼굴을 원망스럽게 노려보았다.

연진우는 등에 깊은 십(十) 자형의 상처를 깊게 입고 쓰러져 있었다.

"진인은 할 일이 많소. 밝은 세상에서 각(閣)을 위해 움직여야 하는 것이 진인의 사명. 벌써 쓰러져선 안 되오."

창궁 진인은 말없이 그를 노려본다.

"그리고 이렇게 연진우를 죽이지는 않을 것이오. 각주에게도 데려가 야겠지만 이 자리에도 원한을 품은 사람이 있으니 먼저 그와 대결시킬 거요."

남자는 옆 사람에게 흘끗 눈짓을 한다.

눈짓을 받은 사람이 연진우에게로 다가갔다. 그는 품 안에서 호리병 을 꺼냈다.

퐁~

뚜껑을 열자 청량한 냄새가 은은하게 퍼졌다. 남자는 손바닥에 호리 병 주둥이를 대고 털었다. 밤톨만한 환약이 두 알 굴러 나왔다.

창궁 진인이 감회에 젖은 눈으로 그것을 본다.

처음의 남자가 입을 열었다.

"검각 제자라면 누구든 수련할 때 호신환(護神還)을 받아갔었소. 벽 곡단으로도 먹고 내상, 외상약으로도 먹고. 저 환약이야말로 본 각을 그간 지켜왔는지도……."

연진우의 입이 열리고 호신환 두 알이 굴러 들어갔다.

잠시 후, 금광이 더욱 거세졌다. 누가 시키기도 전에 모든 사람이 신경을 곤두세웠다.

호심환을 먹인 사람은 호기심 가득한 눈으로 연진우를 바라본다. 물론 오른손은 검을 향한 채.

갑자기 연진우의 입술이 달싹거렸다.

"……."

"뭐?"

중얼거리는 것 같으나 소리를 들을 수 없었다. 남자는 긴장을 늦추지 않으며 연진우의 입가로 귀를 가져갔다.

"더……."

"더?"

그렇게 반문하는 순간,

콰드득!

"으악!"

남자의 비명 소리. 펄쩍 뛴 그의 얼굴이 이상하다. 귀 한쪽이 떨어지고 없다.

어느새 연진우는 남자의 품에서 빼앗은 호리병 주둥이를 입에 대고 있었다. 검각의 역사를 지켜왔다던 호신환이 수십 알씩 연진우의 입속으로 굴러 들어갔다.

빠득~ 빠득~

연진우는 이미 입에 들어온 귀를 뱉지 않고 호심환과 함께 우드득 씹었다. 귀의 뼈가 그렇게 단단한 편은 아니지만 어둠 속에서는 유난히 크고 징그럽게 들렸다.

화앗!

금광이 연진우를 중심으로 반 장가량 덮였다. 어찌나 밝은지 사람들은 연진우의 형체를 알아볼 수도 없었다.

　잠시 후 금광이 옅어졌을 때 그들의 눈에 들어온 것은 우뚝 선 연진우의 모습이었다. 상처는 온데간데없었다.

　연진우가 말한다.

　"배가 너무 고팠는데 고마워. 양은 얼마 안 돼도 영양이 아주 풍부한 음식이군."

　"음식……."

　누군가가 씁쓸하게 중얼거렸다.

　하지만 그들의 행동은 여전히 날 선 검과 같았다. 태연한 척하고는 있지만 연진우도 내심으로 그들에게 감탄하고 있었다.

　'단일 세력으로는 지금껏 내가 만나본 자들 중 가장 뛰어난 자들이다. 과연 검각.'

　처음 창궁 진인에게 말을 걸었던 자가 연진우를 보았다.

　"연진우! 나 역시 다른 사람들처럼 한 사람의 무인으로 너와 겨루고 싶지만 받은 명이 있어 참아야 하는 것이 안타까울 뿐이다."

　"명? 언극린인가?"

　"그렇다."

　"어떤 명이길래 싸우지 못한다는 것이냐?"

　사내가 차갑게 말한다.

　"너를 생포해 가겠다. 각주는 직접 너를 꺾길 원하신다."

　"그게 가능하다고 생각하나?"

　연진우는 비웃었다. 하지만……

　"가능, 불가능은 우리가 결정한다. 이미 네 실력은 충분히 보았다."

　"……."

"우리에게 잡히기 전 너는 한 사람과 먼저 싸워야 한다. 그것 역시
거부할 수 없다."

연진우는 고개를 끄덕였다.

"싸우는 거라면 거부할 이유가 없지. 내친김에 모두 덤벼라."

"훗! 곧 후회하게 될 거다. 나오시오."

남자의 말이 있은 후, 어둠 속에서 한 사람이 천천히 걸어나온다.

연진우의 입이 딱 벌어졌다.

"공손찬 대협!"

"……."

공손찬은 묵묵히 연진우를 보았다.

"강함을 찾아 가문으로 돌아가신다더니 결국 선택한 것이 이 길이십
니까?"

"그것은……."

공손찬이 입을 열었다.

"나의 가문 역시 검각의 사람들에 의해 만들어졌었다. 돌아간 후 엉
겁결에 가주 자리를 물려받고서야 알았지. 하지만 너의 소식을 수소문
하며 나는 웬만하면 검각의 일에 끼어들지 않으려 했다. 네가 한 사람
을 죽이기 전까지는."

"설마……?"

"정의맹에서 너를 쫓던 사람 중 내 동생이 있었다."

연진우는 기억을 되살렸다. 자색 옷을 입고 중검을 휘두르던 한 무
사가 떠올랐다.

'그래, 공손찬이 자기 형이라고 했지.'

이를 악문 연진우.

"동생의 복수를 하러 오신 거요?"

공손찬은 씁쓸하게 웃는다.

"너는 나에게 큰 도움을 주었다. 네가 있어서 아이들을 구할 수 있었지. 하지만 한 가문의 수장은 모든 식구들의 사정을 다 돌보아야만 한다. 내 입장을 이해해 달라고는 말 않겠다. 네게도 너의 사정이 있었을 테니."

"죽지 않기 위해 죽여야 했다는 것도 아시겠군요?"

공손찬은 잠시 동안 머뭇거렸다.

"밤은 짧다. 해가 뜨기 전에 마무리하자. 밝은 하늘 아래에서 네 얼굴을 보며 검을 휘두를 자신이 없다."

공손찬이 등에서 검을 뽑았다. 평소 그가 쓰던 연검이 아니었다. 철검 공손가의 상징이 되다시피 한 중검(重劍)이었다.

그의 의도는 명확했다. 지금 그는 자연인 공손찬이 아니라 철검 공손가의 가주 자격으로 싸움에 임하는 것이다.

연진우는 문득 그런 생각을 했다.

'이 사람이라면 목숨을 맡길 수 있지 않을까?

고작해야 스무 해 남짓한 삶. 하지만 결코 평탄하지 않았던 삶. 치열했던 복수의 각오는 싸움을 거듭할수록 흐릿해져 간다.

전력으로 싸운다면 지지 않을 것이다. 아니, 틀림없이 이길 것이다. 검각 사람에게서 빼앗은 환단을 먹은 후 몸 상태는 최고였다. 밤새 시달린 끝에 간신히 정상으로 돌아온 느낌이다.

그렇다면 공손찬을 죽여야 하는가?

그 다음은?

콰콰콰!!

검기가 해일처럼 몰아닥쳤다. 중검을 위주로 한 공손가의 검술.

연진우의 몸이 움직였다. 마음은 아직도 결정되지 않았지만 몸이 먼저 움직이고 있다.

반사적으로 공손찬의 검을 받아내는 연진우. 문득 그의 눈에 공손찬의 얼굴이 들어온다.

'왜, 왜 그런 눈을 하고 있습니까?

공손찬은 죽음을 원하고 있었다. 숭산 아래에서 야인으로 살 때, 풍족하진 않았으나 누구의 구속도 받지 않고 살았는데 지금은 원하지 않는 대결, 그것도 둘 중 하나가 죽어야만 끝나는 대결을 하고 있었다. 아마도 연진우보다 더한 갈등이 그의 가슴속에 있을 것이다.

천생 무인이 공손찬이다. 검술을 연마하고, 겨루어 성취를 비교해 보며 또 더 높은 목표를 향해 달려가는 것 외에는 그를 흥분시키는 일이 없었다.

대의를 위해서 누군가를 죽여야 하는 것?

아마 당신은 대의가 무엇이라 생각하느냐고 물으면 공손찬은 대답 대신 자기 검을 내밀 것이다. 검이야말로 나의 유일한 대의라고.

그런 공손찬에게 현 상황은 너무 복잡했다. 생각하기조차 버겁다. 어떤 선택을 해도 속이 개운치 않을 것이다.

그래서 공손찬은 죽음을 바라는 것일까?

드디어 연진우가 마음을 굳혔다.

콰콰쾅!!

다시 한 번 검기가 몰아친다. 이미 몇 번째 반복되는 수법이다. 연진우가 그것을 모를 리 없다.

연진우는 초식의 허점으로 파고들었다. 연검에 익숙한 사람이 펼치는 중검이니 분명 서툰 부분이 있었다.

하지만 공손찬은 원래의 초식 흐름을 유지했다.

이제 남은 것은 한 가지, 연진우의 주먹이 공손찬의 가슴을 때리는 일이었다.

공손찬의 눈이 빛났다. 그렇게도 원하던 순간이 오고 있다.

푹!

공손찬은 경악했다.

아니, 모든 사람, 연진우 하나를 제외한 모두가 경악했다.

연진우의 복부를 관통하고 있는 두꺼운 물체, 그것은 공손찬의 검이었다.

공손찬이 떨리는 목소리로 말했다.

"왜?"

연진우가 흐릿하게 웃는다.

"검을 닦으십시오. 강호의 풍진에 몸을 더럽히지 마시고 마음껏 검을 닦으십시오."

12. 아무도 우리를 모르는 곳으로

"수고했다."

언극린은 짤막하게 말했다. 검각의 인물들도 가벼이 목례만 한 후 자리를 떴다.

모두가 사라진 후 언극린은 구양승에게 말한다.

"뭐가 잘못되었소?"

"아닙니다."

"각의 사람들을 끌어들인 것이 아직도 불만인 거요?"

"……."

구양승은 대답하지 않았다.

"하지만 내 생각은 다르오. 오히려 본 각의 명예를 회복하는 데 적절한 역할로 그들을 투입했다고 생각하오. 전륜궁의 수뇌부가 뿔뿔이 흩어진 지금, 본 각이 강호에 이름을 떨칠 수 있는 길이 무엇이라고 생각하시오?"

"절대적인 무위를 모든 사람들 앞에서 보이는 것이지요. 단 한 번도 드러내지 않았던 막강한 힘을 보여준다면 누구도 우리를 패배자의 집단이라고 말할 수 없었을 것입니다."

언극린은 웃었다.

"후후, 물론 그렇소. 또 그렇게 할 것이오. 하지만 세력의 힘을 과시하지는 않을 거요. 도제 강명이 그러했듯 최고의 무공을 보여주어 천하무림인의 기를 단숨에 죽여놓을 것이오. 그래서 연진우를 잡아오라 한 것인데, 아직도 불만인 게요?"

"연진우와 공개적으로 비무를 벌이겠단 말씀이십니까?"

"그렇소. 기연을 얻었든 어쨌든 현 무림에서 나와 대적할 수 있는 인물은 오직 연진우뿐이오. 어차피 이리된 것, 대대적으로 공개 비무를 할 것이니 차질없도록 준비해 주시오. 혹, 다른 말이 나오지 않도록 연진우의 몸 상태도 정상으로 회복시켜 두시고."

"비무 후에는 그럼……."

"하하하, 검각이 강호에 나서는 것 말고 또 무엇이 남았겠소? 유명무실해진 정의맹을 걸고 검각이 직접 나서서 중원의 모든 무가를 흡수하는 거요."

*　　　*　　　*

연진우가 눈을 뜬 곳은 어둡고 축축한 곳이었다.

차가운 뇌옥.

한 점의 빛도 들어오지 않는 공간. 나무와 쇠를 사용해 만든 최악의 거주 공간.

연진우는 물끄러미 바닥에 깔린 지푸라기를 보았다. 퀴퀴한 냄새가 코를 찌른다. 인간과 쥐의 배설물이 뒤섞여 짚을 썩게 하고 있는 것 같았다.

연진우의 시선은 옥방(獄房)과 통로를 구분하는 창살로 향했다.

그때 들려오는 목소리.

"소용없는 일이야."

"누구……?"

몹시 쇠약하게 느껴지는 목소리였다. 연진우는 고개를 휙 돌렸다. 갑자기 어깨 근처가 찢어질 듯 아팠다.

"바로 그것 때문이지."

간신히 고개를 돌린 후, 연진우는 그의 목소리가 왜 쇠약했는지 알게 되었다. 더불어 어깨가 아팠던 이유도.

반벌거숭이나 다름없는 노인이 갈비뼈가 드러날 정도로 형편없이 마른 몸을 한 채 서 있었다. 스스로 원해서 서 있는 것은 분명 아니었다. 아마 그럴 힘도 없을 것이다. 그를 서 있게 만드는 것은 벽에 연결된 쇠사슬이었다. 쇠사슬은 노인의 양쪽 비파골(빗장뼈)을 관통하고 있었다.

'그렇다면 나도?'

그제야 연진우는 자신의 몸 상태를 점검해 본다. 그랬다. 그 역시 노인과 마찬가지 상황에 처해 있었다. 시뻘겋게 녹슨 쇠사슬이 비파골을 뚫고 벽에 고정되어 있다.

연진우의 얼굴에 난감한 기색이 떠오른다. 웬만한 부상은 스스로 회복할 수 있는 신체지만 이물질이 몸에, 더구나 비파골에 박혀 있다면

이야기가 달라진다. 비파골이 망가지면 무공은커녕 정상적인 거동조
차도 불가능해지기 때문이다.

서유기에도 이랑진군이 손오공을 잡아 태상노군에게 데려갈 때 비
파골에 칼을 찍어 넣어 압송했다는 이야기가 있다. 제천대성도 제압한
수법인데 하물며 연진우야…….

만약 사슬이 없다면 또 말이 달라진다. 인간의 한계를 초월한 무시
무시한 회복력으로 치료가 가능하기 때문이다. 하나 쇠사슬이 있는 이
상 정상적인 회복은 불가능했다.

"여기까지 오다니, 네 운명도 정말 기구하구나. 젊디젊은 녀석
이……."

연진우는 대답 대신 눈빛을 빛내며 열심히 공력을 운기했다. 예상대
로 다른 부분은 금세 회복되었지만 비파골은 속수무책이었다.

갑자기 노인이 눈을 희번덕거린다.

"너, 그 무공은 어디서 배웠느냐?"

"그건 알아서 뭐하려고 그러는 거요?"

퉁명스런 대꾸. 노인은 피식 웃는다.

"역시 늑대새끼. 그만큼 고생을 했으면 좀 변할 만도 한데……."

"당신?"

노인을 바라보는 연진우의 눈빛이 변한다. 그를 늑대새끼라고 불렀
던 사람은 하나뿐이었다.

"창강 진인이십니까?"

"창강은 무슨…… 네놈이랑 헤어진 지 얼마 안 돼 파문됐다. 이젠
다시·신군이라고 부르거라."

"신군……."

"그래, 초목수호신군 말이다. 하하하!"

여전히 쇠약했지만 노인의 웃음소리에 갑자기 생기가 돌았다.

"그동안 무슨 일이 있었는지나 말해 보거라. 이 꼴로 여기 얼마나 있었는지, 바깥일은 도통 모르겠다."

연진우는 차분한 어조로 지난 일들을 말했다.

한참 후 노인이 한숨을 쉰다.

"몇 살 먹지도 않은 것의 인생이 굴곡지기도 하다. 왜 그렇게 살았누?"

"저라고 이리 살고 싶었겠습니까. 세파가 저를 이렇게 만들었지요."

"후……. 그런데 너, 그 건곤역행이란 것, 빨리 그만두어야겠다."

"옛?"

뜻밖의 말에 놀라는 연진우.

"순리로 살지 않고 역리로 살면 반드시 천벌이 내리는 법이다. 무공도 마찬가지. 지금 당장은 큰 힘을 네게 주겠지만 오히려 그것이 네 수명을 갉아먹고 있어."

"그깟 수명 좀 줄어들면 어떻습니까. 그리고 아무리 정종무공을 해도 어차피 이런 곳에 있으면 수명이 줄어들지 않겠습니까."

연진우는 쓸쓸하게 웃었다. 하지만 노인의 말투는 사뭇 심각하다.

"아니야. 아직 네 할 일은 다 끝나지 않았다. 네가 저질러 온 일을 생각하면 잡은 그 자리에서 바로 죽여도 이상치 않은데 여기까지 데려온 것을 생각해 보거라. 언극린이 너와 직접 해결을 본다 하지 않더냐."

"그런 말을 듣기는 했습니다만……. 만약 그렇다면 더 더욱 건곤역행을 포기할 수 없습니다. 이 힘이 아니라면 무슨 재주로 언극린을 이

깁니까?"

갑자기 노인이 고함을 빽 질렀다.

"멍청한 놈!"

"……."

"역리로는 순리를 이길 수 없다. 네가 그 알량한 힘으로 조금 설친 경험을 믿는 것 같은데, 그것은 순리로 절정에 이르지 못한 자들만 상대해서 그렇다. 절정의 고수는 한 번의 싸움으로도 새로운 깨달음을 얻는 법! 네가 지난날의 네가 아니듯 언극린도 너와 싸웠을 때의 수준에 머무르지 않고 있을 것이다."

"하지만 이미 역행한 건곤을 무슨 수로 되돌린단 말입니까?"

"알고 싶으냐?"

노인의 목소리가 누그러진다.

연진우는 비파골의 아픔도 잊은 채 고개를 끄덕거렸다.

"너는 이미 답을 알고 있다. 네 사부가 가르쳐 준 것을 잘 생각해 보거라. 후천의 기운은 선천의 기운을 당해낼 수 없는 법이다."

"선천, 후천……."

노인은 더 이상 아무 말도 하지 않았다. 연진우도 무엇에 홀린 듯 선천과 후천이라는 말만 중얼거렸다.

다음날 연진우는 옥방을 옮겼다. 노인은 눈을 감은 채 연진우를 외면했다.

옮긴 옥방의 환경은 앞서와 비교할 수 없이 쾌적했다. 비파골의 사슬도 제거되었고 음식도 제때에 나왔다. 아마 초목수호신군의 말이 아니었다면 벌써 몸을 고치고 파옥했을지도 모른다.

그러나 연진우는 여전히 그가 남긴 말을 붙들었다. 어렴풋하게 알

것 같으면서도 분명하게 실체가 와 닿지 않았다. 고민 때문에 상처가 쓰리는 것도 의식하지 못했고, 밤에도 잠을 이룰 수 없었다.

그렇게 칠 일이 흘렀다.

"나와라!"

옥지기가 차갑게 말했다. 평범한 옥지기인 듯 가장했지만 그렇지 않다는 것을 연진우는 알고 있었다. 그는 창궁 진인, 공손찬 등과 함께 나타났던 검각의 인물들과 비슷한 냄새를 흘리고 있었다.

연진우는 반항하지도, 도망치지도 않은 채 옥지기의 뒤를 따랐다. 그들이 도착한 곳에는 더운물이 담긴 목욕통이 있었다. 옥지기는 수건 몇 장과 흑포 한 벌을 주며 말했다.

"다 씻고 이것으로 갈아입어라. 나는 밖에서 기다리겠다."

홀로 남겨진 연진우는 더운물을 몸에 끼얹으며 생각에 잠겼다.

'내가 도망치지 않을 것을 확신하는 건가? 아니면 아무리 용을 써도 도망치지 못할 것이라고 생각하는 건가?

"아……."

인상이 일그러졌다. 물을 만나자 상처가 몹시 쓰라렸다.

'씻고 옷을 갈아입으란 말은 뇌옥이 아닌 다른 곳으로 옮겨간다는 말이겠지? 드디어 비무를 벌이자는 것인가…….'

갑자기 마음이 무거워진다. 초목수호신군이 남긴 말의 의미를 깨닫기도 전에, 그리고 몸도 회복되기 전에 일이 닥쳐온 것이다.

"하긴, 저쪽에서 무한정 기다려 줄 리가 없지."

연진우는 목욕통 안으로 들어갔다. 상처가 비명을 질렀지만 아랑곳하지 않았다. 그리고 천천히 기를 운행했다.

부글~

물이 끓기 시작한다. 끓어오른 물은 수중기가 되어 실내를 더욱 뿌
옇게 만들었다.

뿌연 실내에 한 가닥 금광이 피어오른다. 욕조 안의 물은 순식간에
검푸르게 변하며 악취를 풍겼다.

잠시 후, 연진우는 목욕통에서 나왔다. 언제 그랬냐는 듯 그의 몸에
는 조그마한 상처도 없었다.

더 이상 초목수호신군의 말을 놓고 고민할 여유가 없었다. 우선 몸
을 고치고 싸움에 임하는 것 외에는 할 수 있는 일이 없기에, 연진우는
다시 건곤역행의 공력을 운기하였다.

쐐아~

몸에 묻어 있던 물방울들이 순식간에 증발해 버렸다.

연진우는 구석에 있던 흑포를 입었다.

그리고 문을 열고 밖으로 나섰다.

옥지기는 그를 흘끗 보았다. 아주 짧은 순간이었지만 옥지기의 눈에
감탄이 스치고 지나갔다. 그때…

샤악~

미묘한 파공음이 울렸다. 연진우와 옥지기의 고개가 돌아간 것은 거
의 동시. 하지만 연진우가 재빨리 몸을 피한 것과 달리 옥지기는 검을
뽑으려는 자세 그대로 쓰러지고 말았다.

날아온 것은 장창이었다. 연진우는 경탄했다. 그만한 기세로 장창을
던지면서 이렇게 소리를 죽일 수 있는 사람이 강호에 몇이나 될까? 연
진우의 머리 속에 떠오르는 사람은 오직 하나뿐이었다.

"아직 멀쩡해 보이는구나."

최대한 감정을 절제한, 그러나 그 속에 억눌린 분노가 숨어 있는 목

소리. 신창문주 유무용이었다. 옆에는 홍염을 비롯한 다섯 제자가 모두 서 있었다.

"어떻게……."

"네가 언극린에게 죽으면 우리의 혈채는 누가 갚는단 말이냐?"

유무용이 매몰차게 말했다.

연진우는 고개를 젓는다.

"뜻은 감사하지만 저는 도망칠 수 없습니다."

"뭐야?"

"언극린과 싸울 것입니다. 제 선택은 그뿐입니다."

유무용과 제자들의 눈빛이 동요한다. 연진우는 홍염에게 말했다.

"형, 뇌옥의 가장 안쪽 옥방에 비파골이 뚫린 노인이 있어. 우리가 어릴 때 만났던 초목수호신군이셔. 난 됐으니 그분을 구해줘."

"흥!"

유무용이 코웃음 친다.

"남을 생각할 만큼 여유가 있다니, 괜히 왔군. 좋다, 연진우. 만약 네가 언극린을 이긴다면 본 문과의 혈채는 없었던 것으로 하겠다."

"사부님!"

몹시도 놀란 듯 제자들이 분분히 외쳤다. 유무용은 제자들의 반응을 무시한 채 홍염에게 말했다.

"초목수호신군이라면 공동파의 창강자를 말하는 거겠지? 계략에 희생되어 거의 죽을 뻔했다가 형 노사에게 구함받은. 월아산에서 내상을 치료하고 있는 줄 알았더니 언제 다시 붙잡혀 온 거야? 아무튼 그 사람이라면 나도 인연이 좀 있으니 함께 구하러 가자!"

유무용은 대답도 듣지 않은 채 연진우가 가리켰던 방향을 향해 달리기 시작했다. 제자들은 어리둥절한 상태 그대로 사부를 따랐다.

홍염이 말했다.

"몸조심하거라. 꼭 다시 만나자."

"살게 되면 그렇게 되겠죠."

연진우는 싱긋 웃으며 홍염에게 인사했다.

모두가 사라진 후 연진우는 가슴을 쫙 폈다. 이제 가는 것이다!

둥~ 둥~

북소리가 울렸다.

임시로 만들어진 비무대. 수많은 사람이 비무대 주위에 서 있고 그 한가운데 검을 가슴에 품은 언극린이 눈을 감고 서 있다.

구양승이 초조한 표정으로 다가와 귓속말을 했다.

"누군가 연진우를 빼돌린 것 같습니다."

"빼돌려? 누가?"

"신창문주와 다섯 제자가 모두 가담한 것 같습니다."

언극린은 담담히 미소 짓는다.

"올 거요."

"예?"

"설사 그들이 연진우를 구했다 하더라도 연진우는 이 자리에 올 거요. 싸움을 피해 도망칠 사람이 아니니까."

"각주……."

"보시오, 저기 왔지 않소."

언극린이 손가락으로 가리킨 곳에 어느새 연진우가 서 있었다, 텅 빈 한쪽 소매를 펄럭이면서.

"바로 시작하는 것이 좋겠지?"

연진우는 고개를 끄덕인다.

그렇게 두 사람의 마지막 싸움이 시작되었다.

연진우와 언극린.

두 사람은 한낮의 햇볕 아래서 서로를 노려보면서 우뚝 서 있었다.

얼마나 그렇게 서 있었는지 석상 둘이 서 있는 것처럼 보인다. 하지만 석상과 명백히 다른 점이 있었다. 눈으로는 볼 수 없는 무형의 기류가 그들의 주위를 빙글빙글 돌고 있는 것이다.

스~ 스스~

기류는 점점 커져 마침내 귀로도 들을 수 있을 소리를 내기 시작했다. 이윽고 소리는 무형의 기세가 되어 사람들을 압박하기 시작했다.

연진우는 찬란한 금광으로 기세를 흩뿌렸고, 언극린은 가슴에 품은 검으로 색깔없는 기세를 내뿜는다.

순간!

연진우의 눈썹이 꿈틀 움직인다. 그의 머리 위로 아지랑이가 피어올랐다. 금빛은 거세어지고 머리칼이 곤두섰다.

지지 않으려는 듯 언극린도 껴안고 있던 검을 오른손으로 단단히 거머쥐며 검집째 앞으로 쭈욱 내밀었다.

절정고수가 아니라면 바로 옆에서 보고도 도대체 무슨 일이 일어나고 있는지 전혀 알 수 없는 상황.

언극린이 검끝을 가벼이 털었다.

파앙!

짜릿한 파공음이 들리며 검집이 갈기갈기 찢어졌다.

마침내 알몸을 드러낸 검.

은백의 찬란한 검신이 햇빛을 반사시킨다.

연진우의 눈살이 찌푸려졌다.

바로 그 순간 언극린이 몸을 날렸다.

'아차!'

고수들 간의 싸움은 모든 것이 한순간에 결정난다. 한번 언극린에게 선기를 빼앗긴다면 싸움 자체가 이루어지지 않을 가능성이 컸다.

연진우는 눈을 부릅떴다. 주먹이 꿈틀거리더니 앞으로 뻗어 나갔다.

공격은 최선의 방어!

파파팟!

섬광이 이는 순간에 검이 뻗어 나갔고 검이 움직이는 순간 시퍼런 검강(劍罡)이 두 자 길이로 쏟아져 나왔다.

연진우는 몸을 빙글 돌리며 언극린의 측면으로 접근했다.

촤아악!

접근을 허용하지 않겠다는 듯, 검강이 무서운 기세로 원을 그렸다. 검강으로 방패를 만든 것이나 다름없었다.

찌직~

검강에 스쳤는지 흑포가 확 갈라지며 핏물이 흘러나왔다. 하지만 금빛이 번뜩이는 순간 피는 멎고 상처가 아물었다.

중인들은 입을 다물지 못했다. 전무후무한 대격전이었다.

하지만 언극린의 입에서 나온 말에 한 번 더 경악했다.

"이제 장난은 그만두고 진짜로 해보지."

연진우도 고개를 끄덕였다.

그러자 언극린에게서 뿜어져 나오던 기세가 사라져 버렸다.

연진우는 내심 고민했다.

역리로는 순리를 이길 수 없다는 초목수호신군의 말이 하필이면 지금 거대한 메아리가 되어 귓전을 울리는 것이다.

그렇지만 선택의 여지가 없기에 연진우는 전력을 다해 언극린에게로 달려갔다.

콰콰콰쾅!

권풍이 일었다. 천지개벽의 폭음과 금광이 어우러지자 그 위세는 하늘의 신장(神將)을 방불케 했다.

언극린은 느릿하게 검을 움직였다. 그가 검을 움직일 때마다 연진우의 몸에서 뿜어져 나오던 금광이 조금씩 스러져 갔다.

연진우의 안색이 창백해진다.

입에서는 핏줄기가 솟구친다.

하지만 공격을 멈출 수 없었다. 물러서는 순간에 바로 죽음이 찾아올 것을 직감했기 때문이다.

콰쾅!

그 순간에도 금광은 계속해서 스러져 갔다.

절체절명(絶體絶命).

연진우에겐 더 이상 희망이 없어 보였다. 강기(罡氣) 맺힌 주먹을 아무리 날려 보아도 이미 심검지로(心劍之路)에 접어든 언극린은 손쉽게 그것을 와해시키고 있었다.

바로 그 순간!

연진우의 몸뚱이에서 뭔가가 튀어나왔다.

유엽비도. 혜주에 의해 다시 몸에 박힌 마지막 한 자루의 유엽비도가 언극린을 향해 날아갔다.

따당!

금속성이 울리며 유엽비도는 먼 하늘로 날아갔다.

연진우의 얼굴에 처음으로 절망의 그림자가 드리워졌다.

언극린은 비웃었다.

"그것이 네놈의 마지막 희망이었나? 그 따위 암기가?"

그리고 그는 검끝을 내렸다.

선인지로(仙人指路). 언극린에게 심검의 문을 열어준 초식.

연진우는 눈을 감았다. 보지 않아도 알 수 있었다. 검기, 강기 따위와는 차원이 다른 대자연의 힘이 그를 압박하기 시작함을.

"역리로는 순리를 이길 수 없다!"

건곤역행의 기운을 거두어들였다. 역천의 기운을 아무리 끌어올린다 하더라도 언극린을 통해 뿜어 나오는 대자연의 힘을 감당할 자신이 없었다.

압력을 견디다 못해 살갗이 툭툭 갈라터진다.

"너는 이미 답을 알고 있다. 네 사부가 가르쳐 준 것을 잘 생각해 보거라. 후천의 기운은 선천의 기운을 당해낼 수 없는 법이다."

갑자기 백회혈과 용천혈이 뜨끔해 왔다. 바늘로 콕콕 찌르는 것 같던 그 느낌은 점점 거세어져서 정을 대고 망치로 두드리는 것 같았다.

연진우는 자신이 가장 처음 배운 것을 떠올렸다.

혼원기공(混元氣功).

선천지기를 키우는 기공이 다시 움직이기 시작한다. 그러자 자신을 압박하던 기운이 백회와 용천을 통해 몸 안으로 유입되기 시작했다.

미증유(未曾有)의 거력(巨力).

연진우가 할 수 있는 것은 그저 쏟아져 들어오는 기운을 받아들이는 일뿐이었다.

반면 언극린은 황당한 표정이다. 간신히 이른 심검의 길. 이제 겨우 첫발을 내디뎠지만, 그것만으로도 적수가 없을 것이라 생각했는데…….

콰콰콰콰콰!!

기운은 거침없이 연진우에게로 흘러갔다.

잠시 후……

실제로는 극히 짧은 시간이 지났지만 두 사람에겐 영겁처럼 느껴진 시간이었다.

연진우가 말한다.

"이제 끝을 냅시다."

연진우의 손끝이 언극린을 향한다. 맨손으로 펼치는 선인지로다.

피하려 했으나 언극린은 피할 수 없었다. 대자연의 기운이 쏟아지는데 어디로 피할 것인가? 갑작스런 연진우의 변화에 당황한 터라 언극린은 꼼짝없이 선인지로 아래 놓이고 말았다.

"으아!"

언극린의 비명 소리. 조금 전 연진우가 그랬던 것처럼 언극린도 피부가 터지기 시작한다.

"그만둬요!"

그때 누군가가 두 사람의 사이에 끼어들었다. 연진우는 황급히 손을 거둬들였다. 하지만 이미 그 사람이 피를 한 사발은 쏟은 후였다.

"당신은……."

연진우는 할 말을 잃었다. 언설화였다.

언설화는 흐릿하게 미소 짓는다.

"미안해요, 늘 짐만 되고. 마지막으로 한 가지만 부탁할게요. 제 오빠…… 살려주시지 않겠어요? 쿨럭! 쿨럭!"

기침을 할 때마다 피가 터진다. 내공을 불어넣어 봐도 마찬가지였다.

"괜찮아요. 원래부터 폐가 좋지 않았어요. 길어봐야 이삼 년쯤…… 쿨럭!"

연진우는 허탈한 표정으로 언설화를 보았다. 그리고 언극린을 본다.

"가겠소. 다시는 나를 찾지 마시오."

이미 연진우의 공격을 받으며 진원이 뒤흔들린 터라 언극린은 씁쓸히 고개를 끄덕였다. 이제 무인으로서 언극린의 삶은 끝났다.

피 묻은 입가를 훔치며 언설화가 비틀비틀 일어섰다.

"나도 같이 가요."

"뭐?"

창백한 얼굴로 미소 짓는 언설화. 연진우는 고개를 끄덕거리고 만다.

연진우는 중인들을 향해 외쳤다.

"이제 아무도 나를 찾지 마시오! 나는 강호를 떠나겠소!"

사자후를 능가하는 음량이었다. 하지만 누구도 얼굴을 찡그리거나 귀를 막지 않았다. 공력을 써서 억지로 음파를 전달하는 것이 아니라 대자연의 힘을 빌어 뜻을 전하는 것이었기에.

“그럼······.”

연진우는 언설화를 업었다.

몸을 날리자 귓전에 언설화의 목소리가 들린다.

“어디로 가는 건가요?”

“아무도 우리를 모르는 곳으로. 하지만 먼저 가야 할 곳이 있어.”

“그게 어디죠?”

사람들은 멍한 표정으로 한 점 빛이 되어 사라진 연진우의 흔적을 끊임없이 응시했다.

종(終) 하늘에 맹세합니다

소주(蘇州).

도시 전체가 수로로 연결된 아름다운 도시. 옛부터 위에는 천당이 있고 아래로는 소주와 항주가 있다上有天堂 下有蘇杭라는 말이 있을 정도로 정경이 뛰어난 곳이다.

또한 소주는 상업이 발달하고 문인들이 많이 모이기로도 유명했다.

"어머! 예뻐라."

큰 모자를 쓰고 표범 가죽 윗도리 깃을 한껏 올려 얼굴을 감춘 여인이 감탄한다. 그녀는 비단을 만지고 있었다.

옆의 남자도 비슷한 복장을 하고 있다. 하지만 여인과 달리, 아니, 보통 사람들과 달리 그의 한쪽 소매는 텅 비어 바람이 불 때마다 멋대로 흔들리고 있었다.

"너무 예쁘지 않아요?"

가느다란 여인의 목소리…… 남자가 나지막이 대꾸한다.

"난 봐도 잘 모르겠는걸."

"이걸 봐요. 옛날부터 소단(蘇緞)이라면서 가장 상등품으로 쳐주던 게 소주의 비단이에요. 이걸로 옷을 지어 입으면……."

"얼마요?"

남자는 대뜸 주인에게 묻는다.

주인은 남녀의 행색을 살핀다. 척 보아도 뜨내기.

"은 닷 냥은 주셔야겠네요."

"닷 냥이오? 한번 가면 다시 안 올 사람이라고 바가지를 씌우는 건가요?"

여인이 발끈한다. 하지만 장사치의 얼굴 두께를 당할 사람이 누가 있으랴.

"싫으면 딴 데 가서 사시오."

콧방귀를 뀌며 말하더니 조그맣게 이죽거린다.

"살 능력은 되나 몰라."

여인의 안색이 딱딱해졌다.

쒜액~ 퍽!

갑자기 하얀 물체가 번쩍 하고 날아들었다. 그것은 묵직한 소리를 내며 주인 바로 옆의 기둥에 절반쯤 꽂혔다.

"……."

"말조심하는 게 좋아."

남자의 차가운 목소리. 기둥에는 열 냥짜리 은원보가 박혀 있었다.

주인의 어투가 돌변했다.

"아이구, 손님, 제가 언제……."

"계산해 주시오."

힘이 있다는 것을 알았기 때문일까, 돈이 있다는 걸 알아서였을까? 연진우는 사람의 간사함에 새삼 혀를 내둘렀다.

주인은 언설화가 만지작거리던 비단을 정성껏 포장했다. 그리고 낑낑대며 은원보를 뽑아 작두 위에 얹었다.

써걱~

"여기, 정확히 다섯 냥입니다. 헤…… 뭐 더 필요한 건 없으십니까?"

"흠…… 이 사람을 본 적이 있소?"

연진우는 종이 한 장을 내민다. 노인의 용모파기였다.

고개를 갸웃거리는 주인.

"글쎄요, 본 것도 같고 못 본 것도 같고……. 소주가 그렇게 큰 도시는 아니지만 워낙 드나드는 사람이 많은지라……."

"됐소."

연진우는 용모파기를 돌돌 말아 품 안에 집어넣었다.

"가지."

"네."

두 사람은 포목점을 나섰다.

그들은 그 후로도 한참이나 장터를 구경하고 다녔다. 비단뿐 아니라 부채, 자수 등이 여인의 시선을 빼앗았고, 연진우는 좋다 싫다 말하지 않으며 그 뒤를 따라다녔다.

여인은 보대교(寶帶橋) 쪽으로 걸음을 옮겼다. 보대교는 소주 남쪽의 운하를 따라 삼백 장이 넘는 길이를 자랑하는 거대한 석교였다. 보대교를 따라 걸으며 여인은 운하를 오가는 배를 바라본다.

"저 배도 타보고 싶어요."

"……."

연진우의 안색이 심상찮다.

"왜요? 배 싫어해요?"

"그게 아니라……."

"그럼요?"

잠시 머뭇거리더니 입을 여는 연진우.

"배가 고파."

언설화의 얼굴에 환한 미소가 걸린다.

"그럼 밥부터 먹으러 가요. 잘못했다가 날 잡아먹으면 큰일이니까요."

"……."

몇 번 소주에 와본 듯 언설화의 발걸음은 익숙하다. 일견하기에도 고급스런 반점으로 연진우를 이끈 그녀. 점소이가 다가오자 먼저 요리 이름을 말했다.

"송서계어(松鼠桂魚)랑 규화자계(叫化子鷄) 주세요."

점소이가 돌아간 후 연진우가 묻는다.

"규화자계는 알겠는데 송서계어는 뭐야?"

규화자계, 즉 거러지 닭은 강호인들에게 아주 익숙한 음식 중 하나다. 털을 뽑고 내장을 제거한 닭 위에 진흙을 두껍게 발라 불 속에 던져 놓으면 되는 것이다. 변변한 도구나 양념을 가지고 다니기 힘든 강호인들은 닭뿐 아니라 토끼, 오리 따위도 비슷한 방식으로 요리해 먹곤 했다.

물론 소주의 호화 반점에서 내놓는 규화자계는 약간 다르다. 기본적인 틀은 똑같지만 뱃속에 야채와 향신료를 넣는다든지, 진흙을 바르기 전에 연 잎으로 싼다든지 하는 것이 다르다.

언설화가 가벼이 웃으며 말했다.

"송서계어는 원래 잉어 요리였어요."

"잉어? 쏘가리[桂魚]가 아니고?"

"옛날엔 잉어를 먹지 않았대요. 하늘에 제사 지낼 때 제물로 쓴다고 잉어는 하늘의 음식이지 사람의 음식이 아니라고 했다나요? 그런데 송학루(松鶴樓) 천제(天祭)를 드리러 온 황제가 제상 위에서 입을 벌름거리는 잉어를 보니깐 갑자기 식욕이 동하더래요."

"그래서?"

점점 언설화의 이야기에 빠져드는 연진우.

"제사가 끝나자마자 숙수에게 잉어 요리를 해오라고 명을 내렸죠. 숙수가 잉어는 신에게 제사를 지내기 위한 것이지 인간이 먹는 것이 아니라고 아무리 이야기해도 막무가내였어요. 그래서 숙수가 어떻게 했을 것 같아요?"

"글쎄, 짐작이 안 가는걸. 천벌도 무섭지만 황명을 거역할 수는 없었을 텐데."

방긋 웃는 언설화.

"숙수는 고민에 빠져 있다가 때마침 생각난 송학루의 송(松) 자에서 답을 얻었어요. 잉어를 요리하기는 하되 송서(松鼠), 즉 다람쥐의 모양으로 요리를 한 거죠. 잉어 모습 그대로 요리하면 천벌을 받을 테니까요."

"눈 가리고 아옹하는 격이었군."

"그렇죠. 어쨌든 황제는 그걸 먹고 칭찬을 아끼지 않았어요. 그래서 일반인들에게도 널리 알려지게 되었죠. 하지만 사람들은 여전히 잉어를 요리하는 것에 미묘한 반감을 가지고 있었고, 그 때문에 잉어 대신 쏘가리를 쓰게 된 거예요.”

“당신은 모르는 게 없군.”

연진우가 감탄하자 언설화는 수줍게 웃었다.

잠시 후 규화자계와 송서계어가 도착했다.

쏘가리는 머리와 꼬리가 하늘로 치켜 올라가 있다. 흡사 다람쥐가 꼬리를 세우고 나무를 오르는 모양과도 같았다.

하지만 연진우는 송서계어를 보며 다른 생각을 했다.

‘이것이 잉어라면… 용문(龍門)을 오르는 잉어의 모습 같기도 하군. 거슬러 올라가기만 한다면 용이 된다는. 지금 나의 삶은 어디쯤 와 있는 걸까?

“뭐 해요? 먹지 않고?”

“아…….”

두 사람은 쉴 틈 없이 젓가락을 놀렸다. 먹고, 모자라면 다른 것을 또 시키고, 또 먹고……. 식사를 마칠 때쯤 연진우는 아까의 용모파기를 꺼냈다. 하지만 이곳의 점소이도 고개만 갸웃거릴 뿐 속시원한 대답은 해주지 못한다.

언설화가 속삭인다.

“이젠 배 타러 가요. 해질 녘의 운하는 정말 아름다워요.”

반점을 나선 그들. 그러나 선착장에는 배가 없었다.

그때 열일고여덟쯤 되어 보이는 소녀가 가까이 다가왔다.

“배를 타시려구요?”

연진우가 고개를 끄덕인다.

“조금만 기다리면 우리 외할아버지가 오실 거예요.”

“외할아버지?”

연진우가 고개를 갸웃한다.

소녀는 생글생글 웃으며 연진우에게 말했다.

“노인이지만 아직도 정정하세요. 여기 선착장에서 힘으로 할아버지를 이긴 사람은 아무도 없었어요.”

“흠…….”

언설화가 미소 띤 얼굴로 연진우의 옆구리를 쿡 찔렀다.

“그렇게 하죠. 혹시 그분이 힘이 딸리면 당신이 저어요.”

“호호, 아마 그럴 일은 없을걸요. 아, 저기 배가 들어오네요.”

거룻배 한 척이 들어왔다. 노을이 반사되어 붉게 물든 운하에 수염 하얀 노인이 상앗대를 놀리는 모습은 한 폭의 그림과도 같았다.

문득 연진우의 안색이 딱딱하게 변한다.

“저분이 소저의 외조부님이시오?”

“네. 왜요?”

말없이 고개만 흔드는 연진우. 갑작스런 그의 변화에 언설화도 당황한다.

소녀는 양손을 입가에 모아 힘껏 외쳤다.

“할아버지, 여기 손님이요!”

“그래, 지금 가마.”

거룻배가 선착장에 도착했다.

“잘해드리세요. 그리고 일 마치시면 바로 집에 들어오시구요. 오늘도 늦으시면 뜨거운 맛을 보여드릴 거예요.”

“원 녀석, 어찌 보지도 않은 제 외할미를 쏙 빼닮았누. 허허.”

소녀는 노인과 농담을 주고받은 후 총총 어딘가로 사라졌다.

노인이 담담히 웃으며 말한다.

"타시우."

연진우는 여전히 굳은 얼굴로 배에 올라탔다. 언설화도 그의 눈치를 살피며 조심조심 배에 올랐다.

끼익~ 끼익~

상앗대가 움직일 때마다 배는 물살을 가르고 쭉쭉 밀려난다. 말로 형언할 수 없는 아름다운 경관이 좌우로 스쳐 지나갔다. 하지만 연진우의 눈은 오직 노인만을 보고 있었다.

문득 노인이 웃는다.

"허허, 이 늙은이 얼굴에 뭐가 묻었소? 왜 볼 것은 안 보고 자꾸 나만 보시는 거요?"

"……."

연진우의 눈이 더욱 강렬히 빛났다.

노인이 헛기침을 한다.

"흠……."

"어디에 계셨습니까?"

언설화가 눈을 동그랗게 뜬다.

"얼마나 찾았는지 아십니까? 혈혈단신으로 강호에 떨어졌을 때, 아무것도 모른 채 홀로 풍파에 맞닥뜨렸을 때 얼마나 외로웠는지 아십니까?"

"……."

"계속 여기에 계셨습니까? 제 사부가 죽고 이 팔이 떨어질 때도 그냥 여기에 계셨습니까?"

끼익~ 끼익~

들리는 것은 오직 상앗대가 배를 미는 소리뿐.

노인이 입을 열었다.

"세상에는 참 여러 가지 종류의 사람이 있다오."

"……."

"한 마리의 용이 되기 위해 용문의 급류를 거슬러 오르는 잉어 같은 사람도 있는 법이고, 일찌감치 너른 물로 가 자유로이 유영하는 것을 즐기는 사람도 있다오. 나는……."

목이 막혀오는지 노인은 침을 꿀꺽 삼켰다.

"나는 내 꿈에 젊은 시절을 모두 던졌소. 하지만 꿈은 이루지 못한 채 수많은 사람에게 상처만을 주었소."

"……."

"얼마 전에야 비로소 내가 해야 할 일을 찾았소. 내가 가장 깊이 상처 준 사람들, 내 가족, 나를 사랑해 주는 사람들 곁에서 마지막 생을 사는 것이 내가 선택한 마지막 길이란 것을."

연진우가 가래 끓는 목소리로 말한다.

"금강경은 왜 남기셨습니까?"

"금강경…… 그때만 해도 불법이 궁극적인 해결책이 될 줄 알았거든. 하지만 금강경의 글귀도 너무 많소. 소중한 사람과 함께하고 그 사람을 보듬어주는 것만으로도 이미 도(道)는 넘치고 넘치오."

"그런……."

노인이 인자한 표정을 짓는다.

"젊은이, 과거의 인연은 잊으시오. 지금 그대에게 소중한 것을 생각하시오. 그대가 함께하고 보듬어야 할 대상을 먼저 생각하시오."

문득 연진우의 눈이 언설화를 향한다.

노인의 입가가 빙그레 휘어진다.

"그렇지. 바로 그거면 충분해. 열지 못한 마지막 천년지로가 그게 아닐까? 하하하……."

하늘의 은총은 모두에게 공평하다.

부귀와 영화는 하늘이 주는 것 중 극히 일부. 가장 귀한 것을 많은 이에게 나누어 주는 것이 하늘의 이치. 공기와 물, 그리고 아름다운 석양…….

하늘이 주신 붉은 기운은 운하를 붉게 물들인다. 그리고 사람들의 뺨을 붉게 물들인다.

끼익~ 끼익~

상앗대 소리가 이 장엄한 순간에 흥을 더해줄 때, 언설화는 연진우의 손을 꼬옥 잡았다.

상야(上邪) ―하늘에 맹세합니다

上邪

我欲與君相知

長命無絶衰

山無陵江水爲竭

冬雷震震夏雨雪

天地合乃敢與君絶

하늘에 맹세합니다.

내가 당신과 서로 알게 되고부터는
오래 살며 언제까지나 마음 변치 않기를 바랍니다.
산에 언덕이 없어지고 강물이 그 때문에 말라,
겨울에는 천둥이 우르릉거리고 여름에는 눈이 내리며,
하늘과 땅이 합쳐지는 세상 끝날이 오면 할 수 없이 그대와 헤어지
리다.

〈『천년지로』大尾〉